谜托邦
MYSTOPIA

华文推理新大陆

推理迷的乌托邦

谜托邦 MYSTOPIA

02

我的日常之谜

主编 —— 华斯比

北京联合出版公司
Beijing United Publishing Co.,Ltd.

目　录

我的日常之谜

2019 年 7 月，我选编的"日常之谜"推理小说精选集《给孩子的推理故事》出版，该书以"无犯罪推理"和"日常之谜"为切入点，收录了十篇适合"亲子共读"的短篇"日常推理"小说。

从那时起，我一直都想再选编一本"日常之谜"主题合集，就只是单纯地以"日常之谜"为卖点，而不是打着"给孩子"的旗号。如今，终于得偿所愿，就是摆在诸位面前的这本主题向推理 MOOK《谜托邦》的第二辑，我为之取名《我的日常之谜》。

日常之谜，也称"日常推理"。藤本纪子和 EZ Japan 编辑部编纂的《日本悬疑物语 100 谈》一书对此有如下定义：这类作品写的不是杀人事件等涉及法律的犯罪，而是针对在日常生活中偶然看见的怪奇现象，去寻找其理由和真相的作品。

日本推理作家岛田庄司也说过："杀人事件并非百分之百必要的（当然，有也可以）。和杀人共存的谜题，对读者来说冲击性一定非常高，因此也最能让看书的人感受到魅力，但如果能写出没有杀人事件却仍然不输给有杀人事件的作品的话，那这本小说就可说是非常新颖了。"

近年来，我对国产日常之谜作品还是比较偏爱的，于是借着每年选编《中国悬疑小说精选》的契机，也收录了不少短篇日常之谜精品，如中生礼《时钟不会撒谎》、许言《你一生的魔术》、无盐城《埋下硬币之后》和柳荐棉《地球上最后的名侦探》等。

据我个人观察，有的作者本身比较偏爱这一类型，有的则可能是为了规避一些血腥暴力的元素，好让作品能够顺利发表。"日常之谜"作品可以摆脱"谋杀""犯罪"等负面标签，以传播正能量的姿态成为一种受众更加广泛的推理（解谜）读物。

所以，我一直觉得"日常之谜"也是少儿推理创作中一条比较可行的路子。

在这本《我的日常之谜》中，我打破上一辑MOOK的栏目限制，划分了"小学篇""中学篇""大学篇""工作篇"四个板块，按照小说主角的身份（小学生、中学生、大学生及已经工作的人）将九篇作品对号入座。乍看上去，这些作品串联在一起，好似主人公"我"从小到大经历的一系列日常之谜，读来可能也颇有些趣味吧！

在"小学篇"和"中学篇"中，我特地选了两篇少年向的作品：一篇是时晨的《红漆之谜》，作为《给孩子的推理故事》中那篇《弄脏衣服的人》的续篇，也是数学家陈爝小学时代的故事；另一篇是鸡丁（孙沁文）的《魔法少年的谎言》，乃其笔下名侦探赫子飞初中时代的故事。

日常之谜中有一类作品，所要探究的并非制造谜团的人的身份（Who）及其手法（How），而是要推测出其种种怪异行为背后所隐藏的动机（Why），即为什么要这样做？

这种"为什么"类型的日常之谜，可以说是最接近"日常之谜"本质的推理小说。因为在日常生活中，我们身边经常会发生一些看似极其不合理的小事，但事出必有因，在其背后肯定隐藏了我们不了解的合理动机。很多时候，由于好奇心的驱使，我们很想知道为什么会发生这样的事情。

在"日常之谜"流派的开创者北村薰的"圆紫大师与我"系列中，就有一篇题为《砂糖大战》（收录于《空中飞马》）的短篇，被很多读者视为"为什么"类型的代表——为什么咖啡馆里的三个女生一直不断重复着"加砂糖、喝一小口红茶"的动作？这样不会觉得太甜吗？

里卡多的"吃货"系列第一篇《摩天轮与在摩天轮底下狂奔的男人》则有着异曲同工之妙，它最主要的"日常"谜团是：为什么一个男人要一路狂奔到摩天轮下，并在乘坐一圈摩天轮后再狂奔回去？而且这一怪异的行为还做了两次！

另外，本辑中的其他作品也都有着各不相同的"日常谜团"，读者诸君可以跟随主人公们一起，开启一场"我的日常之谜"之旅。

华斯比

2022年9月22日于上海

华斯比，独立书评人，类型文学研究者，中国首个私人推理小说奖"华斯比推理小说奖"创办人，连续多年担任《中国悬疑小说精选》主编，曾选编主题推理小说集《给孩子的推理故事》《品脱猫：密室》。目前专注于晚清民国原创侦探小说的搜集与整理，并主编"中国近现代侦探小说拾遗"丛书。

小学篇

红漆之谜　文／时　晨

红漆之谜

时　晨

1

自从发表了《弄脏衣服的人》后，我小学时代的记忆开始逐渐复苏，想起了不少当年的趣事。为了验证这些趣事的"真实性"，我还特意找到了当时与我同班的石敬周来验证，他可算是"当事人"之一。除了石敬周外，另一位当事人陈爝，自然是不屑与我分享当年的回忆了，每每问起，总用一句"忘记了"来搪塞。

实际上，他是害怕我把他这些"陈年旧事"发表出来！而我当然不会轻易放过发表这些故事的机会。毕竟在我的读者群里，有相当一部分读者对陈爝幼时的案件感兴趣。成年后的陈爝总是臭着一张脸，仿佛全世界都欠他钱一样，但尚在小学念书时的陈爝，却不是今天这个样子，那时候的他虽然是个学霸，却还未脱稚气，偶尔也会说出一些令人忍俊不禁的话来。

这次我想给大家讲的故事，发生在张顺杰事件一个月之后。

我记得那天早上天气特别冷，妈妈把棉毛裤翻了出来，让我穿上。我不想穿，于是趁她不注意的时候，偷偷在厕所脱了。结果一到户外就后悔了，寒风刮得我直缩脖子，浑身上下都在打战。可要我再回家添条裤子，那我也不愿意，于是我便朝着学校一路小跑，企图用运动来抵御严寒。这是体育老师教我们的。

但感觉好像并没什么用，还是好冷。

到达学校门口的时候，我忽然发现马路对面聚集了好多人，团团围在一起。了解我的读者都知道，我从小好奇心就特别强，所以就走过去瞧热闹。

"谁这么没有公德心，竟然做这种事？"

"一定要报警了，把这种人抓起来！"

"对，抓起来，送到派出所，现在就报警！"

众人七嘴八舌地议论着什么。

我仗着自己身材矮小，从大人们的腰间空隙钻进去，发现他们围着一间门面不大的咖啡店。

这家咖啡店我很熟，是同学马小骏爸爸开的，我们经常来这里喝免费果汁。咖啡店店面很小，里面只有两张椅子，墙壁外立面开了一扇窗，客人一般都在窗口买好咖啡直接带走。可是，现在这家咖啡店已经面目全非。

咖啡店的窗户和外立面都已被人涂上了红色的油漆，乍看之下，还真有点恐怖，简直可以用"触目惊心"来形容。

马小骏的爸爸正一脸愁容地站在门口，和围观的路人讨论究竟是谁干出这种恶作剧。有人说是竞争对手，也有人说是马小骏爸爸的仇人，但两种说法都被否决了。首先，学校周围其他咖啡店最近的距离此处也有一千米远，根本构不成竞争的关系；其次，马小骏爸爸一直是个与人为善的好人，从不和人吵架，所以不可能有仇人。

本来我还想多听一会儿，可晨操的时间马上要到了，我不得不离开"犯罪现场"，快速跑向教室。

出操之前，我们在走廊里排队，这时站在我身后的石敬周拍了拍我的肩膀，对我说道："韩晋，早上咖啡店的事，你听说了没有？"

石敬周是我的好朋友，身材圆滚滚的，看上去很可爱，但缺点就是爱在上课时说话，经常被班主任施老师批评，成绩也不怎么理想。

"来学校之前我就看到了，马小骏爸爸的店吧？"

说这句话时，我还偷偷瞥了一眼马小骏，发现他正低着头闷闷不乐，想必是因为家里的咖啡店被人用油漆弄脏了，心里不痛快吧。

石敬周又说："你也知道啦？真是吓人，你说那人为什么要用红色油漆把马小骏家的咖啡店涂成那个样子？"

"不知道，大概是恶作剧吧。"我如实答道。

"会不会是马小骏的爸爸得罪了什么坏人，人家来寻仇了？"

我摇了摇头，说："他爸爸那么老实，怎么会有仇人？"

"那可说不准。"

"会不会是马小骏自己干的？"我突发奇想。

"他脑子有病啊，把自家咖啡店弄成这样，图什么？"

"咖啡店倒闭，他爸就赚不到钱，没钱交学费，他就可以不用上学了。不上学多开心啊，天天在家看动画片，玩游戏机。你觉得我这个想法怎么样？是不是很合理？"

"那是你的想法！人家马小骏考试门门一百分，是个热爱学习的三好学生，这样的学生肯定喜欢念书啊！"石敬周露出了鄙夷的神情。

"好吧，是我推理失误。"

"不过话说回来，这人还真是吃饱了撑的，拿个毛刷把咖啡店店门和墙壁刷成那样，那得费多大劲啊？有这时间，还不如多看几本漫画呢！"

"就是！"我同意道。

我俩聊得热火朝天，却没注意到身后班主任施老师那双如鹰一般的眼睛。最后，我和石敬周两人因排队时说话，不遵守纪律，被施老师从队伍里拉了出来，早操也不用做了，直接让我们在走廊里罚站。

别看施老师五十几岁了，视力比年轻人还好，班级里谁偷偷打电动、吃零食，都逃不过她那双鹰眼。我已经栽在她手里好几次了！

第一节课开始，施老师总算大发慈悲，让我们进教室上课。不过在进去之前，她对我们说，要是上课再敢说一句废话，就打电话让家长来学校一趟。这话特别管用，那节课我和石敬周一句悄悄话都没讲，认真听课，还踊跃举手回答了好几个问题。

下课铃声响起，我立刻就冲出教室，去厕所小解。上完厕所，刚回到教室，就看见石敬周神色激动地对我说："又来了！"

"什么又来了？"

"我刚才听隔壁班的侯斌说，他们原本早上第一节课是音乐课，却突然被临时换成了数学课，你猜猜看为什么？"石敬周一脸神秘。

"因为数学老师抢课？"

"错！"

"你别吊我胃口啦，到底为什么？"

"音乐教室的钢琴也被人泼了油漆，琴键都被粘住了，根本没法使用，钢琴被送去修理了，音乐课也就没法上了。"

什么？不止马小骏爸爸的咖啡店被涂上了红色油漆，就连音乐教室的钢琴都被泼了红漆？

这消息也太惊人了吧！

可是，泼油漆的人为什么要这么做呢？

我把目光投向了石敬周。

他看上去十分亢奋，兴高采烈地对我说："怎么样？是不是很刺激？我们要不要亲自解开这个谜团呢？"

2

放学后，我和石敬周并没有马上回家，而是一起去找马小骏，并带着他一起去了学校操场后的小花园。除了保安，一般不会有人到这里来打扰我们。

马小骏比我和石敬周都高，手脚细长，脸上常年没有表情。他有个绰号，叫"骆驼"，原因是他总背着书包慢慢走路，加上那一脸淡定的样子，会让人想起沙漠上行走的骆驼。不过马小骏也不以为意，不会因为我们喊他绰号而生气。

"我们想找出是谁泼了你家的咖啡店。"石敬周开门见山地说，"所以这次我和韩晋找你，就是想问一些关于这件事的线索。你有什么能提供的吗？"

马小骏看上去很沮丧："我不知道，早上爸爸送我去上学，本来打算先去咖啡店弄早饭给我吃，却发现店面被人泼了油漆。后来他打电话让妈妈送了早餐过来，然后让我自己去教室里吃。其他我就什么都不知道了。"

"昨天晚上咖啡店还正常吗？"我问道。

"正常啊，昨天晚上八点闭店的时候，门窗和墙壁上都还干干净净的呢！"马小骏用力点头。

"早上你们几点去咖啡店的呢？"

这次提问的人是石敬周。

马小骏歪着脑袋想了半天，突然说："应该是早上七点钟。"

"也就是说，'犯人'是在昨天晚上八点之后，今天早上七点之前行动的。"

石敬周做了总结。但这结论显而易见，他不说我们也知道。

我想了想，说道："时间跨度太大，没法锁定嫌疑人啊，而且一到晚上，学校门口来往的人就很少，目击者就更少了。况且那人肯定做好准备，选择在人流量最少的时间段动手。"

听到这里，马小骏哭了起来，我和石敬周赶忙安慰他，让他不要难过，警察一定可以抓到人的。可在当时马路上还没那么多摄像头，而且也不是什么严重的犯罪行为，更像是一场恶作剧，所以侦破难度还是挺大的。

第二天，警察依旧没有找到泼油漆的人。

经过一天的清洗，马小骏爸爸好不容易把墙上和玻璃门上的油漆擦拭干净，第二天照常营业。不过音乐教室的钢琴就没那么幸运了，听说许多零部件都要换，所以一周内都无法使用。我暗暗期待音乐课换成体育课，却没能如愿，等来的是数学课。

说起数学课，不得不提我们班里那位"矮冬瓜"陈燨。

他是跳级来到我们班的，年纪比我们都小，发育也晚。不过这家伙读书的天分可真高，几乎包揽了所有学科的第一名，除了体育。

那天下午是全年级的数学测验，老师说这次的成绩很重要，如果不及格，就会把家长请到学校。每次我爸妈被请到学校，回家后我总会挨打，所以这次测验我铆足了劲，想拿个好成绩。可卷子上有好几道题我都不会做，尤其是最后的应用题：已知笼子里有多少脑袋多少脚，算一共有几只狗几只鸡，我心想谁那么麻烦，不会分开放嘛！

我望着第一排陈燨的背影，看着他低头快速答题的样子，心生羡慕。

考试结束后，我怀着忐忑的心情走到陈燨面前，询问他最后几道题的标准答案。对下来才发现，我最后几题全部答错，算了一下分数，离及格线有点危险。

"不要这么紧张，下次好好考就行了。"陈燨安慰我道。

"你懂什么？要是这次再考不好让老师请了家长，回家我爸非揍我不可！"

"啊？你爸会动手打你？"陈燨像听到什么奇怪的事一样，瞪大了圆圆的眼睛。

"废话，哪有不打孩子的家长。"

"可是我爸妈就没打过我。"

陈燨的样子不像是在撒谎。

"怎么可能？你考试不及格的时候，你爸妈没有揍你？"

"不及格？"陈燨朝我摇了摇头，"我从没有不及格，都是满分。"

谈话到此结束。我不想和他继续说话了。

就在我准备离开的时候，陈燨忽然叫住我，"韩晋，你和石敬周是不是在调查泼油漆的事情？"

"你怎么知道？"

"我猜的啊，昨天晚上开始你们就神神秘秘的，还把马小骏叫去了小花园。"

"是又怎么样？"我承认了。

"有没有查出什么？"

"你是说泼油漆的人吗？"

"对啊！"

"没有，完全没有方向。怎么，你有想法？"我反问。

陈燨没有直接回答我，而是低下头，沉思了一会儿，抬起头说："我也想加入你们。"

"为什么？"

"因为这件事太奇怪了。咖啡店和音乐教室的钢琴，这两样完全无关的东西，竟然都被泼上了红色的油漆，那人为什么要这么做呢？如果只是单纯的恶作剧，那也太费劲了吧？我觉得不像。这种行为更像是为了达成某种目的而去做的。"

陈燨说话的时候，双眸炯炯有神，看来这两起反常的"泼油漆事件"也激发了他的好奇心。既然他主动提出加入我和石敬周的调查小组，那我也不好拒绝，毕竟上个月他还解决了张顺杰身上的谜团，我对这个"矮冬瓜"的推理能力还是抱有期待的。

我把这件事告诉了石敬周，他对陈燨的加入也表示非常欢迎，人多力量大嘛！

"现在要靠我们三个人的力量，把泼漆的人找出来，首先要弄清楚一个问题——他为什么要把油漆泼在咖啡店和钢琴上。"

下课后，我们仨站在小花园里，听着石敬周发表讲话。我和陈燨听得都很认真。

石敬周忽然话锋一转，对我们俩说道："你们有没有看过《名侦探柯南》？"

我和陈燨对视一眼，同时摇头。

石敬周笑了笑，对我们说："没事，我来和你们说吧。这部动画片里有一个很聪明的侦探，叫江户川柯南。他和小学同学一起组建了少年侦探团，专门调查奇怪的案件，就像我们现在一样。"

我惊呼起来："少年侦探团，这个名字好酷啊！"

石敬周点点头："是很酷，所以我决定，我们三个也成立一个少年侦探团，怎么样？"

我连连点头，而陈燨则一脸迷茫地看着石敬周。

石敬周对我的表现很满意，笑着说："好，那我们现在开始分配角色。我最聪明，当然是江户川柯南啦，也就是缩小版的工藤新一。陈燨第二聪明，就当圆谷光彦好了，至于韩晋你嘛……嗯，你就是小岛元太！"

"小岛元太？"我感觉这个名字很可疑，"怎么听上去不太聪明……"

石敬周有点尴尬，边咳嗽边说："胡说，元太可聪明啦！好了，不说这个了，我们现在下一步的任务，就是去'案发现场'看一看。"

他指的是马小骏爸爸开的咖啡店。

3

咖啡店就在学校对面，虽然是临街店铺，但因为校门口的小路比较偏僻，所以生意并没有想象中那么好，大部分还是靠熟人捧场。其中就包括在隔壁开文具店的老刘，他喜欢马小骏爸爸做的拿铁，一天不喝就念叨。还有教我们语文的浦老师，据说浦老师每天早上都要喝一杯美式咖啡提神，不然一整天都会昏昏欲睡。

我们来到咖啡店门口时发现，今天咖啡店打烊很早，才五点就已经没人了。

此时咖啡店玻璃门窗和外墙上的油漆已经被马小骏爸爸清理干净了。

因为陈燨和石敬周并没有亲眼目睹咖啡店被红漆刷过的模样，所以我只能尽量口述还原当时的情况。比如这里有油漆，那里也有油漆，这个油漆涂到这儿，那边涂到那儿。说的时候，我还会用手来比画。

"你刚才说油漆是无规则涂抹的，那我有一个问题。"

说话的人是陈燨。

"什么问题？"

"油漆是不是曾经刷到过那只小熊？"陈燨顺势朝玻璃门上一指。

我循着他的手指的方向看去，发现玻璃门上有一个小熊贴纸，大约在一米六五到一米七的高度，半张已经被染红，尽管看得出被擦拭的痕迹，但还是无法还原成最初的干净模样。

"是的，我有印象，油漆确实刷到了小熊贴纸。"我忙问陈燨，"有什么问题吗？"

"没有，没问题。"陈燨似乎在思考什么，但看他的样子，好像暂时不愿意说出来。

正当我们聚精会神地观察咖啡店时，忽然有人在背后叫了我们的名字。

"韩晋！陈燨！石敬周！"

我们三个忙回过头，发现语文老师浦洪正站在我们身后。

她的块头很大，说话声音也很响亮，但这都不是我们害怕她的理由。

我们最怕她啰唆。

我记得周星驰的电影《大话西游》里面有个唐僧，很多妖精遇到他，都要被他唠叨死。如果唐僧遇到浦老师的话，谁被谁唠叨死就很难说了。

"你们几个放学不回家，站在这里做什么？"

"我……我们想找马小骏玩……"石敬周扯了个自己都不信的理由。

浦老师一眼看穿。"马小骏早就回家了，你们要找他也应该去他家找，为什么围着他家开的咖啡店？"

"因……因为……"石敬周不知该说什么。

此时，陈燏却开口了。

"我们想找出泼油漆的人。"

浦老师沉下脸，口气很凶地说："都跟我去办公室！"

没有什么事比放学后被老师带去办公室挨批更悲惨了。这次罪魁祸首是陈燏，如果不是他把实情说出来的话，或许浦老师就放我们回家了。

"长本事了啊？放学不回家，在校门口玩侦探游戏？要是真碰上坏人，就凭你们几个小孩，能制服坏人吗？"

刚进办公室，浦老师劈头盖脸一顿教育。

我当然能理解她担心我们的安全的心情，但确实有点小题大做了。

"对不起，浦老师，我们错了。"石敬周讨饶道。

浦老师想了想，还是摇了摇头："不行，我得通知你们家长。小小年纪，不好好读书，学人家当侦探，将来怎么办？考不上好的大学怎么办？"

"给我们一次改过自新的机会吧！"我也哀求道。

这时，陈燏却没有加入我们的对话，而是自顾自地观察着浦老师的办公室。这间办公室一共有四张书桌和四把椅子。除了浦老师外，教数学的赵老师、教美术的徐老师和教英语的董老师也在这里办公，其中除了董老师是男性，其余都是女老师。

不过这周徐老师请了病假，所以这间办公室只有浦老师、赵老师和董老师三个人。现在已经到了放学的时候，除了浦老师之外，其他两位老师早早就回家了。

"陈燏，你怎么也做这么离谱的事？"

浦老师对陈燏说话的时候，明显换了一副表情，是一种怜爱中略带责备的神情，而对我和石敬周则是一副恨铁不成钢的模样。

没办法，谁让人家是神童呢！

"浦老师，能不能不要通知我们的家长？"陈燏忽然说道。

"怎么，你也想和老师讨价还价？"

"作为交换条件，我也不会把老师的秘密说出去。"

陈燏说出口的这句话，出乎在场所有人的意料。

我也惊呆了，他怎么敢这样和老师说话？

浦老师微微皱眉，问道："老师的秘密？老师能有什么秘密？"

陈燏指了指垃圾桶，对老师说："一般老师办公室的垃圾桶都是两天一换，但现在垃圾桶里有两个咖啡纸杯，应该都是浦老师您的吧？"

"是又怎么样？"

"其中一个纸杯看商标就知道是从马小骏家的咖啡店买的，因为昨天咖啡店关门，所以应该是今天的咖啡，对吧？除了这个纸杯外，我还发现了另一个纸杯，看商标是一家名叫孤岛咖啡的店，可根据我的记忆，孤岛咖啡离我们学校起码有一千米远，那么只有一种可能……"

浦老师不说话了，眼睛直勾勾地看着陈燏，像是期待他说下去。

"就是浦老师您昨天来到学校，却发现马小骏家的咖啡店因被泼油漆而歇业了。但是您无法忍受一整天不喝咖啡，因为您已经习惯了，否则一整天都会不精神。所以您便趁着我们做早操的间隙，骑着自行车去一千米外的孤岛咖啡店买了一杯咖啡，以解燃眉之急。以上就是我的推理。您的行为我可以理解，但在上班时间私自外出买咖啡，这件事如果让校长知道了，不知会不会处罚您呢？"

我惊呆了，陈燏竟然在威胁老师……

他一个小学生，竟然胆敢威胁老师？！

"如果我把你们家长叫来，你就打算去校长那里告发我，是不是？"浦老师也是缓了好久才明白陈燏的目的。

陈燏点点头。

浦老师扫视我们三个，长舒了一口气，脸上尽是无奈。

"我要是能被你唬住，这三十多年就算是白活了。"说完，她拿起电话，拨了陈燏家的电话号码。

4

"昨天你被你妈揍了没？"

第二天午休时，石敬周笑嘻嘻地凑过来问我。

瞧他这嬉皮笑脸的样子，昨天一定逃过一劫。

"我可没你这么好运。"我指了指自己的屁股，"我发誓，迟早把我妈那双塑料拖鞋丢到海里去，让她这辈子都找不着。"

"丢海里，她再去买一双，照样打得你哭爹喊娘。"石敬周幸灾乐祸道。

"对了，你昨天回去怎么说的？"我好奇地问。

"我……我说了你可别怪我……"

"说啊，我学习学习。"

"嘿嘿，我就说，都是韩晋出的主意，我一开始准备回家，被你和陈燨给拖住了，没办法才陪你们去的，结果就遇上浦老师了。早知道这样，我一定会努力劝阻你们，让你们早点回家。"石敬周说完，用手摸了摸后脑勺，看上去不太好意思。

"你妈就信了？"我很惊讶。

"信了，为什么不信？"

"看来你妈比你还呆！"

"对了，矮冬瓜从今早到现在一句话都没说，是不是被打傻了？"我顺着石敬周的目光，望向坐在第一排的陈燨，只见他正捧着一册《童话大王》在读。

"你放心吧，他成绩那么好，爹妈怎么舍得打他。不过他昨天敢威胁浦老师，我倒是真没想到。"想起昨天的画面，我心有余悸。

"我当时也吓傻啦，心想这矮冬瓜疯了吧？算了，事情都过去了。我看我们的侦探团也就此解散吧。再调查下去，估计每天回家都得挨揍。"

"同意。"

我嘴上虽然这么说，但心里还是有一丝不甘。

也不能怨我，毕竟这件事实在太奇怪了，越想越奇怪，根本不像普通的恶作剧。

我们有一搭没一搭地聊了几句，上课铃响了，走进教室的是教英语的董老师。

董老师长得很高，脖子也很长，像是一头长颈鹿。他说话的时候，口沫横飞，有时候会溅到坐在第一排同学的脸上，这让大家都很反感，但也都是敢怒不敢言。董老师的穿衣风格也很奇怪，他喜欢把一大串钥匙别在腰襻上，走路时钥匙晃晃荡荡，相互碰撞，发出吵闹的声音。不过董老师似乎觉得这样很帅。

就在董老师转身在黑板上写英文词组的时候，我发现他换了一条裤子。

为什么会注意到这方面呢？因为董老师一直是单身，所以衣服和裤子都是一个月才换一次，天气再炎热，也顶多换个 T 恤，但裤子绝对是不换的。他前天上课穿的是蓝色牛仔裤，也才换没几天，怎么今天又换了一条黑色运动裤呢？

我把这个疑问写在小纸条上，趁董老师不注意，托同学传给了石敬周。

他看了之后，也觉得奇怪，在座位上朝我摊开双手。

由于董老师不同于其他老师，对我们一直笑嘻嘻的，很友善，所以同学们并不怕他。我打算在课间休息的时候，亲自问一问他。

好不容易熬到下课，还未等我理好书，就看见石敬周跑到讲台边，对董老师说："董老师，你今天怎么换裤子啦？变得这么讲卫生了？"

董老师红着脸挠了挠头，笑着说："哎呀，竟然被你们发现了！这件事说起来，还真是丢人呢！还是不说了。"

"说嘛，说嘛，我们想听！"石敬周不依不饶。这时，其他同学也开始起哄。

董老师见拗不过他们，于是便说："就在前天，你们还记得音乐教室的钢琴被人泼了红色油漆吗？"

"记得！"同学们齐声道。

"其实啊，不止音乐教室的钢琴被泼了红色油漆，董老师办公室的椅子上也被人用红色油漆涂过了。"

"啊？"我惊讶地叫出声来。

原来被红色油漆泼过的地方不止咖啡店和钢琴，连老师的椅子都没能幸免。

"因为办公室的椅子都是红木椅，所以老师也没注意，就一屁股坐上去了，结果可就惨喽，裤子上粘了一大块红油漆。唉，那条牛仔裤还是新买的呢，没办法，只能丢掉了。"

董老师说完后，长叹一声，从他惆怅的模样来看，那条牛仔裤的价格不便宜。

就在这时，一直保持沉默的陈燨忽然站了起来，对董老师说："牛仔裤粘上油漆之后，您去哪里换裤子了？"

董老师转过头对陈燨说："当然是回员工宿舍了，办公室又没新裤子。"

陈燨把目光投向了董老师腰间的钥匙串，又问道："所以老师您当时换裤子之前，有没有取下钥匙串，放在办公室的桌上？"

"对啊，因为怕弄脏皮带和钥匙串，所以我都取了下来，放在桌上，然后就回员工宿舍换裤子了。"

"椅子大概是什么时候被泼油漆的？"

董老师歪着头想了想，说道："应该是在做早操的时候。因为我刚来办公室时，椅子上还是干净的，等做完早操，椅面就已经被人涂上了未干的油漆。"

"为什么不带走钥匙串？"陈燨又问。

"当时太生气，忙忘了呗！"董老师的脸更红了。

确实，董老师丢三落四的习惯，几乎整个年级组都知道。每次上课不是忘了带课本，就是拿错别的老师的备课资料，临走时还经常把自己的记事本留在讲台上。

陈燨听了董老师的话，脸色变得很奇怪，我总觉得他已经想到了什么。

果不其然，放学后，陈燨把我和石敬周一起叫去了小花园。

"什么事啊，神神秘秘的！"石敬周奶奶今天过生日，他必须要早走，显然他对陈燨的行为有点不太满意。

"我有事想和你们说！"陈燨解释道。

"难道你有新发现？"我问。

陈燨冲我们用力点了点头，看样子非常兴奋。

"是关于油漆事件吗？"这次说话的人是石敬周。

"没错，我已经知道，肇事者为什么要在咖啡店、钢琴和椅子上泼红油漆了。"陈燨自信满满地说，"这一系列的行为，根本不是无意识的恶作剧，而是彻彻底底的犯罪！"

"犯罪？"我和石敬周都被吓到了。

"没错，就是犯罪。不过目前来说，我只推理出肇事者的动机和计划，但还没有锁定人选，所以我需要你们的帮忙。"陈燨把目光投向了我和石敬周，眼神中充满了期待。

我尴尬地吞了口唾沫，问道："帮你的忙，我们当然是责无旁贷，可是我们就想知道他的计划是什么，我们有没有办法阻止？"

"恐怕阻止不了。"陈燨遗憾地摇了摇头。

"那我们岂不是白忙一场……"我很丧气。

"不，并不算白忙。"陈燨又道，"因为我们还可以揭发他。"

5

楼道里的灯又坏了。

走楼梯的时候，高志超只能放慢自己的脚步，否则很容易跌倒。

还记得上周末，也是因为楼道的灯不亮，他又急着跑回家，结果在楼梯上摔了个大跟头。幸而身后的邻居王叔叔接住了他，不然一定摔得头破血流。

老式的居民楼没有电梯，四楼说高不高，说低也不低，高志超走了两分钟才到家。

"我回来了。"

他用钥匙打开房门，对着空气说道。

高志超也知道家里没人，但他就是想说句话。

哪怕没人听。

打开日光灯，屋子瞬间被照亮。屋子是一室一厅的格局，大小不过五十平米。严格来说，这里不是高志超的家，而是他爷爷奶奶的家。

客厅中央放置着一张方桌，桌面上摆放着几道已经凉掉的小菜。碗边还有一张纸条，是奶奶留给高志超的，大意是说自己去打麻将了，让高志超记得把菜热一热，吃好晚饭，就洗澡睡觉，自己打完麻将就回来。

高志超没有热菜，也没有热饭，只是端起碗就吃。他不在乎饭菜的温度，也尝不出饭菜的味道，反正只要把肚子填饱就行。一个人吃饭，对他来说就像是做作业。

吃到一半，高志超抬起头，望见悬挂在方桌正上方的一张黑白照片——那是爷爷的遗像。

照片中的爷爷露出慈祥的笑容，但高志超几乎没有关于爷爷的记忆。随着高志超的年龄越来越大，记忆也变得模糊，明年他就上五年级了，而爷爷在他上幼儿园中班时就去世了。

爷爷去世后，他就和奶奶两个人生活。父母因为感情不好，早早就离婚了，现在也各自有了家庭。原本说好每个周末，爸爸或妈妈会带他出去玩，或者接到家里住，可随着父母都组建了新的家庭，来看他的次数也越来越少。

最近两个月，父母都没来探望他，只是偶尔通个电话，像是走流程般询问一下最近的生活情况。高志超嘴上敷衍，其实内心还是希望和爸爸妈妈多说几句话的，但显然爸妈更没有耐心，批评他几句后就挂了电话。

高志超把碗里凉透了的米饭都吃进了肚子里，然后把空碗拿到水槽里洗。

洗碗的时候，他又想起了妈妈对他说的话。

——如果这次数学测验再不及格，妈妈就再也不来看你了！

高志超把碗里的洗洁精冲洗干净，然后一只只整齐地放进柜子里。

洗好碗筷，高志超坐在沙发上，打开电视机。荧幕里出现了一个黑色机器人，正在和一头怪兽对战，打得难分难解。

不像其他小朋友，父母只让他们每天看二十分钟的动画片，高志超可以无限制地看下去，没有人来管束他。有一次他甚至直接在沙发上睡着了，奶奶回家的时候，已经是凌晨两点了。

但高志超并没有因此而感到快乐。

他很孤独。

有时候他会想，爸爸妈妈现在都在做什么呢？如果打电话给爸爸，爸爸一定会说正在公司里开会，很忙，让他去找妈妈。打给妈妈呢？妈妈一定说在给妹妹喂饭呢——是的，这是妈妈和新丈夫所生的女儿，从某种意义上说，也是高志超的妹妹。但高志超的内心并不喜欢这个新妹妹，只是在妈妈面前表现得很高兴。那是他装出来的。

大家好像都很忙，只有他很闲。

高志超拿起电视遥控器，换了一个台。他对机器人和怪兽失去了兴趣。

就在此时，门铃忽然响了。

——会是谁呢？

他第一反应是妈妈，不过可能性不大，妈妈从来不会在晚上来奶奶家。难道是爸爸？不过这个点儿爸爸应该还没下班……

带着满肚子的疑惑，高志超走到了门口，"谁啊？"

"是高志超家吗？"

门外响起了一个稚嫩的声音。

高志超透过猫眼，看见一个背着书包的小学生，虽然系着红领巾，但看上去比自己年纪小很多。不过这张脸他很熟，像是隔壁班的。

"你是谁？"

"我是二班的陈爝，你是四班的高志超吧？"门外的人问。

"我是高志超。你找我有什么事吗？"

"你能先开门吗？你放心，这里只有我，没有其他人。"

高志超想了想，最后还是打开了门。

他太寂寞了，有个人说话也不错，管他是为了什么而来呢！

"你刚才说你叫陈爝？"高志超对他有点印象，"是不是考试一直拿年级第一的那个？"

陈爝点了点头，然后又指了指沙发："我可以坐吗？"他太矮了，站着的时候，一米四六的高志超整整高出他一个头。

"当然可以。"

说完，高志超就领着陈燨一起坐在了沙发上。

"我这次来你家找你，是为了向你确认一件事。"

"什么事？"高志超也很好奇。

"你为什么要泼油漆？"

话刚从陈燨口中说出，高志超就愣住了。

"我……我不知道你在说什么……"

"你只要回答我的问题就行了。"

"如果你来我家就是来胡说八道的话，请你现在就离开。"高志超有点恼羞成怒。

陈燨耸了耸肩，说："就算你不回答也无所谓，因为我已经知道你为什么要把红色的油漆泼在咖啡店、钢琴和椅子上。"

高志超的眼睛直勾勾地盯着陈燨，心脏怦怦乱跳。

他没想到，自己所做的事情，竟然会被这样一个"矮冬瓜"揭穿。

"怎么样？你想不想听一听我的推理？"陈燨把书包放在地上，调整了一下坐姿，"好，我们就从咖啡店事件开始吧！"

6

"这三起事件很奇怪，初看像是一场恶作剧。马小骏爸爸为人和善，他的咖啡店却遭到了陌生人的报复，被涂上了红色的油漆。除此之外，音乐教室的钢琴、老师办公室的椅子都被恶意泼洒油漆。肇事者费尽心思完成以上这些行为，难道仅仅是为了好玩吗？不，我觉得一定是有原因的，只不过这个原因，我们暂时没有想到。"

陈燨说到此处，瞥了一眼高志超，只见他面色惨白，额头上还渗出了一层细汗。

"于是，我开始找规律。乍一看，咖啡店、钢琴和椅子，并没有什么规律，但是它们却有交集。如果稍微大意一些，很容易就会忽略过去。我们把问题拆分开来，一件一件分析。首先，我们来看咖啡店被泼红色油漆导致了什么后果？后果就是马小骏爸爸早上没法做生意了。从另一个角度来看，原本要来咖啡店买咖啡的人，就没办法买到咖啡了，这其中就包括每天都要喝咖啡的浦老师。浦老师喝不到咖啡，她就必须去一千米远的孤岛咖啡店去买。这就是咖啡店被泼油漆导致的一个结果。请你记住这个结果。

"好，我们继续说下去，接下来是第二起泼油漆事件。音乐教室的钢琴被泼洒红色油漆之后，因为琴键和击弦机损坏，必须要送到修理厂去维修，这样钢琴课就没法上了。由于我们马上就要数学测验，数学老师就顶替了这节音乐课。用油漆损坏钢琴，导致音乐课被换成数学课，原本早晨第一节课休息的赵老师必须去给学生上课。这就是用油漆损坏钢琴导致的结果。

"接下来我们说第三起油漆事件，就是在董老师的椅子上涂油漆。有人趁着大家在做早操的时候，偷偷潜入老师办公室，在董老师的椅子上涂油漆，为的就是让董老师的裤子染上油漆，这样董老师就必须去换一条裤子，不然会有损形象。你看，在椅子上涂油漆，导致牛仔裤上粘到油漆，继而让董老师离开办公室去换裤子。怎么样，我说到这里，真相已经够清楚了吧？"

陈爝结束了长篇大论，把话语权交给了高志超。

"我……我听不懂……"

高志超把头扭向另一边，他不想被陈爝这样盯着。

"听不懂？那我讲得再明白一点。你用油漆泼洒咖啡店、钢琴和椅子，直接导致浦老师离开办公室去买咖啡、赵老师离开办公室去上数学课、董老师离开办公室去换裤子，加上这周请假的徐老师，整个办公室在上午第一节课时几乎没有人。而这，就是你的目的！"

陈爝在说最后一句话时，加重了语调。

不过高志超并没有屈服："就算他们因为油漆的影响而离开办公室，那这又能说明什么呢？如果我真的这么做，目的又是什么？"

"目的吗？"陈爝顿了顿，才说，"目的就是偷数学测验考卷。"

"你……"高志超一时语塞。

"因为第二天下午就要全年级数学测验，而考卷则被锁在办公室的柜子里，这个柜子的钥匙只有办公室的老师们才有。办公室一共有四位老师，分别是语文浦老师、数学赵老师、英语董老师和美术徐老师。除去徐老师，你想要盗取试卷，就必须支开其他几位老师，并取得钥匙。你很聪明，也很善于观察，所以你把目光投向了丢三落四的董老师，你知道他的裤子被油漆弄脏后会解下皮带和钥匙串，还会把钥匙串忘在办公桌上，这样你就有了机会，可以盗取钥匙，打开柜子，取得考试的试卷。有了试卷，你就能比其他同学更早开始练习，从而取得高分。"

陈爝这一番话说得斩钉截铁，毫不留情。

高志超生气道："你说我偷试卷？简直胡说八道，我考试都是靠自己……而且你也没有证据，全年级那么多人，凭什么说是我泼的油漆？"

"我用的是逻辑推理。"陈燔淡定地说。

"逻辑推理？"

"没错。要符合泼油漆的人的特征，需要两个条件，首先是没有参加早操，其次是在第一节课时曾离开过教室。因为没有参加早操，才可以偷偷去办公室泼油漆，第一节课离开教室，才能在董老师离开办公室的时候盗取试卷。我拜托韩晋和石敬周去咱们年级四个班都问了个遍，结果只有三个人符合这两项条件。"

"既然有三个人，那你凭什么说是我？"高志超用手拍了一下沙发。

陈燔知道他是在虚张声势，并没有理睬，继续说了下去。

"符合这两项条件的有一班的马晓飞、三班的赵静和四班的你。但是其中有个人，我立刻就排除了。"

"是谁？"

"赵静。"陈燔伸出右手，对高志超说，"赵静在上周上体育课的时候，把手腕弄骨折了，现在正绑着石膏，所以不会是她。"

"不是还剩下一个人吗，凭什么说是我呢？"高志超还在垂死挣扎。

"因为身高。"

"身高？"高志超不理解。

"对。我记得第一次和韩晋去勘查咖啡店的时候，发现咖啡店玻璃门上有一张小熊贴纸，而这张贴纸明显被油漆刷到过。"

"那又怎么样？"

"你知道玻璃门上的贴纸离地面多高吗？"陈燔笑了笑，说道，"我当时粗略地测量了一下，大约在一米六五到一米七的高度。"

"然后呢？"

陈燔见高志超还是不理解，又进一步说明："马晓飞的身高不到一米三，即便踮起脚把手伸到最高，也就一米五的高度，用刷子很难刷到一米七这么高，而你的身高是一米四六，加上臂展和刷子的长度，是可以刷到那里的。所以，经过推理，我只能认定泼油漆并盗取试卷的人就是你——高志超！"

一阵长时间的沉默。

忽然，高志超叹了口气，缓缓说道："其实我也不想，但是我这次不能再考砸了。"

"我理解你想得高分的心情，但不应该采取这种手段。"陈燨对他说，"偷卷子作弊，即便考了高分，也是虚假的，这会害了你。"

"可是我真的没办法了……"高志超忍不住流下了泪水，"我妈说，如果这次再不及格，她就不来看我了。我……我真的好想她……"

"你有没有想过，如果偷试卷的事情被你妈妈知道，她会更生气，更难过。考试不及格，你还是个学生，但偷试卷，你就是个小偷。所以，高志超同学，我建议你还是去向老师自首吧。我相信老师们会原谅你的。对了，你还必须把事件的前因后果都告诉老师，并向马小骏爸爸道歉，向学校里的老师们道歉。"

"可是我妈就不会再来看我了……"高志超低下头，默默抹泪。

"我会帮你的。"陈燨道。

"帮我？"高志超抬起了头，泪水还在眼眶里打转。

"我来帮你复习数学，你如果有什么不懂的地方，我一定可以教会你。然后我会帮你向赵老师求情再给你一次机会，让你单独做一次测验，一次堂堂正正的测验！都包在我身上！"

陈燨拍着胸脯保证道。

7

"然后四班那个高志超还真考及格了？"我听了陈燨的叙述，惊讶得张大了嘴。

"是啊，不仅及格，还考了个非常不错的分数呢。"陈燨笑着对我说，"韩晋，至少他现在的数学成绩比你和石敬周高。"

"这不可能！"石敬周买了包干脆面，在手里捏碎。他其实并不是为了吃面，而是要里面的水浒卡。不过他运气不太好，每次都抽到豹子头林冲。

此时，我们三人正坐在学校小卖部的门口，晒着太阳。

"对了，泼油漆事件的后续是怎么处理的？"我好奇地问道。

"本来是要记过的，但马小骏的爸爸亲自找校长求情，说这孩子也很可怜，他父母平日里都不在身边，所以犯了错，希望能再给他一次机会。至于钢琴的维修费，高志超的父亲表示一定会全部承担，并当场给校长和音乐老师鞠躬致歉。"陈燨答道。

我由衷感叹道："马小骏的爸爸人也太好了吧！希望好人有好报，咖啡店的生意将来越做越大！"

陈爝又补充道："对了，马小骏的爸爸了解情况后，还很严肃地批评了高志超的爸妈。他说他们可以追求自己的幸福，但是也不能耽误孩子的成长。这样的行为，是不负责任的行为，没有尽到父母的职责。高志超的爸妈被他数落得抬不起头。不过高志超的妈妈倒是真的哭了，她说自己也没想到孩子心里想法那么多，平时也不说，现在自己也知道了事情的严重性，将来会把孩子接到身边和自己住。高志超的爸爸也表示，虽然工作忙，但双休日一定空出来，亲自带高志超。"

"早就该这样了！"我说。

"还有，那些红色油漆，高志超是从哪里搞来的？"说话的是石敬周。

"隔壁邻居家在装修，油漆就放在门口。高志超趁人不注意，偷偷拿了一罐藏在了阳台。他奶奶整天打麻将，除了睡觉，几乎不在家待着，所以也没有发现。不过我也挺佩服这个高志超，竟然可以想出这么复杂的手法偷试卷，真不知说他笨好还是聪明好。"陈爝摇了摇头。

"我发现一件事。"石敬周突然说。

我和陈爝不约而同地望向了他。

"陈爝，你说实话，你是不是高中生？"石敬周的表情很严肃，不像是在开玩笑，连手里握着的干脆面都不吃了。

"高中生？我才小学四年级啊……"

陈爝话虽如此，但因为跳级，所以其实连四年级都没有。

"不对，我感觉你说话的腔调很像大人。就像动画片里的江户川柯南一样。所以你说实话，你是不是高中生变成小学生来蒙骗我们的？对，一定是这样，不然哪有小学生读书这么厉害，每次考试都年级第一？你一定是大人！"

"石敬周，你是看柯南看傻了吧？"陈爝长叹一声，"我劝你还是少看动画片，多读点书，说到底还是作业太少，看把你闲的。"

"你骗得了韩晋，却骗不了我，陈爝，从实招来！"

石敬周还是不肯罢休，用极为夸张的语调说着傻话，陈爝给了他一个大白眼，自顾自回教室了。

而这次的油漆事件，至此也算是彻底落下了帷幕。

时晨，推理作家，上海作家协会会员，咪咕幻想文优秀奖得主，本土原创推理作家中为数不多的坚守古典本格理念的创作者之一，上海第一家侦探推理小说专营书店"孤岛书店"（2023 年 1 月正式升级改造为"谜芸馆"）创办人。代表作：《侦探往事》《侠盗的遗产》《枉死城事件》等。

中学篇

魔法少年的谎言　文／鸡　丁

西瓜和幽灵　文／皇帝陛下的玉米

魔法少年的谎言

鸡　丁

第一章　倒走楼梯的少年

午休时分，教室里的人寥寥无几。学生们吃完午餐，有的在林荫道散步，有的在操场上挥洒汗水。14岁的赫子飞却闷头坐在课桌前，沉浸于某道物理难题。他是班里的物理课代表，也是物理成绩全年级第一的学生。物理老师早早就发现这位初二学生身上那超越同龄人的理科天赋，对他进行了多方面的教育引导。

"赫子飞，这么用功啊？"班长朱虹梳着两条马尾辫，兴高采烈地走过来。她看了眼赫子飞的习题册，不禁发出一声惊叹："哇，你在做什么题目啊？看上去好难。"

赫子飞放下手里的笔，轻轻呼出一口气："这是一道电磁感应题，确实很难，不过我已经做出来了。"

"这个我们要到高中才会学到吧！"

"只要掌握基本的物理定律，再稍稍运用一点逻辑思维，人人都能做出来。"赫子飞说完又继续埋头挑战下一道题。

这时，坐在赫子飞后面的叶芝璀打了一个哈欠，有些蛮横地说："你们好吵啊，能不能让我睡会儿觉？"

叶芝璀人高马大，学习成绩平平，却是学校里的"体育健将"，力大无穷，扔实心球的成绩更是打破了校纪录。不过，因为他说话总是不着边际，夸大其词，所以不怎么讨周围同学的喜欢。"我在公交车上徒手制服了窃贼""曾祖父送给我一块价值一千万的绿宝石""我去过南极"，这些都是叶芝璀著名的吹牛事迹。

"叶芝璀，你最近怎么回事啊？午饭也不吃，每天午休就是趴在教室里睡觉。"朱虹走到叶芝璀面前，没好气地说。

叶芝璀突然来了劲儿："我告诉你们一个秘密，你们千万不要说出去。"

"什么秘密？"

"前几天，我在放学回家的路上捡到一本旧书，你们猜里面内容是什么？"

"是什么？"朱虹睁大了眼睛。

"魔法。"叶芝璀咧嘴一笑，"里面写满了各种各样的魔法教程，有穿墙术、消失术、飞行术，让时间倒转，用意念控制物体……我已经学习得七七八八了！现在浑身上下充满了魔法能量，所以不吃饭也没关系。"

"就你？"朱虹早已对叶芝璀的言行习以为常，"吹牛大王，还魔法咧，你当自己是哈利·波特啊？"转而拍了拍赫子飞的肩膀问道，"赫子飞，魔法是真实存在的吗？"

赫子飞挠了挠乱蓬蓬的头发，气定神闲地说道："我只相信科学。"

"哼，书呆子，你懂什么？不信拉倒，总有一天让你们知道魔法的厉害。"叶芝璀继续趴下睡起了午觉。

放学之后，班长朱虹又跑来找赫子飞："赫子飞，我总觉得叶芝璀这几天怪怪的，会不会有什么问题？"

赫子飞忙着收拾书包，表现得并不怎么感兴趣："他不是一直这样吗？"

"不是，我昨天看到他……"朱虹的神色变得紧张起来，"他居然在倒着走楼梯！"

"倒着走楼梯？"赫子飞停下了手里的动作。

"嗯，昨天放学回家时，我正好经过叶芝璀的家门口……看见他正非常诡异地背对着楼梯，从一楼走上二楼。"

"背对楼梯，从一楼走上二楼……"赫子飞小声重复着朱虹的话，"他为什么要这么做呢？"

"我也觉得奇怪啊，今天又听到他说在修炼魔法……是不是中了什么邪？"朱虹一脸担忧。

"我们去'现场'看看吧。"赫子飞急忙收拾完东西，一溜烟跑出了教室。

第二章　会飞的瓶子

在朱虹的带领下，两人来到一幢用红砖砌成的老式居民楼前，那是一栋四层高的老公房，厨卫公用的那种，从外表看有些破旧。

正当赫子飞走到楼房的大门前，叶芝璀的身影恰巧出现在门洞内。只见叶芝璀背对着楼梯，正不紧不慢地倒走上楼，他的动作就像是倒播的录像带，滑稽又荒诞。

"你看，他昨天也是这样……是不是很奇怪？"朱虹手指着已经空荡荡的楼梯，"我们直接去问问他！"

两人冲进居民楼，走上楼梯，老式木质楼梯发出嘎吱嘎吱的声响。与此同时，叶芝璀正从楼梯上走下来——当然是以正常的姿势。

"你们怎么来了？"看见赫子飞和朱虹突然造访，叶芝璀有些讶异。

"叶芝璀，你刚才为什么要倒走楼梯啊？不怕摔跤吗？"朱虹开门见山地问。

"你懂什么？那是魔法的训练仪式。"

"魔法的训练仪式……"朱虹皱了皱眉表示不理解，"倒走楼梯？"

"叶芝璀，能让我看看你捡到的那本书吗？"赫子飞提出请求。

"不可以！你们想偷学我的魔法是吧？没门。"叶芝璀逃也似的走上楼梯，奔进自己家，"砰"的一声把门一关。

"真是奇怪的人……"朱虹摇了摇头。

被叶芝璀拒之门外后，两人只得离开。这时，一楼某户人家的房门缓缓向外打开，一个古灵精怪的小男孩探出脑袋，俏皮地朝外张望。

"哥哥、姐姐，你们也来找瓶子？"小男孩眨巴着眼睛问道。

赫子飞和朱虹面面相觑，齐声问："什么瓶子？"

"昨天晚上，我看到一只瓶子……从地上飞了起来。"小男孩边说边夸张地把手举过头顶。

"你在哪儿看到的？"

男孩指了指楼梯扶手旁的地板："就在那里，一个绿色的饮料瓶……昨晚我出来上厕所，那个瓶子突然就飞起来了。后来我把这件事告诉了其他小伙伴，我们一起去找那个会飞的瓶子，但是找了一天都没找到。"

"真的是飞起来的？旁边没有别人？"

"绝对没有啊，姐姐，我视力可好了。"他扒开自己的眼睛，做了个鬼脸。

从老公房出来后，朱虹百思不得其解："赫子飞，这到底是怎么回事啊？一会儿是叶芝璀倒走楼梯，一会儿又是会飞的瓶子，这幢楼怎么这么奇怪？不会是叶芝璀真的学会了什么让瓶子飞起来的魔法吧？"

赫子飞放下书包，坐在楼房外的花坛上，陷入了沉思。朱虹只在赫子飞做物理题的时候见过他露出这样的神情。

这时，朱虹注意到花坛另一边坐着一个小姑娘，也像赫子飞一样低着头，只是看上去更加沮丧。

朱虹走过去，问道："小朋友，你怎么啦？你看上去很不高兴呀。"

小女孩的头上绑了一根可爱的麻花辫，她抬起头，肥嘟嘟的脸上现出两抹红晕。

"大橘死了，我好难过。"女孩抿了抿嘴道。

"大橘？"

"是一只橘色的猫咪，我五岁的时候，爸爸从朋友家领回来的，最近它走不动路了，爸爸说它年纪大了……"小女孩忍不住哭了起来，"没过几天，大橘就死了。"

"小朋友，你叫什么名字呀？"朱虹用温柔的声音问道。

"我叫徐彦，小名叫彦彦，今年七岁，马上就要八岁了。"

"彦彦马上八岁了呀？是个大孩子了，要变得勇敢一些哦，大橘是去了天堂了，那里没有烦恼和痛苦，它正在那里快乐地生活着呢。"

"可是我好想它……天冷的时候，它就趴在我的脚边，特别特别暖和。"女孩用手背抹掉眼泪，"叶哥哥还会带着我跟大橘去草丛里探险。"

"叶哥哥？叶芝璀？"朱虹心头一震。

"是啊，叶哥哥就住在我家楼上，他很厉害的，还见过外星人呢。"

朱虹嗤之以鼻："彦彦啊，叶哥哥的话你别信，他乱说的，哪有什么外星人？"

小女孩露出失望的神情。

"我问你哦，彦彦，叶哥哥最近有什么奇怪的地方吗？他还跟你说过什么？"

女孩摇摇头，对朱虹这个问题的用意不明所以。可能在彦彦看来，叶芝璀所有的奇怪之举都是正常的。

第三章　消失在密室中

第二天中午，叶芝璀依然没吃午饭，一上完第四节地理课，就匆匆离开了教室。

几分钟后，班长朱虹鬼鬼祟祟地跑到赫子飞身旁，凑到他耳边说道："不对劲，叶芝璀刚刚去了体育器材室，把自己反锁在房间里，不知道在干什么。"

赫子飞被朱虹吓了一跳："你跟踪他？朱虹，你最近好像电视里的狗仔哦。"

"你才是狗仔！我这是关心同学。"朱虹生气地在赫子飞手臂上打了一下。

在朱虹的催促下，赫子飞也顾不上吃饭，只啃了半口鸡腿，便和朱虹一起来到操场。

体育器材室在操场东侧的羽毛球馆旁边，是一间专门用来存放各种体育器材的小房间。器材室没有窗户，只有一扇厚重的铁门。两人走到器材室门前，赫子飞拧了拧门上那个长得像喇叭一样的银色把手，把手只发出"嘎嘎"的声音，无法转动。

"确实从里面反锁了。"

"那说明叶芝璀还在里面。"朱虹用力拍了拍门，"叶芝璀，快出来，你在里边做什么？"

两人将耳朵贴在门板上，却听不见任何声响。

"我刚才还听见叶芝璀的说话声呢，还有哇哇像哭声一样的声音。"

"现在没人应门，会不会出什么事？"赫子飞也担忧起来，"你快去找曹老师，他应该有器材室的钥匙。"

不一会儿，朱虹就和体育曹老师一起奔向这边。曹老师急急忙忙从运动服口袋里摸出一串钥匙，挑出其中一把，插入门把上的锁孔，将门打开。

由于没有窗户，器材室里显得异常昏暗。许多绿油油的网球散落在地板上，两个生锈的铁架紧靠着墙壁，上面陈列着各种球。房间角落里还胡乱堆放着几个纸箱，里面堆着网球拍等物件。除此之外，一些软垫、跳马等体育器械也被随意地扔在室内。但是——房间里空无一人。

"叶芝璀人呢？"朱虹一脸惊讶。

"怎么回事？你不是说叶芝璀把自己关在里面吗？"曹老师环顾了一圈屋子，质疑道。

"奇怪了，如果叶芝璀不在里面，那房门为什么是反锁的？"赫子飞意识到了事情不可思议的地方。他走到门后，查看了门锁。门锁的构造很简单，圆形门把的正中央有个按钮，只要将按钮按下去，门就能从内侧反锁，在外侧只能用钥匙开门。刚才曹老师插入钥匙前，这个按钮应该是按下去的状态。

赫子飞又试了试在门打开的状态下按下按钮，再合上门，看看这样是否也能将门反锁。但是，在按钮按下的状态下，门无法正常合上，会被弹出的锁舌卡住。也就是说，在没有钥匙的前提下，一个人是不可能既离开房间，又同时将这扇门反锁的。

曹老师看到满地的网球，有些生气："这是谁干的！把网球弄一地。"

"曹老师，器材室的钥匙只有一把吗？一直在您身上？"赫子飞边帮曹老师收拾网球边问道。

"只有我这一把。"曹老师斩钉截铁地回道，"不过这器材室平时也不怎么锁门，里面都是一些旧东西。"

"老师，您的钥匙有丢过吗？"

曹老师苦笑了一下道："怎么？你审问犯人啊？钥匙一直在我口袋里，和我家里的钥匙串在一起，不可能丢。你们啊，要把心思放在学习上，别整天搞这种恶作剧，快找到叶芝璀同学，回去上课吧。"他似乎并不关心门为什么无缘无故会反锁。

赫子飞再次环视整个器材室，很快，他的视线锁定在了东北角的墙壁上。那里有一个代替窗户的通风扇，扇叶上布满锈斑，显然已经很久没有正常使用过了。然而通风扇叶片之间的缝隙很小，即便把整个通风扇都拆下来，也无法容纳一个人——哪怕是一个小孩子通过。

除了房门和通风扇，器材室没有任何通向外界的出入口。

面对这样的窘境，朱虹喃喃道："叶芝璀从这个密室里凭空消失了？"

原本想要寻获更多线索的赫子飞和朱虹被曹老师无情地赶出了器材室。

就在曹老师关上门的刹那，三人身后出现一个声音："你们在做什么？"

三人回头一看，叶芝璀正从操场那头迎面跑来。

"叶芝璀，你怎么……"朱虹差点发出惊叫，"你是怎么从反锁的器材室出来的？"

叶芝璀先是愣了一下，随后得意地一笑："我不是早就说过我会魔法吗？只要学会穿墙术，从密室里逃脱简直易如反掌。"

这次连赫子飞都张大嘴巴，惊得说不出话。

"既然人找到了，就赶快回教室吧，午休马上结束了。"曹老师说完这句话，突然猛烈地咳嗽起来。

"你怎么了曹老师？"朱虹关切道。

"没事……咳咳……我……我有点过敏……咳咳。"曹老师捂着胸口又连咳了好几声，过了好一会儿才缓过劲儿来。

"曹老师，要不要我用治疗术帮你治好咳嗽？"叶芝璀的语气愈加傲慢起来。

"别再信口开河了叶芝璀，我一定会破解你的密室诡计！"忍无可忍的赫子飞正式向叶芝璀下了战书。

朱虹的两只眼睛里满是崇拜的目光。

第四章　诡　计

下午的四节课，赫子飞都有些心不在焉，他一直在思考，叶芝璀到底是用什么方法从密室里逃脱的。临下课之际，就在赫子飞不经意间翻开物理课本，看到一张小球从斜坡滚落的受力分析图时，突然灵光一现。

放学后，其他学生都走光了，赫子飞唯独叫住叶芝璀，胸有成竹地说："叶芝璀，我已经解开你的诡计了。"

"诡计？"叶芝璀歪着头，不屑地笑笑，"哪有什么诡计？"

"我一直忽略了一点，其实制造密室的道具，就显而易见地摆在我们面前。"

"什么道具？"朱虹也满脸期待着这位校园名侦探接下来的发言。

"就是地上的那些网球！"赫子飞一语道破天机。

"网球要怎么制造密室啊？"

"很简单，器材室实际上并不是一个完全密室，它有一个与外界连接的缺口——墙上的通风扇。通风扇的每个叶片之间，都有一个宽约十厘米的扇形缝隙，人虽然进不去，但要伸进一只手却绰绰有余。"

朱虹转了转眼珠："你是说，手从那个缝隙伸进屋子，按下门把手上的按钮？可是通风口离房门很远，手根本够不着吧？又不是长臂猿。"

"当然不是直接去按按钮，而是利用网球，对准把手上的按钮投掷过去。"赫子飞字正腔圆地解释道，"叶芝璀是我们学校的体育能手，擅长各类运动，实心球成绩更是打破了全校纪录，想必他特别精通投球技巧。只要事先稍加练习，把网球从通风扇扔进去，让它撞击门把上的按钮使之反锁，应该不是难事。

"你事先把所有的网球都从器材室搬出来，离开房间，关上器材室的门。再搬来一张椅子放在通风扇外侧，随后站在椅子上，通过通风扇朝屋内扔网球。即便失败几次没有扔中门把都没关系，网球有一堆，只要成功一次，就能在房间外顺利将房门反锁，制造出密室。

"这就是当我们进门时，看见地上满是网球的原因。器材室里乱丢一气的器材，很好地掩盖了这些网球，使它们不那么引人注意。"

听完赫子飞的推理，朱虹就像个小迷妹一样露出崇拜之情："不愧是赫子飞，好厉害啊！"旋即她别过头对叶芝璀说，"叶芝璀，你的把戏已经被看穿了！你骗我们说学会了魔法，我们不信，你就故意弄出个从密室里消失的魔术，好吓我们一跳。还有你故意在楼梯上倒走，也是故弄玄虚，让我们以为你真的在进行某种奇怪的魔法修炼仪式。我说的对不对？"

叶芝璀迟疑了片刻，突然鼓起掌："行，我甘拜下风，没想到你这个书呆子还是有点水平的嘛。"

丢下这句话后，叶芝璀离开了教室。

到了周五，教室里的气氛异常欢愉，因为马上就要迎来双休日，而且下午还比平时少两节课。昨天刚被赫子飞揭破诡计的叶芝璀则变得收敛多了，他没有再吹牛，不过他依然没有吃午饭。看到赫子飞和朱虹时，叶芝璀的目光有明显的闪避，和前些天扬扬得意的样子判若两人。

下午放学之后，叶芝璀一溜烟跑了。此时，正准备回家的朱虹注意到赫子飞也怪怪的，好像有什么心事似的。

"你怎么啦？"

赫子飞没有说话，只是默默走出教室，步伐渐行渐快地走到教学楼外，穿过操场，来到器材室外面。

无奈之下，朱虹也只好一路跟了过去。

"到底怎么啦？器材室的密室之谜不是已经解开了吗？"朱虹一脸迷茫，不晓得赫子飞葫芦里卖的什么药。

不一会儿，赫子飞从羽毛球馆里借来一张椅子，将它放到通风扇下面，随即站了上去。

"不对……不对。"在对通风扇仔细打量一番后，他小声嘟囔着。

"什么不对？哪里不对？"朱虹伸长脖子，使劲跳了几下，试图看一看通风口有什么新发现。

赫子飞跳下椅子，脸色不太好地解释道："通风扇的叶片之间，有许多陈旧的蜘蛛网，它们都是完好的。如果要把网球扔进去，那些蛛网不可能完好无损……"

"这……"朱虹目瞪口呆。

"嗯，叶芝璀不是用这招制造密室的，密室之谜还没有破解。是我疏忽大意了。"

"怎么会？除了利用通风口，还有别的方法吗？"

"问题的关键是……"赫子飞托着下巴，又做出了沉思的动作，"既然叶芝璀没有用这个诡计制造密室，那当我提出这段推理的时候，他为什么不否认呢？既然有别的制造密室的手法，他就不该认输啊！昨天他痛痛快快'甘拜下风'的时候我就觉得有点不对劲，所以一直无法释怀。这就说明……叶芝璀有一个宁愿向我认输，也不能说出真相的理由。"

"哎呀！我有点糊涂了……叶芝璀想隐瞒什么真相啊？"朱虹急得直跺脚。

赫子飞再次陷入沉默。五分钟后，他吐出一句："我相信真相终究会浮出水面的。"

第五章　真正的魔法

周六阳光明媚，天空透出宝石般的蓝。朱虹一起床就接到赫子飞的电话，被他叫了出去。两人在叶芝璀家附近的一条小马路碰头。

朱虹换了一件漂亮的连衣裙，她见到赫子飞时，脸上洋溢着笑容。

"赫子飞，你电话里说要带我看一样东西，是什么呀？"

"快跟我走。"在朱虹还未回过神来的时候，赫子飞就迫不及待地往叶芝璀家的方向行进。

就在快抵达叶芝璀所住的老公房门口时，赫子飞突然停下脚步，身后的朱虹差点撞到他背上。

赫子飞站到一辆自行车后方，同时招招手，示意朱虹也将自己隐蔽起来。

"干什么呀，偷偷摸摸的。"朱虹只好悄悄踱步到一棵矮树后面。

赫子飞指了指楼房门口的空地，那里正上演着欢快而温馨的一幕——小女孩彦彦正在和它的小橘猫嬉戏追逐。当然，和他们一起玩耍的，还有叶芝璀。

"咦？那只小橘猫……不是去世的大橘吗？怎么又回来了？"朱虹感到震惊。

"叶芝璀所做的一切，都是为了彦彦。"赫子飞微微一笑。

"什么意思啊？"

"彦彦在大橘去世后，情绪一直很低落。作为她的邻居大哥哥，叶芝璀决定为彦彦做些什么。"赫子飞的声音变得异常柔和，"有一天，叶芝璀发现一只长得和大橘一模一样的小猫，就把它捡了回来，准备找一个适当的时机，送给彦彦。

"但是，因为自己家没有养猫的条件，叶芝璀只能把猫寄养在宠物店内。算上宠物疫苗、驱虫药、洗澡以及猫粮的费用，这可是一笔不小的开支。所以叶芝璀才会每天不吃午饭，他把省下来的饭钱都用在了猫身上。

"但就在几天前，他实在付不起寄养费，只好把猫接出来，偷偷养在学校的器材室里。小猫喜欢玩滚动的东西，所以网球被弄得满地都是。你当时听见哇哇像哭一样的声音，正是小猫的叫声。

"而猫同样是制造密室的'犯人'。那天午休，叶芝璀来看望过小猫后就离开了。我们都知道有些猫很聪明，在目睹主人离开后，会时不时跳起来扒弄门把手，试图将门打开。就是这么一个习性使猫的爪子在不经意间按下了门锁，意外制造出了一个密室。

"在曹老师打开房门前，我们用力拍门和喊叫的声音让猫受到了惊吓，它迅速躲了起来。所以当我们进入器材室的时候，猫可能正藏在某个角落的纸箱里。之后，你还记得曹老师不停咳嗽吗？我猜是因为他对猫毛过敏吧。这也是当时猫就在房间里的一个佐证。

"叶芝璀发现器材室有动静后，又匆匆赶回来。仔细回想一下，他当时很慌张，是担心我们发现猫的事。但我们却把注意力放在破解密室上。叶芝璀根本不知道猫把房门反锁了，当时也很糊涂。但他不能说出养猫的事，所以只能配合我们，临时编出一个'穿墙术'的谎言。

"那天放学，我提出利用网球制造密室的诡计。叶芝璀听完后索性将计就计，承认是自己制造了密室。他真正的用意当然是为了隐瞒器材室里有一只猫的事实。

"直到今天，叶芝璀才把猫从器材室抱出来，正式送给了彦彦。为了让彦彦开心起来，叶芝璀向她撒了一个谎——他告诉彦彦，自己是魔法师，能够将时间倒流，让某个物体、某个人，或是某只动物回到过去的状态。

"为了让彦彦相信这个谎言，叶芝璀做了许多事。他开始练习倒走上楼梯，以及暗中在饮料瓶上绑一根细线，将地上的饮料瓶拉到空中。他想让彦彦目击自己倒走楼梯和瓶子反向升空——这样就可以证实自己真的拥有让时光倒流的能力。

"完成'时光倒流'的表演之后，叶芝璀将猫送给彦彦，并告诉她，他把大橘变回了从前的样子——那个还能走得动路，还能在冬天为彦彦暖脚，还能陪伴彦彦一起长大的大橘，它回来了。"

朱虹静静地听着赫子飞的话，没有发出一丁点声音。

不远处，阳光、草坪、猫与孩子组成了一幅人间最美好的画卷。

彦彦和大橘玩得特别开心。大橘一个调皮，窜到了别人家的篱笆里。叶芝璀一个跟跄追了过去。

彦彦发现了矮树旁的朱虹，高兴地飞奔过去。

"啊，你是上次那个姐姐！"

"彦彦！"朱虹蹲下来，给了女孩一个拥抱。

"姐姐，大橘回来啦！它又能陪我玩啦！都靠叶哥哥，他真的太厉害了！你们知道吗？他懂得让时间倒流的魔法！刚才叶哥哥让我站在一楼的楼道里不要动。突然有个空瓶子从楼上掉了下来，然后叶哥哥也走下楼梯。就在他用手指轻轻一挥之后，时间真的倒流了！叶哥哥倒走上了楼梯，不一会儿那只瓶子也升了上去，真的太神奇啦！然后叶哥哥就抱着大橘出现了，啊！我的大橘！"

看到叶芝璀把大橘从篱笆墙里抱出来，彦彦立即奔了过去。

就在跑到一半的时候，彦彦回过头："姐姐，你还没祝我生日快乐呢！"

朱虹一惊："嗯？今天是你生日？"

"对呀！我今天八岁啦，所以叶哥哥才给了我一个这么棒的生日礼物，嘿嘿。"

"生日快乐！"

"谢谢姐姐！"

"也许，叶芝璀同学真的是个魔法师也说不定呢。"赫子飞有些惭愧地摇了摇头。

鸡丁，本名孙沁文，推理作家、职业动画编剧，上海作家协会会员，擅长密室与不可能犯罪题材，被誉为中国推理界的"密室之王"。代表作：《雪祭》《凛冬之棺》《写字楼的奇想日志》《吃谜少女》。

西瓜和幽灵

皇帝陛下的玉米

1

夏日就是蝉鸣拨弄可乐罐里的气泡，空调凉风吹走窗外的喧嚣，西瓜和雪糕交替霸占舌尖上的味蕾，停不下来的胡思乱想填满被拉长的白天。

诚然，燥热引发的疲倦在所难免，但距离暑假还要掰着指头数上好几个来回才真叫人提不起劲。

五月下旬的天，蓝得很鲜艳，但莫清清的视线伴随着下课铃声从课本移向窗外不过两秒，连拨动少女心弦的工夫都不够，坐在前座的李驰毅就转过头来叫了她。

"班长，能不能请教一个问题？"

莫清清以为李驰毅又和往常一样想问她课本上的问题，可等了两秒既没看到课本也没看到笔记便微微有些诧异。她带着询问的目光看向李驰毅，却见这个男孩表情酷酷的，又不敢正视自己的眼睛。莫清清抬了抬眉毛，觉得事情不寻常。

"李驰毅，你碰到什么麻烦了吗？"

莫清清声音很平和，平和中又带着些许好奇。李驰毅和大部分高中男孩一样，脸上的稚气还未褪去，但举手投足又尽量表现自己（认为的）成熟的一面。可现在当他需要向一位同龄女孩求助，他似乎还不能完全下定决心。不过请教的话已经说出了口，此时再闭嘴的话反而更没面子。

所以李驰毅只是迟疑了几秒钟，便鼓起勇气说：

"你会不会给手机解锁呀？"

莫清清的头顶缓缓升起一个大大的问号。

算起来，两人前后桌有大半年时间了，虽然谈不上情谊有多深厚，但至少算得上彼此能够畅所欲言的关系。莫清清是班长，这也表示班里的同学有什么难处都可以找她商量。虽然莫清清自己也不过是个十几岁的孩子，但她自认为足够聪明，多少能帮人排忧解难。但李驰毅的这个问题确确实实戳中了莫清清的知识盲区。

李驰毅在反复确认莫清清没有笑话他的意图后，才无奈补充道："我手机密码被人改了。"

莫清清确实没有笑话李驰毅的想法，因为她实在不知道该用什么表情来回应。她挺难理解这位前桌到底出于什么理由认为自己能帮上忙。

"手机密码被人改了应该找那个改你密码的人吧？找我我也帮不了你呀。但你如果是想拆开手机的话，我倒是有点心得。"

不擅长电子产品维修的莫清清提出了自己的见解，并且基于自己因为好奇弄坏过两部手机的人生经历提出了一点建议。

"不是你想的那样。"李驰毅摇摇头，从书包里偷偷拿出自己的手机，从课桌底下递过去放到莫清清手里，"我也不想拿去店里啊，这样毫无挑战性。但我脑子笨，解不开密码，现在只能接接电话，没法玩，可愁死我了。"

莫清清眨了眨眼睛，一道灵光在她脑子里闪现。她眼神亮晶晶的，像是抓到了事件的核心，嘴角不受控制地微微扬起，笑着问李驰毅："是谁干的？"

李驰毅惊讶地"唉"了一声，然后又生怕被人关注到似的，迅速压下脑袋，并且还心虚地回头看了一眼前排某张桌子，确认那儿没人以后才慌慌张张地解释："是我自作自受，不怪那个人，我就是想班长你成绩全班第一，脑子最聪明，也许有办法帮我解开手机密码。"

莫清清微微眯起眼睛，像是吃到了甜甜的瓜那样，眼神中充斥着愉悦和好奇心尚未得到满足的急切。她甚至都没思考就立刻问："所以是宋昕遥改了你的手机密码？"

莫清清的话音刚落，李驰毅立刻慌张起来，脸也瞬间涨红。

"别声张！欸，你怎么一下就猜到了？"

莫清清笑吟吟的，不痛不痒地说了一句："你刚才偷瞄了一眼她的座位，有这一眼就够了，女生的直觉很灵。何况平日里你们放学还经常一起走。能改你锁屏密码的人，首先得知道你的原密码。不过你连这都和她分享，关系挺亲密的嘛。作为同学我是不在意这种事啦，但作为班长我觉得有必要提醒你们，还是要以学业为重……"

"等一下，等一下！"李驰毅双手做出"停止"的手势赶紧打断莫清清。

"不是你想的那样！我手机原来的锁屏密码就是'1234'，试两下就解开了，我和宋昕遥还没到那种关系……"

"嚯——你没说'不是'而是说'还没到'。"莫清清瞬间就发现了对方话语里的不寻常之处。

"班长你这么聊天可是会失去朋友的！"

李驰毅把头垂在莫清清的课桌上嘟嘟囔囔起来，他需要十几秒钟来缓解尴尬。

等稍稍冷静一些之后，李驰毅干脆放弃抵抗，抬起头用求饶的眼神注视着莫清清，决定"坦白从宽"。

"密码确实是宋昕遥改的。"

莫清清微笑注视着李驰毅，这笑容中掺杂着很多东西，既有对李驰毅坦白的赞许，也有对接下来谈话的期待，还有对自己在这件事当中能扮演角色的跃跃欲试，以及能听到班里同学八卦的喜悦。当然，李驰毅无法从莫清清的表情中读到这么多信息，他只觉得莫清清笑容可掬，真是个好人。

"好了，现在我们聊聊事情的重点——你怎么她了？"

李驰毅叹了口气，一脸委屈的样子："昨天放学我们一起走，买奶茶的时候我偷偷拍了一张她的照片，没想到她就生气了。"

"你为什么偷拍她？"

"因为她好看。"

"……"

这般心直口快的回答让莫清清无法反驳。宋昕遥长得好看倒是没错，但不管人家长什么样，偷拍这一行为就是不对的，毕竟大家还只是"还没到那种关系"的普通同学。

"所以说……"莫清清端起一副批评教育人的老干部模样叹了口气。她没好气地拿着李驰毅的手机，前后左右端详，又随手试了几组密码，没能解锁。

接着她对李驰毅慢悠悠说道："你偷拍人家，人家当然要生气的。说严重点，这事儿违法，她要是当场报警都不带冤假错案的……"

"她说我专挑丑的角度拍，叫我下次别这样了。"

莫清清愣了两秒，然后才后知后觉地幽幽感叹道："还下次？你确定她是在跟你生气？"

"班长你这话是什么意思？"李驰毅不明所以地反问。

"呵呵，没别的意思。"

莫清清又把话题带回正事上来："要解开你的手机锁屏密码倒也不难，你密码只有四个数字，十的四次方总共是一万种组合，那么最多试一万遍你自然能解开。"

李驰毅的脸垮了下来，他觉得自己仿佛面对着堆成山的模拟试卷，表情比吞了巧克力馅儿的灌汤小笼包还难看。

"一万种？你在跟我开玩笑？"

"没错，我是在跟你开玩笑。"莫清清狡黠地笑了。

可李驰毅觉得一点也不好笑。

"好啦不逗你。"莫清清换了一副严肃的模样，她把手机屏转过来，把解锁页对着李驰毅，"通常来讲，我们在给自己的手机设置锁屏密码的时候，一定会用最有记忆点的数字组合，最有可能的是生日，其次也可能是手机号码末位或者家里门牌号以及一些值得纪念的特殊数字，其他还有依照按键顺序而来的图形，等等。这是我们设置密码时的共通心理。为了方便自己记忆，一般不可能胡乱按出四个数字。所以宋昕遥给你设的新密码一定也遵循了某种规则。"

李驰毅好像听懂了，又好像没全懂："可要是宋昕遥真的就随便按了四个数字呢？"

莫清清白了李驰毅一眼："你不懂女生。"

李驰毅莫名觉得莫清清的话很有道理。

"可我昨晚都试过了。生日、门牌、电话号码，还有我们的纪念日！"

莫清清眼前一亮，都顾不上周围人看她的眼光，瞬间凑近李驰毅，惊讶地问："等等！你们还有纪念日？"

李驰毅满脸窘迫，尴尬地说道："所谓纪念日就是我们成为同班同学的那一天。"

莫清清重新坐直了身子，仿佛捏在手里的彩票和头等奖只差了一个数字那样失望地嘟囔着。

"我还以为能吃到什么大瓜……"

莫清清再次把李驰毅的手机放在眼前，仅仅四个数字的解锁密码那么短，如今却像是世纪谜题那般深奥，仿佛浩瀚海洋中藏匿的宝石，明明知道它就在那儿，却始终无从下手。

莫清清想象如果自己是宋昕遥——一位容貌出众又行事低调的同班同学，在明明难为情却又要假装生气的情况下会怎么给身边那个讨厌不起来的男生制造点小麻烦呢？

"不可能是轻易被猜到的数字，也绝对不可能是无法被猜到的数字……"

莫清清自言自语道。

忽然，她抬起头，目光灼灼地盯着李驰毅说：

"跟我讲讲你们昨天放学后的经过吧，从头到尾，要详细！"

2

在李驰毅的印象当中，莫清清既是坐在后排什么问题都难不倒的学霸，也是大家都信赖的班长。虽然她不是披荆斩棘的神奇女侠，可无论大问题还是小问题，到她手里都能迎刃而解。莫清清品学兼优又平易近人，魅力无与伦比。但在今天，因为一个课本里不曾出现过的难题，李驰毅第一次见识到了莫清清特殊的一面。

李驰毅有点被莫清清这种架势吓到，虽然因为她是班长，总免不了会有对大家发号施令的时候，但眼神如此凌厉的莫清清他可是头一回见。

"昨、昨天放学后？"

李驰毅微微缩了缩脖子，接着像乖巧的小白鼠一样一五一十地对莫清清交代起来。他昨天放学后先和宋昕遥在校门外的文具店会合，宋昕遥买了荧光笔，之后两个人走到两百米外的一家奶茶店各自点了一杯奶茶，他提出要请客，宋昕遥坚持各付各的。在点完单各自等待期间，他偷瞄着宋昕遥的侧脸，突然就鬼迷心窍，于是假装看朋友圈实则偷偷打开相机拍照，结果因为没有关静音被宋昕遥发现了。接着宋昕遥抢走手机并质问他为什么要偷拍，偷拍就算了还拍得这么丑？最后宋昕遥就把手机里的照片删除并顺手改了锁屏密码以示惩罚。

回忆到此结束，李驰毅重重吐出一口气，如释重负。

然而莫清清对此的态度却是："啊？就这样？"

李驰毅微微蹙眉，觉得莫清清不对劲，但还是认真地点头回答："就这样。"

"没有后来？"

"后来？后来我就一个劲儿道歉，然后垂头丧气回家了。"

"我还以为有新鲜八卦可以听……"莫清清似乎有点不满足，如果她头顶上有一对毛茸茸的耳朵的话，这会儿一定是耷拉着的。

李驰毅却急了："我明明在认真求助你，你居然只想打听我的八卦……"

"我这不是正认真帮你分析嘛。"莫清清坦然道。

李驰毅赶忙问："那你分析出结果了吗？"

"没。"

李驰毅忍不住翻起了白眼。

"好啦好啦……"莫清清觉得差不多够了，出声安抚道。接下来真的需要认真对待前桌男孩的烦恼了。

莫清清清了清嗓子，郑重其事地说："我问你，你们去文具店买的东西，有什么不寻常的地方吗？"

李驰毅试着回忆但收效甚微："没有吧，就三支荧光笔，蓝色、黄色还有红色。"

"什么蓝？什么黄？什么红？"

"这还有区别？"

莫清清叹口气，在大多数男生眼里，宝蓝色还是湖蓝色都只会被统一叫成蓝色。

"那你们去买奶茶的时候，各自买了什么呢？"

"奶茶啊……"李驰毅又试着回忆，没多久便很清楚地回答道，"我叫了一杯布丁奶茶，宋昕遥点的是盐奶茶。"

"盐奶茶？"

"海盐什么什么……名字太长没记住。"

莫清清再次叹口气。

"再想想，还有什么不寻常的地方？"

"不寻常的地方？"李驰毅努力回忆着，"也不是什么特别的事情吧，不过……"

"不过什么？"

"她发现我偷拍以后很生气，数落了我一顿，然后把没喝完的奶茶塞我手里自己走了。临走前还对我说'自己想办法解开，解不开就别用了，正好可以多看看书'。"

"那是在她改了你密码之后说的？"

"是呀。"

"原来是这样……"

真相有时候一点也不复杂，只是大多数当事人雾里看花，被那些混混沌沌的东西迷住了眼。

莫清清微微点着头。她拿起李驰毅的手机，纤细的手指嗒嗒嗒嗒在虚拟键盘上敲了四下，手机立刻解锁。整个过程就两秒而已，看得李驰毅一愣一愣的。

"你就这么破解密码啦？你怎么猜到的？！"

李驰毅伸手要拿回自己手机，莫清清却提前一步把屏幕关闭。手机回到了李驰毅手里，但锁屏依然没法解开。他眼巴巴地看着莫清清，那眼神别提多可怜了。

看到李驰毅这副模样，莫清清再次安慰道："解铃还须系铃人，你有两个选择。"

"哪两个？"

"第一，等着宋昕遥原谅你然后告诉你答案。第二，开动你的小脑筋解开密码。"

李驰毅刚刚燃起的希望迅速熄灭，他哭丧着脸说："让宋昕遥告诉我答案感觉好没面子，但我自己要是能想出办法就不用向你求助了啊！"

莫清清身子微微后仰，背脊贴在椅背上，让自己彻底放松下来，估计下节课的上课铃马上要响了，她飞快地对李驰毅问道："你和宋昕遥关系到底怎么样？"

李驰毅一愣，随即脸微微发红，眼神也开始飘忽起来："你突然问这个做什么？"

"确认一下，你们会喝同一杯饮料吗？用同一根吸管的那种。"

"不不不，还不是这种关系！"

"那她为什么要把自己没喝完的饮料塞给你？正常情况下不是应该带回去或者当场丢垃圾桶里吗？"

"啊，这……"

李驰毅答不上来，他确实没有想到这一层，现在回忆起来，宋昕遥这个怪异的举动似乎有别的什么用意。

莫清清把李驰毅的神情看在眼里，心里清楚这男生不笨，至少从平时给他讲解习题时就能看出来，他是那种稍稍一提醒就会注意到盲点的人。所以这一次的难题虽然无关考试和习题，但也只需要轻轻一点，接下来想必他能独立解决。

"她那杯没喝完的奶茶，你后来喝掉了吗？"

李驰毅先是一愣，接着立刻矢口否认：

"没有！"

恰好此刻，上课铃声响起，李驰毅便立刻转过身子正对黑板，端端正正摆好了下堂课要用的课本等待老师到来。莫清清也一改放松的神色，收拢上堂课留下的笔记，换成接下来这堂课的课本，神情开始变得专注起来。她不再去深究李驰毅有没有说谎，因为她能从后面清清楚楚看见这个男生发红的耳朵。

3

在周围人眼里，莫清清是典型的"别人家的孩子"。她成绩优秀、能说会道、乐于助人、容貌秀丽。在学校里，她是班长，脑子聪明又学习用功；在邻里间，她是邻居口中的乖巧女生，善良又热心，小嘴像抹了蜜。至少在别人看来，莫清清是个没半分缺点的女生。但人无完人，一个十七岁的高中生，正处在心思特别活络的青春期，怎么可能一点毛病都挑不出来呢？也许莫清清在运动方面稍微欠缺一些，但对一个还在上高中的女生来说，这根本算不上缺点。当然，在莫清清的父母看来，莫清清这孩子对这个世界的好奇心实在太重了。往好听了说叫求知欲旺盛，往难听了说就是爱打听八卦。

但关于这一点，莫清清自己反而不那么认为。

主动去了解别人的故事，体味人世间的喜怒哀乐，必要的时候施以援手，为了能让世界充满爱而贡献一份微薄的力量，这份情操怎么能简简单单用"爱八卦"三个字来概括呢？

莫清清家住在一片说旧不旧说新也不新的小区，父母租了小区大门外沿街的一间店面经营便利店，也顺便帮这片小区收发快递。正因为这份地利因素，光顾生意的客人自然都是小区里的住户，大家都是邻居。这种氛围非常好，因为做的都是熟人生意，当然缺点也很明显，生意覆盖面小，盈利不多。莫清清的父母都是喜欢安稳过日子的人，妈妈是个典型的劳动妇女，勤俭持家，一心一意扑在家庭琐事和照顾孩子上，虽然有时一说起话来会絮絮叨叨个没完，但确实是一个让莫清清能清楚感受到母亲伟大的女性；而莫清清的爸爸也是个典型的"什么都会"的顶梁柱，从修理小家电到组装大件家具，再到木工瓦工水泥工的活计，从熟悉国内外的体坛名人逸事，再到谈论时事政治和坊间野史，莫清清觉得她爸爸除了不能辅导功课，简直无所不能。有这样的父母操持这个家，哪怕家境没有很富裕，却让人安心。同样，他们经营的小店也让周围邻里觉得放心。

所以莫清清挺喜欢待在小店里，因为能和邻里们接触，能听到不少故事。每到周末或节假日，莫清清会带上习题和作业，到店里帮父母看店，在父亲出去送货、母亲刚好回家做饭的时候，她便是这间便利店的小老板了。

"清清，我来拿快递。"

"清清，放假也这么用功啊？"

"清清姐姐，我要买冰激凌！"

"哎哟，清清这孩子真好啊，又聪明又乖巧，我家那小子有你一半就好喽。"

莫清清待在店里的时候总能听到这样的声音。她在街坊邻里中的人气非常高，这甚至让她怀疑要是有"小区最美人物"评选，除了那个看起来日理万机的业主委员会主任外，十有八九还会有自己。莫清清不爱慕虚荣，她喜欢大家夸自己纯粹是因为她能感觉到他们的善意。

就拿今天来说，莫清清才刚刚闲下来，正拿起手边的习题册，就看到住在二幢的高大伯笑吟吟地走进店里。

"清清，我刚买的桃子，你拿两个去吃。可甜了！"

莫清清笑着放下习题册，礼貌地回应：

"谢谢高大伯，我对桃子过敏，不能吃的。"

"哎哟，那真是可惜了，有没有去看过医生？这能不能治啊？那你是不是连桃子罐头、桃子汽水都不能碰了啊？"

老婆饼里没有老婆，桃子汽水里也没有桃子——莫清清暗暗地想，只是不置可否地淡淡一笑，表示这话题就此过去。

这时莫清清眼角余光捕捉到一个人的身影。那是一位二十七八岁的女性，五官生得清秀，但稍显阴郁，似乎心头每时每刻都积压着琐事无法舒展。她穿着微微有些发白的松垮 T 恤和深色棉制瑜伽裤，脚上穿着无法走太远路的厚底拖鞋，脸上没有化妆，头发随意披散在肩头，一副假日里只想在家看剧睡觉压根不想见人的打扮。莫清清推测能让她出门的唯一理由是下楼拿快递。

这是住在对门的徐苏苏，一位单身的独居女性。对于这位邻居，莫清清说不上很熟，只知道她的姓名和她在证券公司上班。尽管搬到对门居住许多年，但能说上话的机会寥寥无几。倒不是徐苏苏性格冷漠，纯粹是因为彼此之间的圈子毫无交集，上班族和学生的作息时间完全不同，年龄也存在着代沟。

徐苏苏走进店里，瞥了一眼，柜台边只有莫清清和一个有印象但完全没说过话的大伯，她表现得和往常走进便利店拿快递一样，淡淡说道：

"我拿个快递。"

莫清清也和往常帮邻居们取快递一样，扫码验证，在井然有序的快递堆里找出正确的快递盒子，再次核对地址和收件人后交给到店的客人。

然而这一次却有所不同。徐苏苏手里拿着那个四四方方的快递盒子，扫一眼面单后脸上竟露出一副犹豫不决的样子。莫清清注意到徐苏苏的异常，同时又从她复杂的眼神中读到了"这似乎有瓜可以吃"的信息，于是开口问：

"徐阿……姐怎么了？东西弄错了吗？"莫清清本想喊一声阿姨，但话到嘴边又急急忙忙改口。

"你还是叫我苏苏姐吧。"听到一个十七八岁的小姑娘差点顺嘴喊自己"阿姨"，徐苏苏原本阴沉的脸色黑得更厉害了。

莫清清冲她抱歉地笑笑。

徐苏苏没接收到莫清清表示歉意的笑容，她的注意力这会儿还在手上那个快递上。她捧着快递盒子的手紧握又松开，好像拿着的不是普普通通的纸盒子，而是烫手的火龙蛋。她甚至忘了对莫清清说声谢谢便转身走出了便利店，紧接着干脆又利落地把那个未拆封的快递丢进了门外的垃圾桶。

这太不寻常了，看到这一幕的莫清清眼神立刻变得凌厉起来。她意识到徐苏苏这个举动可能意味着人生中闯入了一个不速之客，那人让她感到既厌恶又无可奈何。和昨天李驰毅宋昕遥那种青春期不痛不痒的小别扭不一样，徐苏苏这种职业女性遭遇的没准是电视剧都不敢拍的狗血事件。

莫清清体内有某种情绪蠢蠢欲动，仿佛有只小恶魔在她耳边窃窃私语，催促她快点行动。错过了，就没瓜吃了。

"不对！我觉得苏苏姐需要帮助，她肯定碰上了什么麻烦。我才不是为了吃瓜！"

莫清清用只有自己能听到的声音自言自语道。

4

莫清清记得两次走进对门的家里还是徐苏苏和她母亲刚搬进来的那天，自己礼貌地登门探访以及前年冬天徐苏苏母亲去世，自己去对门慰问。

这是意想不到的第三次。

屋子里的布置和记忆中那两次变化并不大，特别简约，里里外外没有任何男人存在的痕迹，只有两个女人相依为命的点点滴滴。至今徐苏苏母亲的房间都完好保留着，仿佛阿姨依然还住在屋子里。看得出来徐苏苏对她母亲十分思念，不然也不会把没人住的房间收拾得干干净净。

莫清清不是没有向父母打听过对门的情况，但父母也知之甚少。据说是徐苏苏的父亲英年早逝留下母女两个相依为命，但莫清清坐上徐苏苏家客厅沙发的一刹那，便突然觉得有种不协调感袭上心头。她有种感觉，徐苏苏家的事情并非那么简单。

但万事总得有个开头，于是莫清清开门见山地把徐苏苏早上丢掉的那个快递拿了出来，摆在客厅茶几上。

"苏苏姐早上把这个快递扔掉了，我不放心，怕你搞错就麻烦了，所以特地过来问问，这个是你确定要扔掉的吗？"

徐苏苏淡淡地看了一眼茶几上那个快递，又转头看了一眼表现得人畜无害的莫清清。她也不知道该怎么向这个住对门的小姑娘解释这一切。

于是，为了让莫清清放心，徐苏苏从电视机下的抽屉里拿出一把剪刀，走到茶几边两下剪开快递盒子。

盒子里头是一个长方形的样式精美的盒子，从外观来看不知道是什么东西，但价值应该不菲，像徐苏苏这样看也不看直接扔掉，背后肯定有隐情。

于是莫清清用不解的眼神看向徐苏苏。

"你喜欢的话就给你吧，我讨厌这种东西。"

徐苏苏其实清楚莫清清肯定不会贪这东西。虽然是没怎么说过话的邻居孩子，但风评多多少少有听过一些，她之所以这么说，是想给自己找个台阶下。

"这件事不知道该从哪里说起——"

徐苏苏不是特别会拐弯抹角的人，她给莫清清倒了杯水后便直奔主题。

"那个男人在我很小的时候抛弃了我妈和我。"

"那个男人"这四个字可以透露出很多信息，莫清清的耳朵微微一动，表情也跟着严肃起来。

不过为了严谨，莫清清还是郑重地问了句："'那个男人'是指你爸爸？"

然而徐苏苏并不认同莫清清提出的称谓，她再次强调："是'那个男人'。"

"好吧，你继续说。"莫清清喝了口水。

她其实不渴，只是下意识地做了喝水的动作。

"小时候我问我妈，爸爸去哪儿了。她说我爸死了。从小到大我一直以为他早就不在人世了。"

这时，莫清清终于意识到徐苏苏接下来想说什么。

"但……'那个男人'突然又出现了，对吗？"

徐苏苏一愣，显然她对莫清清的敏锐有些意外。莫清清见徐苏苏不说话，于是又补充了一句："你刚才收到的快递就是他寄来的？"

徐苏苏这次没有犹豫，她放下水杯把手边的快递盒子推到莫清清面前。

"哼，我妈走了一年以后，差不多是去年冬天，我收到了一个快递，里头有一件首饰和一封信，是那个男人写的。内容无非是说二十年前丢下我们二人外出寻梦，如今非常后悔。接下来我每个月都会收到一个快递，东西五花八门，有时候是首饰，有时候是衣服，甚至还有吃的。好像为了补偿我似的，尽是些可笑的东西。"

莫清清再次将目光投向那件礼物，徐苏苏打开盒子，里头是一套看起来价值不菲的化妆品。对于大多数女孩来说，有这样一个父亲应该会很开心吧。但从徐苏苏厌恶的眼神中能看出，她父亲的所作所为不过是在加深两人之间的裂痕罢了。

"有时候真觉得男人的脑回路实在是……"莫清清收回目光自言自语道。

她虽然年纪不大，但已经清楚认识到男人和女人在思维上存在着巨大的鸿沟。这种差异不只在于性别，更包含了方方面面，比方处理问题的态度、表达情感的方式等等。李驰毅那种大男孩已经开始让人感觉头疼了，更别说年长的、表达更加内敛以及狭隘的中年男性。

她继续问徐苏苏："我能帮上什么忙吗？也许，我能帮你找到这个寄包裹的人，叫他别再做这种事了。"

徐苏苏从没想过莫清清会提出这种建议，一时间不知道该说这个女孩是胆大包天还是脑回路奇特。先不管她做不做得到，首先这是自己的家事吧？

莫清清又说："我知道，苏苏姐一定是觉得我脑子不正常。毕竟这只是你的家事。但我讨厌看到周围的人过得不开心。你也许不明白，我喜欢待在便利店里，就是因为进进出出的邻居们都很和善，大部分时候也都开心心心的。我喜欢看到大家露出那种表情，没有什么比平日里点点滴滴的平安喜乐更让人开心的了。"

徐苏苏哑然。原来现在的孩子脑子里头想的都是这种事吗？还是莫清清更为特别？而且为什么她会觉得自己有那种能力？徐苏苏也曾到派出所求助过，但这并没有涉及违法犯罪，甚至连民事纠纷都谈不上。哪怕找上电视台，她那个不知道躲在什么地方的混账父亲的所作所为，也够不上被公之于众并口诛笔伐的程度——毕竟他可是在努力修复父女关系，哪怕这种做法让女儿感到恶心。

"谢谢你的关心，不过我真没觉得这有什么好帮忙的，毕竟……"徐苏苏说着，伸手把茶几上的化妆品连同快递盒一同扫进了茶几旁边敞开的垃圾桶里。

可没等她把话讲完，就听到莫清清冷不丁说了一句："做得到哦。"

"什么？"

徐苏苏以为自己听错了，但她却从莫清清脸上看到一种从未见过的表情。

莫清清的笑容很自信，眼睛里亮晶晶的，仿佛天上的星辰，有一种叫人无法反驳无法拒绝的魔力。

趁徐苏苏愣神的工夫，莫清清站了起来。

"大概情况我了解了。帮你找到'那个男人'其实不难，不过我想知道，找到他以后你打算怎么做？"

徐苏苏可能自己都不明白，为什么要相信眼前这个高中女孩的话。但当听到莫清清说能找到那个人的时候，徐苏苏的眼神突然变得很可怕。她的呼吸立刻急促起来，双手紧紧攥成拳头，指节甚至捏到发白。

"揍他一顿，叫这个懦弱的男人滚出我的生活！"

"可他是……"

"我爸早就死了！"徐苏苏大声喊着，"那家伙，只是个阴魂不散的幽灵！"

5

所谓万事开头难，但只要迈出了第一步，再困难的事，距离成功也只会越来越近。很多人一事无成往往就差在鼓起勇气的那一步上。

莫清清决定把这个事件命名为"幽灵快递"，这是她正式向这个谜题发起挑战的信号。她是个说干就干的人，整个行动从告别徐苏苏回到对门自己家里那一刻便宣告开始。

莫清清首先从冰箱里取出一盒酸奶摆在桌上，就像下酒需要小菜一样，思考也需要一些特别的味道作为辅助。可同时，莫清清又像是想到了什么，看了一眼日历，稍作犹豫便把酸奶推到一边，决定等它不那么凉了再喝。

水汽在酸奶包装盒外头凝成了一团小小的水珠，窗外吹入室内的风提醒人们这是一个悠闲的假日，而莫清清已经迫不及待启动大脑忙碌起来。她把作为"证据"带回来的快递盒连同里头的化妆品一起放到酸奶旁边，里里外外仔细观察。

"苏苏姐把之前收到的那几个'幽灵快递'全给扔了，这个是唯一的线索。嗯……先试着从快递单查起？"

莫清清查看了快递盒上的快递单，寄件人写着王伟，名字是假的，手机号估计也是胡乱填的，寄出地址查了不存在，查询快递单号则显示这是同城寄出，这倒是一个值得注意的地方。

接着，她取出盒子里的化妆品，一字排开，将它们一件一件翻来覆去地看。这个牌子的化妆品广告打得响亮，在任何一个商场都能见到专柜，并没有特别的地方。

莫清清索性拿起其中一个小瓶子放到鼻子底下闻了闻，外包装上有种说不上来的奇怪味道。可以确定和这种高级化妆品的香味格格不入，是一种闻起来很廉价的香味。

这倒是很不寻常，这种廉价香味到底是什么？

莫清清刚才在徐苏苏家里偷瞄过她的梳妆台，徐苏苏用的化妆品牌子很杂。她爸显然不清楚她平时在用些什么，只是在商场随便挑了一套贵的送她。可惜里头没有发票，不然就能知道是从哪里买的。

"苏苏姐她爸胡乱买化妆品……"莫清清自言自语的话音刚落，她突然一激灵，"对呀，这不就说明她爸知道女儿有化妆的习惯，但所知的也仅此而已嘛。这样是不是就表示他能够在一定程度上了解自己女儿的情况，甚至能看到她？"

莫清清立刻就联想到李驰毅是怎么被宋昕遥嫌弃的了，没错，徐苏苏她爸肯定也是在什么地方偷偷关注着她。

基于这个推测，莫清清又展开了新的思考。

"如果我是徐苏苏的爸爸，我该怎么做才能既看得到女儿，又不会被她发觉呢？跟踪？暗中观察？还是乔装打扮光明正大出现在她面前？"

"既然我知道女儿住在什么地方，那为什么不直接把礼物放到家门口呢？是不是这样做反而更容易暴露？同城快递相对比较安全，但为了不让人留下印象，就不能在自己居住地附近寄快递。"

在手上只有一张快递面单的情况下，莫清清实在想不出更好的办法去查找快递的源头。她知道，自己不得不出门跑一趟。

可一个小女生冒冒失失地跑去投递站问东问西会不会不妥？

莫清清自认为所做的事和侦探查案相去甚远，出门肯定也不可能带个助手。但她目前深切地感觉到自己缺少一个人帮忙（壮胆）。试问自己的社交圈子里头有谁可以这么任劳任怨并且不会误会自己在发神经病呢？

要说莫清清的人缘，那确实很好，毕竟在周围人眼中她是"完美"的代名词。但要说大周六随便拉个人都愿陪自己东奔西跑，莫清清又觉得这显然有些夸张了。莫清清不是没朋友，只是仔细思考过后才发觉，她好像没有那种愿意为自己豁出去的朋友。

这可如何是好——

正当莫清清陷入烦恼之际，一个陌生来电打断了她的思绪。莫清清拿起手机，听筒那头传来一个熟悉的声音。

"是我啦，李驰毅。"

这倒是有些出乎意料，但莫清清转念一想，倒也能理解李驰毅的意图。

"你手机能用了？"

"没，是趁我爸睡着了偷偷拿他手机给你打的。"

"看来你还是想从我这里问到密码。"

"学习虽然使我快乐，但我也不能一整天都扑在学习上呀，我想尝尝被电子产品腐蚀心灵的滋味。班长，你帮帮我吧，我请你喝奶茶——不！你下周五天的奶茶我都承包了！"

莫清清并不想占这个便宜，但也不想驳李驰毅的好意，于是揶揄道：

"胖死我对你有什么好处？"

"不是，你别这么想，我就是想展示我的诚意。"

说到诚意，这不是巧了吗——莫清清眼珠一转立刻打定了主意。

"奶茶就算了，不过如果你真想表达诚意的话，我正好有件事想找人帮忙。作为交换，完事后我告诉你解锁密码吧。"

"咚——"

莫清清听到电话那头传来一声诡异的闷响，她不知道是因为李驰毅太高兴当场跪下了，还是太激动一蹦三尺高撞到了天花板。但有一点让她感到轻松，那就是通往真相的第二步也顺利地迈了出去。

6

"你说寄件人？"

胸前印有"企鹅快递"标志的中年快递员纳闷地看着眼前的两个学生。

这位快递大叔大概是第一次遇上这种人，被太阳晒得黝黑的脸庞上不带半点柔和的表情，倒像是担心莫清清和李驰毅要干什么奇怪事情一样盯着他们两个。他看上去和二人的父亲差不多岁数，浑身上下一股老练的气质。风里来雨里去，仿佛"尝遍了生活的千滋百味"说的就是这种人吧。对莫清清来说，这种人并不是很好的交涉对象，但她还是硬着头皮胡扯道：

"没错！这个叔叔每个月都给我打钱寄东西资助我上大学，现在我大学毕业了，十分想要见见他以报答他的大恩大德，我只知道快递是从这个点寄出的，没有更多的线索啦，叔叔你就帮帮忙好吗？"

快递大叔用狐疑的目光在莫清清和李驰毅两人身上扫来扫去："但是客户信息我们都是保密的，不能透露出去啊，更别说每天上门寄东西的人那么多，有些只是放在便利店和快递柜里，我就算想帮你也无能为力啊。"

"就没别的办法了吗……"莫清清懊恼地垂下头，装得挺像那么回事。

李驰毅则在一旁悄声说："我早就告诉过你这办法行不通的。"

事实上，当李驰毅风驰电掣赶到莫清清家楼下被告知自己到底要帮什么忙之后，他内心是拒绝的。然而大丈夫一言既出驷马难追，李驰毅显然也不能因为出尔反尔而丢了面子。可莫清清的计划实在有些天马行空，以至于李驰毅觉得他们肯定会无功而返。

不过负责交涉的莫清清还不想放弃。

"那有没有每月来一次让人印象特别深刻的人？"

快递大叔像看傻子一样瞪着莫清清："一个月才来一次的人怎么可能让人印象深刻？"

这话说得铿锵有力，比直接下逐客令的效果都强。

莫清清和李驰毅出师未捷只好失落地离开。莫清清主要负责失落，李驰毅显然还没进入自己的角色。

从投寄点出来以后，莫清清无奈地从笔记本上画掉投递站这条线索。

"要是能有更多的快递单就好了，苏苏姐的爸爸这么鬼鬼祟祟，八成不只在一个地方寄过快递。"莫清清有些烦躁地挠了挠头，又立刻意识到身边的李驰毅会看到她的丑态，于是赶忙又把头发抚平，她假装什么都没发生继续说，"但苏苏姐说那些礼物连同快递盒她全都丢掉了，估计现在已经变成再生材料了。她为什么会这么绝情嘛。"

"毕竟你父母从没伤害过你。"李驰毅用一种仿佛是过来人的语气对莫清清说。

莫清清斜了一眼李驰毅，用试探的语气问道："这么说，你也被你父母伤害过？"

"打屁股算不算？"李驰毅理直气壮地反问。

莫清清想翻白眼，但大庭广众之下还是忍住了。

她对李驰毅不分场合的冷幽默有点招架不住，顺便联想到宋昕遥难道是因为这个才对这家伙有好感的？实在无法理解美少女的品位。

莫清清并不讨厌李驰毅这种性格，但读不懂气氛这点确实很容易让周围人陷入沉默。于是她紧抿着嘴唇，视线顺着街上的车流越飘越远，太阳还有些微微刺眼，她抬手挡在眉梢上。

在那一瞬间莫清清想到了很多，关于父母，关于家庭，关于执念，还有关于心结，她被这种莫名的情绪左右着，声音变得有些发干，表情也仿佛被凝结了一样。

"也许你说的对。"莫清清对李驰毅说道，"我在非常幸福美满的家庭里长大，从没被父母伤害过，确实无法理解苏苏姐的心情，但我也是真心想要帮她。至少，她可以有机会听她爸说上一句'对不起'不是吗……"

夕阳的余晖洒在她的侧脸，这让莫清清看起来像是被落寞包围着。因为累了、倦了、难过了她可以回家靠在父亲和母亲温暖的背上，所以她心里有无限的底气。但徐苏苏不行，她能寻求到的安慰只有那个空荡荡的家和四面冰冷的墙壁。

"我得回家了，晚饭前不回去爸妈要担心的。"

莫清清对李驰毅说。

可是李驰毅这会儿却直愣愣地站着，马路对面似乎有什么东西吸引了他全部的注意力。

"李驰毅？"

莫清清用更大的声音唤着李驰毅，李驰毅这才如梦初醒，他转过头看了看莫清清，眼神中有一种意外的欣喜。

"或许，那些被丢掉的快递还能找回来也说不定。"李驰毅指了指马路对面，莫清清的视线追随而去，她看到了一个正在翻垃圾桶的拾荒者。

莫清清立刻明白了李驰毅所指。徐苏苏没有把快递丢在外头，她都是丢在小区内的垃圾桶里，而且她丢掉的包裹里头可都是全新的物件，那有很大的可能，这些东西会被人捡走。如果说有谁还会特地留着这些东西，那就只有一个人选了——小区的清洁工！

接下来，莫清清的行动力让李驰毅感受到了什么叫效率第一。

他们找到清洁工的时候，天还没完全黑下来，公寓楼里的各家各户已经开始准备晚饭了，清洁工这时应该也结束了白天的工作回到自己的住处。他住的地方是位于小区四幢楼后面的一间四十多平方米的平房，距离垃圾投放处不远，门口堆着各种蛇皮袋，里头鼓鼓囊囊装满了回收的废品。清洁工是一个独居的男人，莫清清对他的印象就是平日里沉默寡言不和人交际，干活的时候总戴着一个大口罩，工作一丝不苟。他面颊上有一片烫伤的疤痕，莫清清猜测这是他总戴大口罩的原因。

莫清清对清洁工说明了来意后，这个男人露出颇为担忧的神色，似乎在提防莫清清和李驰毅。但随后像是下了很大的决心，他打开房门请莫清清和李驰毅进去。

"都在这里了。"他指着吃饭的折叠桌底下码得整整齐齐的一堆快递盒子，"我是看那姑娘不要了才捡回来的，绝对不是偷的！"

原来是在担心这个啊……

莫清清和李驰毅像是捡到宝了一样，一个一个打开查看，里头有首饰，也有女性衣物，甚至还有已经过期的食品。她和李驰毅把这些快递盒收集起来，至于那些礼物，她知道徐苏苏是不会拿回去的，不如做个顺水人情都留给了清洁工。

"大叔，其他东西你留着，过期食品还是扔了吧，千万别吃。"

"我知道，我知道。"清洁工大叔目送莫清清和李驰毅离开，他戴着口罩，就那么愣愣地看着公寓楼的灯一盏一盏点亮。

7

这下莫清清终于拿到了所有的快递盒子，有一多半的快递单都没撕下来。她把快递盒子一个个捧在怀里，就好像捧着名校的录取通知书那样宝贝，看得李驰毅啧啧称奇。

这一天下来，李驰毅可是见识到了莫清清平时在学校里没有展现出来的好多面，有狡黠的一面，有强势的一面，也有像现在这样得意忘形的一面。他不知道哪一张面孔才是真实的莫清清，抑或这都是真实的莫清清。

"你看起来很开心？"

"那当然，调查有了突破性进展，我有预感，到明天，这一切就能水落石出啦。"莫清清要不是捧着一堆盒子，她估计能当场跳起舞来。

李驰毅却淡淡地皱起眉头："可这样真的好吗？"

"什么意思？"莫清清忽然停下脚步不解地看向李驰毅，觉得眼前这个人是不是被什么外星生物附体了。原本想事情直来直去的前桌男生说话居然拐弯抹角起来。

李驰毅脸上流露出些许困惑的神色："要像你说的那样，到时候找到了那个寄快递的人——也就是你对门那个小姐姐的爸爸。之后要怎么办呢？"

"当然是告诉苏苏姐啊。"莫清清一脸所当然。

"可人家也不想见那个狠心的爸爸吧？为什么还要强行揭人伤疤呢？"

莫清清沉默了一小会儿，两人之间的气氛也因此变得有些沉重。但没让李驰毅等太久，莫清清很快又笑了。

"不错嘛，我还以为你不会思考人生。"

"我好像有受到冒犯！"

莫清清没有反驳，而是继续自说自话："就像你担心的那样，我这么做确实很唐突。不，应该说一开始，我帮苏苏姐的举动就已经很唐突了。可你知道吗？我曾经在书上看到过一句话。"

"什么话？"

"'时间不会治愈伤痛，它只是让人习惯了痛。真正能改变人的，是他们的经历。'所以我觉得，如果苏苏姐和她爸爸不经历这件事，那么他们两个永远都不会做出改变，会一直原地踏步下去。"

李驰毅歪了歪头，他不是很懂莫清清说的，但倒是明白了莫清清的意图，想要做出改变，就必须踏出那一步。不管是主动还是被动。

"所以你想要帮他们改变？"

"我哪有那么大的本事啊。能不能改变另说，只不过，什么都不做的话，改变的可能性就无限趋于零了。"

"这么说你还是希望他们能冰释前嫌？"

"不是的，我其实也不想苏苏姐轻易原谅那个人。但长年累月把恨装在心里，又何尝不是一种心结呢？心结不解，心会生病的吧？"

"你哪来那么多深奥的话啊？"

"无他，多读书尔。"

"我好像又受到了冒犯！"

由于天已经黑了，李驰毅家也有门禁不能在外头多待，两人便不再聊下去。他在小区门口和莫清清道别。莫清清则回到家里继续一个人的调查。

"独居的女孩子这样做很不好啊，快递单上的信息应该涂掉的，留着多不安全。"莫清清摇着头自言自语，随后又话锋一转，"不过这次还得感谢这个坏习惯，现在可帮了大忙。"

莫清清把一张一张快递单从快递盒上剪下，摊平在桌上，并一一做检查。

她发现这些快递来自市内七家不同的快递公司，正如先前猜测的那样，徐苏苏的父亲为了降低被查到的风险，每次都选择不同的快递公司寄这些"幽灵快递"。

接着莫清清把一张本市地图铺开在书桌上，在上面标记了十多个投递站的位置。这些标记散落在整个城市的各个地方，像落在沙滩上的贝壳一般无线索可寻。

"完了，这样根本没法确定苏苏姐父亲的落脚点啊。"

莫清清盯着这一个个标记，内心无比郁结。但她抱怨归抱怨，视线却始终盯着每一个标记，脑中默默做着计算，坚信这里头一定隐藏着某种规律。

时间一点一点流逝，莫清清不知道看了多久的地图，终于像是破解了模拟卷上最后那道大题一般，如释重负地在地图上远离标记的一角写下了"风顺"两个字。

"风顺是市内速度最快同时也是收费最贵的快递公司。"

莫清清思考着。

"苏苏姐的爸爸寄的这些快递里唯独没有通过风顺这家公司寄的。难道是因为他觉得贵？"

一个手头不那么宽裕的人，却坚持每个月给女儿买很贵的礼物——

莫清清像是在做穿针游戏一样，试图用丝线把一条一条的线索串起来，但她发觉自己越整理手头的信息，越会产生更多的新疑问，如同滚雪球一般，谜团反而越发复杂。

"苏苏姐的父亲既然能跑遍全市寄快递，他大可以省下这些工夫自己把快递放到苏苏姐的家门口。可他为什么没那么做呢？"

莫清清想着想着突然举起了右手，用两根手指比成一个圆，然后眯起一只眼睛从这个圆圈里看出去，模拟着人从房门的一侧透过猫眼看向外面的动作。

"没错，如果亲自送东西一次两次还能瞒住，但要是苏苏姐警觉起来特地在门后蹲守，或者在门口安装监控，他就会暴露。所以他必须得用快递的方式送礼物。"

顺着这个思路，莫清清拿出抽屉里的荧光笔，挑了一只最深颜色的在地图上自己小区的位置画了一个大大的圆，这个不规则的圆差不多把周围一公里的范围都包纳了进去。

莫清清接着点点头："嗯，苏苏姐的爸爸如果在同一个地方投快递，也很容易会被查到，所以才要满城跑。那么这些分布在各处的投递站又有什么关联呢？只要解开这个谜，剩下的问题就简单了吧？"

莫清清歪了歪脖子，思维再次发散开。时间在莫清清不注意的时候悄悄溜走。夜渐渐深了，小区入夜后便显得特别安静，除了流浪猫狗偶尔的叫声，就只有更远处还在运营的公交车开过的声响。

"嗯？公交车？"莫清清突然从沉思中抽离，仿佛一个猛然钻出水面的潜水者。她想到一个很关键的问题：徐苏苏的父亲甚至舍不得寄贵的快递，那么他出门去寄东西是用什么代步的呢？从城东跑到城西可不是仅用两条腿就能走到的。

"能用来代步且廉价的工具就是公交车、地铁以及共享单车……"

莫清清拿出手机开始查找路线图。

"我找到了！"

举着手机欢喜地叫唤起来的莫清清，把刚好关店回到家的父母吓了一跳。

"清清你干什么呢？一个人大呼小叫的？"房间外传来了妈妈关切的声音。

"没什么？就是解开了一道大题有点开心！"莫清清回应着。

试问哪个父母听到自己的孩子为这种事情高兴时不会露出欣慰的笑容呢？

莫清清知道自己有点得意忘形了，赶忙调整好心态，她重新把手机举到眼前，距离近到几乎要拍在自己脸上。

手机上显示的是一条48路公交车的路线图，通过想象和对比，这条路线图和地图上的标记在莫清清脑中慢慢重叠在了一起。而这条线路最中间的一个站点，距离她住的小区仅百米远。

8

徐苏苏父亲藏在小区里的可能性非常大，莫清清住的小区建在老城区，这片地方交通不是那么便利，房价也低廉，人口流动性很大，加上徐苏苏二十多年没有见过自己的父亲，如果他再稍微乔装一下，那么即使站在徐苏苏对面她都不一定能认出来，显然藏在她周围反而是最稳妥的做法。而且，徐苏苏的父亲是在她母亲去世后突然出现的，这也说明了徐苏苏的亲戚中有人和她父亲保持着联络，从这方面入手其实是最简单的，但徐苏苏自己都问不出个所以然来，莫清清这个住对门的高中生显然更不可能了，而且还会打草惊蛇。

于是莫清清决定放弃这条线，转而查找快递的来源。功夫不负有心人，她已经越来越接近真相了。

莫清清第二天又把李驰毅叫出来，撵着他跑去物业找人，用的借口自然还是对付快递大叔的那一套。这件事莫清清当然不能自己出面，毕竟她是小区里的知名人物，不方便抛头露面。

不知该说物业公司那位大婶特别单纯还是富有同情心，总之在李驰毅七分做作三分走心外加磕磕巴巴解释完理由之后，她竟抹着泪花帮李驰毅筛选出了几个年纪在 50 岁以上疑似徐苏苏父亲的住户。

拿到了名单的莫清清和李驰毅立刻把小区前后四幢楼跑了个遍，但结果却让她欲哭无泪——没有一个人对得上！

这些"嫌疑人"中有的家境富裕，有的光外貌上看就知道和徐苏苏是两类 DNA，唯一一位年纪外形都合适的，却在上周因为酒驾被拘留了，显然他也不是。

线索到这里又断了，莫清清和李驰毅的调查好像回到了起点。

"不甘心啊！"莫清清从沙发上翻起来，一堆资料从她身上散落到地板，"什么结果都没有查到，整个周末还都搭进去了，什么题都没做！"

第一次来到莫清清家的李驰毅显得有些拘谨，他端坐在沙发的另一侧，有些苦恼地叹气："这种事明明你自己去查就可以了，还非要我跟着。"

莫清清可不这么认为："我一个女生去敲陌生人家的门总归是不好的，得有个人壮胆。"

"你在街坊邻里中口碑不是很好吗？"

"口碑再好人家也只当我是个孩子啊！"

"好孩子的待遇可比我这种来路不明的孩子强多了。"

"你非要抬杠是不是？你是不是平时也这么跟宋昕遥讲话？"

"你平时也不是这么跟班里人讲话的啊。"

"我现在不是在家里嘛！"

"这算两副面孔吗？"

"这叫放下伪装。"

"谢谢你拿我当哥们儿哦！"

莫清清被李驰毅的贫嘴给气笑了，她现在总算有点明白宋昕遥为什么这么久了还是和李驰毅处在暧昧来暧昧去的阶段。一般的女生真会被李驰毅这张破嘴给气晕。她的思维已经陷入死胡同，再加上李驰毅那么一激，脑袋彻底变成了糨糊。她只好又翻倒在沙发上，以一副抹香鲸搁浅的姿态喃喃道："搞不懂啊——"

"你说的是这个案子还是别人看我的态度？"李驰毅问。

"后者！"莫清清回了他一句。

李驰毅却好像没听出莫清清话里的揶揄，自顾自思考着："看来，我们缺少一块最核心的拼图呢。"

"你说的是这个案子还是别人看你的态度？"莫清清反问。

"前者。"李驰毅回答。

这种鸡同鸭讲的对话竟然也能继续，不知道是该说莫清清和李驰毅有默契，还是说他们两个物以类聚。

"不行！"莫清清跳起来，把地上的资料拿起来又快速浏览了一遍，"他们当中一定有人在撒谎，你有没有办法使点非常手段，撬开'那个男人'的嘴！"

"喂！你这种想法很危险啊！"李驰毅很想把茶几上的果盘扣在莫清清头上，让她冷静一下。

两人还在斗嘴，这时外面响起了钥匙开门声。莫清清和李驰毅朝门口看去，莫清清的母亲正拎着一袋水果走进来。

"你同学来家里也没什么好招待的，去买了些水果。"莫清清的妈妈说着就走进厨房洗水果了。

莫清清很少会带同学来家里，更别说男生了，这是头一遭，莫清清的母亲显然觉得应该招待得隆重一些。她自然是信得过女儿的为人，女儿解释两人是在攻克一道难题那一定就是在攻克难题。

洗完水果，莫清清的妈妈端着切好的桃子、苹果和西瓜放到两人面前。莫清清自然是不会碰桃子的，李驰毅也不知道莫清清的体质特殊，反而是莫清清的妈妈叨叨地开始介绍起来。莫清清心中一凛，知道妈妈一旦进入聊天状态，那就是鸡毛蒜皮讲个没完，哪怕聊天对象是女儿的同学也一样。

"这桃子可甜了，清清对桃子过敏不能吃，你不用客气，多吃点。"

李驰毅尴尬地看了一眼莫清清，他伸手越过桃子，拿起一片瓜。莫清清则阴沉着脸，抓起一片苹果。与此同时，她还眼神不善地瞪了一眼李驰毅，目光中所隐藏的意味不言而喻：

"在我的家，吃我的瓜？"

李驰毅果断选择了逃避莫清清的目光。

然而莫清清的妈妈还在那儿絮絮叨叨：

"这过敏的事也不知道该怎么办，一辈子都吃不了桃子那多可怜啊。过年那阵她舅舅从外地寄了一箱的桃子干来。她不能吃，我们也不爱吃，一直放到过期也没动，后来连箱子一起扔了，就在上个月。唉，你说多糟蹋东西啊！"

李驰毅吃着西瓜，又尴尬地看了一眼莫清清。

可这一眼却把李驰毅吓了一跳，因为莫清清这时竟然死死地盯着果盘里的桃子，表情十分瘆人。

"你怎么回事——"

莫清清没搭理李驰毅，确切地说，她脑中此刻正经历着一场狂风暴雨。

咚咚——有什么东西敲在她的心头，震颤着她的四肢百骸。她脑袋嗡嗡作响，因为妈妈不经意间的一句话，各种琐碎的片段如拼图一般一片片归位：被丢弃的礼物、不同地点寄出的快递、化妆品上异样的气味、不见踪迹的男人，还有舅舅寄来的桃子干，当最后一片拼图补满空缺的时候，一幅名为《真相》的画完整地浮现在莫清清的脑海中。

"原来是这样！"

莫清清浑身发抖，脸色一阵青一阵红。莫清清的妈妈赶紧伸手摸了摸女儿的额头，有些担心地看着她。莫清清回过神，给了妈妈一个"我没事"的微笑。

笑过之后，莫清清又陷入沉思。真相明明让人难以置信，却又无比符合逻辑，她没有感到狂喜，也不觉得愤怒，只是感到难过。

9

趁天还没黑，莫清清带着李驰毅迫不及待地敲开小区里的某扇门。屋里的人打开门看到一脸严肃的莫清清和一脸震惊的李驰毅后先是愣了一下，接着又迅速镇定下来，沉声问：

"你们，还有什么事吗？"

莫清清直截了当地说道："你是徐苏苏的爸爸没错吧。我们能谈谈吗？"

"你——"

"虽然你一直戴着口罩，脸上还有疤，但我猜她和你还是有几分相像的。"

"我、我不懂你在说什么。"

"我们可以进去说吗？还是我直接喊苏苏姐过来比较好？"

"唉别——你们还是进来吧。"

莫清清和李驰毅第二次进到清洁工的家，徐苏苏那些丢弃的礼物依然整整齐齐摆在屋里，莫清清第一次来的时候就有种不对劲的感觉——清洁工对待这些东西也太小心翼翼了。然后还有快递盒上的廉价香味，现在莫清清可以确定那是为了掩盖垃圾臭味的芳香剂味道。但真正让莫清清意识到清洁工就是徐苏苏父亲的，还是最关键的那个点——舅舅送自己的桃子干。

"你是怎么知道的？"清洁工这样问就等于承认了莫清清的推断。

莫清清没有装模作样从头讲她的推理过程，而是拿出自家店里卖的一袋桃子干说："其实我也曾收到过不得不丢掉的礼物。我和苏苏姐住在同一层，东西都丢在过道的垃圾桶里。要是不看盒子上的快递单根本无法区分这是哪家丢的东西，更不用说苏苏姐偶尔也会把快递单从盒子上撕掉。你如果会把垃圾桶里看起来完好的东西收集起来，那么你屋子里肯定会有我上个月丢掉的桃子干。但眼下的事实只能说明，你能够区分我和苏苏姐丢掉的东西。除了你就是寄出快递的人，没有别的解释了。"

听完莫清清的话，半晌后清洁工重重叹了口气，他摘下口罩，脸上的伤疤触目惊心。尽管表情依旧紧绷，但莫清清隐约感到他的声音已经没有一开始那么沉重。

"我的脸是在厂里工作时被蒸汽烫伤的，很吓人吧？苏苏小的时候，我一心想发财，丢下她和她妈妈，跟同乡一起去南边赚钱。结果钱没赚着，还毁了容。我没脸回去找她们，就在南边打零工。直到我从老家的亲戚那儿听到她妈走了的消息，我真的非常后悔。我一直想着她们母女，放不下心让苏苏一个人过，才偷偷跑回来看看她。"

清洁工狠狠吸了吸鼻子，努力控制着情绪。

"我欠苏苏太多了，不知道怎么还才好。"

"那就让她狠狠打你一巴掌吧。"莫清清冷淡地说。

"喂等等！"李驰毅想要阻止莫清清说下去，但莫清清没理他。

"这是苏苏说的，她说找到你以后一定要揍你。你要真有担当的话，不管打也好，骂也好，至少先去面对，至少比这样躲起来做缩头乌龟强吧？"

"可我——"

"你算什么男人啊！"李驰毅也难得发了火，他说道，"你这种懦弱的家伙能干什么？我就是个十几岁的高中生，成绩也一般般，人生阅历肯定没你丰富，也讲不出什么大道理，可我懂得男人该有担当这个道理，这是我爸教我的。你也是人家爸爸，不会不懂这个吧？亏你还口口声声说欠她的，光说不做又有什么用？你这岁数都白活了是吧？"

莫清清投给李驰毅一个赞赏的眼神，这可能是李驰毅十七年人生中最高光的时刻，甚至他那张稚气未脱的脸都显得帅气了几分。

接着她转向清洁工，补充道："原不原谅是苏苏姐的事，但你不能觉得也许得不到原谅就躲起来偷偷摸摸过日子。别说是我们这样的高中生，就连幼儿园的小孩子都明白一件事——做错了，就该道歉。"

做错了，就该道歉——

清洁工坐在桌边反复嘟囔着这句话，甚至连莫清清和李驰毅退出屋子都没注意到，他坐在那里发了很久很久，夜色浓重却盖不住他满面愁容。

那天晚上，徐苏苏听到了外头的敲门声，她打开门惊讶地看着戴着大口罩的小区清洁工站在门外，他抱着一袋子自己之前丢掉的礼物深深地低着头，摘下口罩的同时泪水浸湿了那爬着伤疤的苍老脸颊，他除了不断重复"对不起"三个字，什么话都说不出来。

徐苏苏一下全明白了，千百种情绪涌上心头，但最盛的还是怒火。心里头重复了千百回的怎么把那个混蛋男人千刀万剐的想法最终没有付诸行动。她抬起手狠狠地抽了自己父亲一记耳光，之后自己却疼得捧着手大哭起来。

对不起——这句迟到了二十多年的道歉像山一样压在两个人心头，又像洪水一般使委屈、愤怒和无可奈何倾泻而出。

时光仿佛回到遥远的过去，蓝天下一个年轻的父亲把年幼的女儿扛在肩上开心地玩闹，年轻的母亲在一旁咯咯笑着，眼里是满满的幸福。

"爸爸、妈妈，还有苏苏，永远都不分开。"

"当然喽，永远都不分开。"

如果能再早一点、再勇敢一点做出决定，这样的美好是否能够延续，伤痛是否不会再有？

10

楼里动静闹得有些大，楼上楼下都跑出来看，居委会的人也来了，又是安抚又是调解，沸沸扬扬一直闹到深夜。

莫清清是唯一没有出去围观的人，她紧闭着房门，趴在书桌上神游天外。十七年的人生，解开了数不清的难题，也窥探过许许多多的秘密。可这回，她第一次发现揭开真相好像也不是那么值得开心的事。她甚至有种感觉，自己似乎做了一个错误的决定。

徐苏苏的哭声断断续续透过门缝传到她耳朵里,那么近,又那么远。莫清清听着听着突然变得内疚起来。

十七岁呀,这个年纪的女孩多愁善感,睿智冷静的莫清清也不例外。

当然,多愁善感归多愁善感,莫清清并没有忘记她对李驰毅的承诺。她拿起手机拨通了李驰毅的电话。

"班长,我可一直在等你电话呀!"李驰毅元气满满的声音传来,莫清清觉得这家伙这辈子都和伤春悲秋的情绪无缘。能说出一句"多喝热水"恐怕是他最大的温柔了。

莫清清依然趴在桌子上,低垂的刘海遮住她的眉眼,长发像失去生气的草叶耷拉在背上。

"关键是盐奶茶。"莫清清有气无力地说,"宋昕遥故意把盐奶茶塞给你就是给你提示。你知道盐是什么组成的吗?"

李驰毅脱口而出:"氯化钠。"

"对,氯化钠的化学式是 NaCl。钠是第十一号元素,氯是第十七号元素。写在课本里头的东西。宋昕遥叫你多看看书也是在给你提示。所以你的手机锁屏密码是 1117,就是这样。晚安。"

没等李驰毅做出回应,莫清清便挂了电话,然后决定洗洗睡觉。烦恼的时候,睡觉是最好的解药。没有什么是睡一觉忘不掉的,要是有,那肯定是因为睡不着。

第二天,莫清清像往常每一个星期一一样,起床、梳洗、吃早饭,扎个马尾后波澜不惊地去上学。学校也如往常一样喧闹。

李驰毅笑容满面一整天,看他和宋昕遥有说有笑的样子,想必已经和好了。他没来打扰莫清清,也没有声张自己和莫清清在前一个周末非同寻常的经历。仿佛一切都和往日一样透着一股岁月静好的治愈能量。莫清清喜欢这样的日子,能让她安安稳稳地学习。

然而让她始料未及的是,她就清静了这么一天而已,周二一大早李驰毅又哭丧着脸坐到她面前。

莫清清看着李驰毅那"男儿有泪不轻弹,只是未到伤心处"的便秘样眉头一皱,立刻意识到事情没那么简单。

"你不会又被改密码了吧?"莫清清一针见血道。

"我不该和宋昕遥说'提示那么明显我随便猜猜就猜到啦'，我更不该和她说'麻烦下次换更难的啦，一点挑战性都没有'。这下全完了，她这次一点提示都没有给我留！"

李驰毅趴在莫清清的课桌上，语气沮丧到极点，像极了弄丢了爱情的可怜虫。

"不作死就不会死，你怎么不懂呢……"

莫清清感到太阳穴一阵阵刺痛，血压正在升高。

她不得不承认，李驰毅和宋昕遥的瓜非常不好吃。

皇帝陛下的玉米，作家、漫画编辑。生于南方，高中时开始创作小说，写过杂志评论，做过自媒体编辑，出过同人志。尤爱动漫和漫画剧本创作。推理小说代表作："少女福尔摩斯"系列。

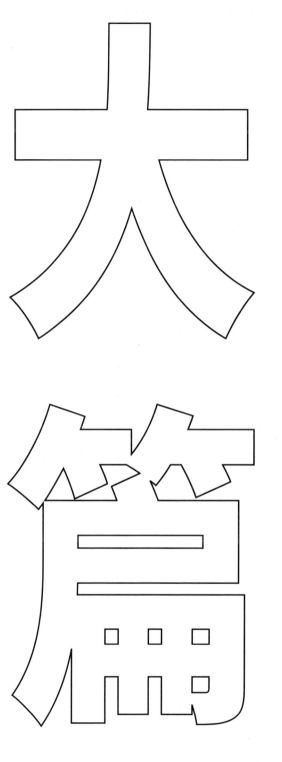

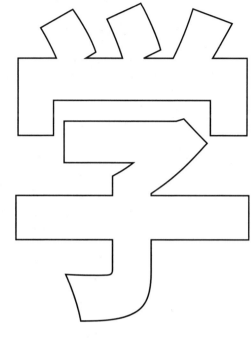

大学篇

摩天轮与在摩天轮底下狂奔的男人

里卡多

1

"老板。"我看到这家餐厅的正门虚掩,索性把头探了进去。

一般餐厅的正门,应该都是方便客人将室内景象一览无余地收入眼底的玻璃自动门,而眼前的这家,却显得有些不按套路出牌。

——居然是一扇非常朴素的、和我家卧室房门差不多大小的木门。门上带插销,插销下挂着一把打开的锁。

"老板哪。"

没有人理我。如此寒酸的入口配上这样的服务态度,想必这家餐厅一定生意惨淡吧。

"喂,我总觉得……"身旁的朋友拉拽着我的衣服。

说实话,我并不是很饿。

下午从实习的事务所请假出门前,我被强塞了两个苹果与一根香蕉。对于饭量一向不大且刚用过午餐的我而言,要完成消灭这三份水果的任务无疑是比较痛苦的。但是我又嫌出门带着太重,怎么办呢?固然我可以在离开事务所之后把三份水果偷偷扔进垃圾桶里,但这样的话就会辜负了美丽善良的学姐的一番好意。所以最后——只能在学姐笑眯眯的注视下强行把它们全部塞进胃里。

"老板?"我探头向里面张望,"请问现在有吃的吗?我正饥肠辘辘地寻求您的帮助!"

……结果我还是说出了违心之言。

饥肠辘辘的人并不是我,而是我身旁这位一直对我动手动脚的、麻烦的家伙。

别看她身形瘦小,食量却很大。

而且在享受不到美食的情况下,脾气也会变得暴躁。

"请问有人吗……咦?"

推开门,进入我视野的是一个再普通不过的房间。屋内摆着精心整理过的盒子、柜子。墙边立着一个上面挂着米色大衣的衣架。靠窗边有一张书桌，书桌上摊着报纸与类似日志之类的东西。对面的墙上还有一扇门，门也是一样虚掩着。

"难道这里不是餐厅吗？那前面的指路牌是怎么回事？"

我擦擦汗。

"话说……"身边的朋友再次发话。她看上去有些无语。

"这里应该是后门吧，混蛋。"

我们两个都是路盲，就算在游乐园里，要找到唯一的一家餐厅对我们而言都是一件极具挑战的任务。

"呃，是吗？那……那咱绕到前门去吧……"

终于，这个艰巨的任务快完成了。

2

我叫王明。

我知道，这个名字，实在是再无趣不过了。每当自我介绍的时候，对方总是会惊讶地扬起眉毛。

"嗯？"

"我叫王明。"我又重复一遍。

"……没了？"

"什么没了？"

"呃，"这个时候对方一般会尴尬地挠挠脸或鼻子，"我以为还会有第三个字。"

"没有第三个字。'明'就是'明天'的'明'。"

"哎呀……这还真是……"对方往往会在这里停下，不会把话说完。

没有关系，你想说的我都知道。

——这还真是一个好普通的名字啊！这样的名字仿佛不应存在于这个世纪，而只配活在语文或英语课本范文里。

我在懂事之后，也曾向父母发出过同样的感慨。

我们当时懒得想了——结果，从明明抠着脚却不知怎么显得有些帅气的母亲那里，我得到了这样的回答。

喂！这也太不负责任了吧！我顿时火冒三丈，也感到深深的屈辱。

好歹再想一个字出来嘛！随便翻一下字典也好啊！

从此我意识到了一件事情，那就是别人根本记不住你的名字，比别人开你名字的玩笑来得更为可悲。

但是在我升入大学后，我居然遇到了一个竟然在我名字中也能发现萌点的人。真是不可思议。

此君当初一本正经拍着桌子对我说：

"小明这个名字很好。小明就应该是作为一个性别男、性格模糊且交际能力薄弱的人物而存在。嗯，实在太好了。这个人现在就在我的眼前。"她点着头自言自语。

啊？麻烦你不要把在脑内小剧场里构建的人设强加在我身上好吗？虽然事实确实如此……

"我很欣赏你哦。"她毫不见外地拍打我的肩膀，"你是一块璞玉。璞玉就应该作为璞玉而存在。人们为什么一定要去打磨璞玉呢？把每一块被发现的璞玉都细细打磨的结果，就是世界上从此多了很多看似精致的玉器珠宝，但作为本身而存在的璞玉却变得稀少。这么一来，最值钱的反而是璞玉吧！"

她到底在说什么啊？

"和我做朋友吧。"她说，"小明身上拥有的路人特质，我会帮你彻彻底底地保留下来。不，不仅如此，我要把你改造成世界上最完美、最没有存在感的路人。怎么样？有没有一种见到活雷锋的感觉？"

这个奇怪的人从此就开始活跃在我的眼前，直到今天。

这家餐厅比我想象得要小，只有两位员工。

"请来一份意式萨拉米火腿三明治。"我放下菜单，对递上菜单的女侍者说。她身着衬衫便服，外面围着印有"BRAVO"标志的墨绿围兜，这似乎是这家餐厅的统一装扮。

"好的。"女侍者说。

"对了，请问三明治里有夹奶酪吗？"

她用食指抵住下巴想了想，说："有马苏里拉奶酪。"

应该没有关系吧！我点点头。

"请问想喝什么饮品？我们这里有各式的咖啡，推荐您尝试一下摩卡。"

考虑到自己干瘪的钱包，我本来想说喝白开水就可以了，结果还是屈从地点了一杯便宜的美式。

"那这位小姐您……"

"啪"的一声，初因合上菜单。

"青酱意面、田园沙拉配油醋汁、炸洋葱圈、肋眼牛排，另外再来一杯摩卡咖啡。"

她说完一大串菜名之后，长长地呼出一口气，然后朝我莞尔一笑。我顿时有一种不好的预感。

"谢谢小明。我今天过得很开心。"

"……呃？"

等一下，不对吧……

这个恶魔一般的女生就这么毫不客气地提前说出了**被请客的一方**在用餐完毕、约会结束以后才会说出的标准告别句式。

"……"

我有些无语地看着她。人在突如其来的绝望环境中很难让自己保持理智。

"不用客气，我、我也很开……开心……"于是，我磕磕绊绊地回答说。我觉得自己的脸上正火烧一般。

不用客气？我到底在说什么啊！我们这算是约会吗？为什么我屈服得这么熟练啊！

"请问牛排要几分熟？"短发的女侍者轻松地问，看起来完全没有察觉到笼罩在我们之间（主要是笼罩在我身上）的微妙氛围。

对面的女生没有再看我，只是嘿嘿地笑。

"要全熟哦。"

3

我目送女侍者走回柜台，向后厨的男厨师交代着我们所点的食物。在后厨，同样是在白色衬衫外套着 BRAVO 围兜的腼腆男性不时点头，然后转身走进像是食品储藏室一样的地方。

"要在全熟的情况下将牛排烹饪得既软嫩又有嚼劲，是非常困难的一件事情。料理菜谱可能只会告诉你'两面各煎五分钟'（半熟的厚切肋眼牛排实则是两分半），但对于火候的掌控和实际煎炸时间的把握，需要厨师在现场凭直觉不断调整。因此，是否能把全熟的牛排做得好吃，这才是鉴定厨师功力的黄金标准。"初因在耳边振振有词地解释她为什么要点全熟牛排。

虽然点全熟牛排的确有些罕见，但我并不在意这个……

"我们来这里的目的是逛游乐园。如果把大部分的时间花在了吃饭上是不是有点……"

"没有关系，吃饭对我而言也是一种游乐。相比过山车或者摩天轮，美食更能给我带来无穷的乐趣。"

"所以说你就是一个吃货吧。"

"才不是呢！"她突然瞪起眼睛看着我，"我来这里并不是为了享受，而是鉴定美食。这就是我与一般吃货的区别所在。为了能做出尽可能公正的品鉴，我愿意承担高难度料理所带来的'不好吃'的风险。"

"可是你点的餐食也不过只是西餐菜单上常见的普通菜肴吧。"

"美食中的幸福与爱并不总是储藏在那些最高级的羊肚菌或鹅肝酱里。相对于某些只吃最贵、不吃最好的人来说，我更擅长从日常中发掘食材与烹饪的特殊价值。"

听着她有些前后矛盾的辩解，我同情地望向正在后厨忙活的那两位店员。在短短的一个月时间里，初因已经打着"品鉴"的旗号，拉着我品尝了这座城市许多家知名与不知名饭店的招牌料理（当然由我埋单）。她和我一样，绝非对烹饪一无所知，但对于"好吃"的标准却也称不上严苛——不过再怎么说，以"美食鉴定"的标准评判的，也不该是游乐场里某家餐厅年轻店员的手艺，而是正规饭店里的职业厨师的技能吧？

她鼓起脸，显得有些生气。

"我是一个高级食物鉴赏者，希望小明不要把我和那些明明吃着黑松露鹅肝酱米其林三星却只会发照片秀账单然后赞叹'好好吃啊'的普通吃货混为一谈。"这家伙突然伸出食指凑过来戳我的脑门，"而且明明说好了是你请客，为什么人家都点好菜了，你嘴上还嘀嘀咕咕？一副嫌我花钱太多的样子嘛。这样下去我看你是永远找不到女朋友的。"

最后一句话像一柄利刃，直插我的心口。

我发出"呜咕"一声奇怪的声音。

"哎呀，被击中要害了吗？"

"好了好了，我知道了。"

是啊……与其心疼那两位看起来有些不知所措的年轻店员，不如好好心疼一下自己。

这时，两杯饮品被侍者端上餐桌。她把其中一杯推给我。我的是热的，她的是冰的。两杯咖啡都被装在一个封上盖子的纸杯里。

"唉。如果把它当成甜点，最先上冰摩卡并不是合适的选择。但是如果是作为开胃饮料的话倒也无妨。总之，这取决于这家餐厅对于咖啡这种饮品的定位态度。"她说完一长串没有任何营养价值的评论后，掀开盖子喝了一口。

"好喝！"她评价道。

因为很甜吧……

在品尝甜食上，初因几乎没有任何讲究，越甜越好。如果说这就是她对于美食中蕴含的幸福与爱的定义，那倒也十分省事。

我尝了一口美式咖啡，带点微酸的苦味绽放在舌尖，应该是用了非常不错的咖啡豆吧。

以游乐园餐厅的标准来说，这杯咖啡真是意外出色。

隐隐浮现在嘴角的微笑好像把我出卖了。唇上还沾着白色奶泡的女生正一脸鄙夷地看着我。

"美式咖啡就是往意式浓缩咖啡里加热水冲出来的次等品。这和往一百毫升的可乐里兑五百毫升水然后大言不惭地说这依旧是可乐没有区别。"

"喂喂，顾客你好，如果您在找麦当劳的投诉部，请出门左转。"

"这只是类比啦，类比！请不要转移话题！"

"不过话说，你虽然总说掺水的咖啡是次等品，但我也从没见你真的喝过意式浓缩啊。"

初因一愣："那、那是因为，我并不觉得意式浓缩有任何被品鉴的必要……经、经典无须置疑……"

"你明明只是怕苦吧。"

"……"

"你知道吗？咖啡中的幸福与爱，正蕴藏在咖啡豆自身所具有的香气和苦味所带来的余韵里。喝咖啡还要加巧克力的人，是完全无法理解这一回事的。这杯被精心冲调的美式咖啡，它的苦正恰到好处地发散在……"

就在我准备长篇大论的时候，初因突然打断我："啊！等一下！你看那是什么？"

"咦？"

顺着她伸出的手，我扭头向厨房的位置看去。

桌面上放着一台随处可见的胶囊咖啡机，出水口正冒着热气。

"然后呢？这杯美式咖啡的苦正恰到好处地什么？"她笑眯眯地问。

"……没什么。"

那位男厨师还在厨房里来来回回地忙碌。咖啡机的一边摆放着电子钟。电子钟钟面上显示的时间是两点十分。短发的女侍者正面露难色地弯腰点按着电子钟的触摸屏。我拿出手机核对时间，实际时间是三点三十分。那座电子钟应该停了。

嗞啦——我听到了包裹上面衣的洋葱圈被投入油锅里的声音。

这个时候，入口的门突然被推开了。

4

"欢迎光临……"女侍者赶紧直起身子，将头发捋至耳后，看上去有些慌张，"请随意就座。"

一个穿着黑色毛衣的男人走了进来。他长得很普通。

"这里可以点菜吗？"他径自环顾四周。

"是、是的，我们这里可以制作简单的意式快餐，供您选用……"她的声音越说越小，羞红了脸。

"那，我要——"

"啊，我们有菜单，您可以在就座之后慢慢挑选。"

"你们这里有比萨吗？"男子直接开口问道。

菜单上的确有比萨。任何简易餐厅的菜单上往往都会有比萨。

女侍者慌张地回头望向后厨，视线最终落在了一个看起来有些上了年纪的烤箱上。她犹豫着做了决定。

"好的，没问题。您想要什么口味？我们可以制作玛格丽特、萨拉米火腿和蘑菇比萨，虽然选择不是很多。"

"口味？唔，随便。帮我做那种奶油多一点的就行。"

"奶油……要多一些？"她有些六神无主地复述着男人的要求。

奶油？我和初因对视了一眼。她看起来也有些震惊。在比萨上涂抹奶油，会不会是类似奶油可丽饼的风味？不，或许会成为一种惊艳世界的全新搭配吧。

"好的，我知道了。现在后厨正在制作前面一桌客人的餐食，请您就座并稍等片刻。"

男人有些不耐烦。

"不就是个比萨吗？不能先做吗？"

我赶紧拦住了想要拍案而起的初因。她的脸因为生气而涨得通红。

男子从头到尾没有往我们这里看过一眼。

"这个……"女侍者面露难色。

"我有急事，五分钟以后回来取。"

"可是我们的厨师现在正在……"

"你不也是这里的员工吗？你也可以吧。"

"不不，我不行的。我并不擅长烹饪。"

"唉。"他叹了口气，突然换了一种温柔的口吻，"做成什么样都没关系，拜托你了。我真的很饿。"

"……"她最终为难地点了点头，"好吧，那我尽力而为。"

男人匆匆离开了。

"五分钟？开什么玩笑，真是愚蠢的男人。一张比萨从精心添加配料到烤制完成，说什么也需要十五分钟吧。他懂不懂比萨啊？"从刚才开始，初因一直在喋喋不休地念叨着，"滑稽！"

"实在是太对不起了。"女侍者仿佛要给我们鞠躬道歉一般，"我只能先烤比萨。"

"没有关系。而且原本负责做菜的也不是你，对我们而言其实并没有耽搁什么时间。"

"可是你的女朋友好像看起来很不开心……"她用超小的声音说。

"……"

因为突然下意识说出了只适合存于脑中的想法，她的脸上浮现羞怯的红晕。

"那个，对不起，我只是不小心脱口而出……"

万千思绪顿时咆哮着奔腾在我脑海。怎、怎么回答？要不要利用这个机会，就这么顺水推舟地试探一下我俩之间的关系？还是顾左右而言他？不不，无论怎么蒙混糊弄，只要不明确否认，对方都会觉得我们的确是情侣关系吧！这样真的好吗？成为情侣以后，请初因吃饭就会从善意变成义务了吧！虽然和现在也没有区别就是了……

我的心脏狂跳不已。

"不，我们只是普通朋友哦。"

结果，初因的会心一击杀死了我的幻想。

"因为我也很好奇加了奶油的烤比萨会是什么口味，所以我今天格外开恩，请你不用介意我们，去为刚才那个人制作比萨吧。"

她叹了一口气，很大度地摆了摆手。

"实在是太不好意思了。"

我好奇地注视着女侍者走进厨房，她有些生疏地为自己戴上一次性手套，接着从冰箱里取出像是半成品饼皮的东西，把它展开摊在料理台上以后，又迟疑地伸手从调料架上的众多瓶瓶罐罐中抽出盒装的淡奶油，轻轻地将它摇晃。不行。我挪开视线。还是太奇怪了。

在厨房另一边，男厨师小心翼翼地用刀把一个长条形的面包从中间一切为二。面包在被切开的瞬间发出咔嚓的脆响。

那就是我的三明治了吧！相比奇怪的奶油比萨，还是这一边的成果更加让人期待。

在等待上菜的间隙，饭桌的另一头，初因闷闷不乐地摆弄起手机来。

对了。我突然想到，随着计划的变更，下午茶渐渐转变成了提早开始的晚餐。这件事，还是需要向**那个人**报备一下——我们原本与一个朋友相约，二十分钟以后在摩天轮下集合。虽说依照那人的淡然性格，他应该不怎么会介意我们临时推迟见面时间，不过我也有自己的待人原则。

于是我也从口袋里掏出手机，打开通讯录，摁下拨号键（看到通讯录里储存的联系人名片寥寥无几，让我心头一阵酸楚）。听筒里的等待音嘟嘟嘟响了三声。

等到发出第四声的时候，奇怪的事情发生了。初因的手机不知怎么也着魔般地响了起来。拨盘式电话机风格的刺耳响铃，仿佛把时间拨回了记忆稀薄的古早时光。

她抬起头，瞪了我一眼。

好意外，原来这就是她的铃声品位？不对，我在想什么……不过，奇怪，我没有拨错号码啊？

我赶紧看向手机屏幕。我拨打的，不是初因的手机号码。

事实也的确如此。当她困惑地接起电话的时候，我这边的等待音仍旧响个不停。

"喂？"她的脸上有些茫然，"——啊，是的，是我。请问有什么事吗？啊，是的，你好……"紧接着，她便冲着话筒喋喋不休起来。

而张良也终于在我即将听到"无人接听"的语音提示之前，接起了电话。

"喂？小明。"

一种再熟悉不过的语调。

一种——即使此时此刻游乐场里突然冒出了一座灰黑色的巨大火山，火山口正喷出汩汩浓烟，翻滚的橙色岩浆蓄势待发，而地狱的烈风已将市长的假发吹飞，但这一切，都与他毫不相关的——懒散语调。

"怎么了？"他说。

世界末日马上就要到来了。我很想试着这么说。

"你现在还在游乐园里吧？"

"在啊。不是说好等你们下午茶用餐完毕再碰头的嘛。"

"嗯……我们可能要多花一点时间了。因为有个人抢在我们前面点了菜……"

"好的。没问题。"

他果断准备挂电话。

"等一下！"

"怎么了？"

"你在哪里？"我问，"我一会儿去找你。"

"我在摩天轮上呢。"

"居然还在摩天轮？"

"是啊。天黑之前可以一直坐在这里看书。不可以？"

半个小时之前，当初因开始闹别扭，说肚子饿要吃东西的时候，这位原本与我们同游的朋友果断地指了指树梢间露出的摩天轮转盘。"我在那里等你们好了……"他如是说。

"没有什么不可以。不过，难得来一次游乐园，你难道不应该去尝试一下别的游乐项目吗？反正买了入场券之后，任何项目都可以乘坐了耶。"

"不必了。我已经尝试过鬼屋了。而且我发现还是摩天轮最适合我。"

"不嫌摩天轮上太吵？"

"还行。有点吵也没关系。看看书，写写作业，再看看风景什么的。挺好。"

张良确实是一个无论在哪儿都可以迅速沉浸于自己世界的人。

5

"张良"其实和"小明"一样，也只是一个绰号而已。

不过这个绰号是如此不像一个绰号，以至于称呼他为"张良"成为了理所当然的事情。久而久之，我总是需要搜肠刮肚地回忆才能想起他原本的姓名。名字只是一个代号，指代的是某个活生生的人。既然这个人存在，而他又能被身边人用同一个代号指代清楚，那么这个代号是否源于亲生父母，也就不那么重要了。

一来二去，一番鬼扯理论，他便成了张良。同学称呼他为张良，老师以为他叫张良，宿舍的门牌上挂着张良，甚至有传言说，就连大学花名册上的登记信息栏里填的好像也是张良。当然，后者的真伪无从查证。

不过张良这个名字之所以听起来顺耳，还有很大一部分原因要归功于那位在历史舞台上真实存在且活跃过的名军师。可能此张良与彼张良并不具有同等的智慧，但是这并不妨碍我们对这一点展开联想。每次读到类似"运筹帷幄"之类的词句时，我的脑中都会浮现出这位其实和历史上的张良一点关系也没有，甚至长得也一点都不像的人物形象。这种画面总是让人忍俊不禁。

"你居然有心思把作业带到游乐场里？"

"我课业可是很忙的。"

"不就是个编程的吗？"

"我学的是理论物理。"

"啊，对不起……不过，再忙也不该破坏情调吧。三个人可是难得有机会一起溜出学校来游乐场玩哎。"

"俗话说，三人行，必有一人要牺牲……"

"这算哪门子道理！"

无营养的对话持续着。

这时一个小竹篮被送到了我们面前。篮底垫着吸油纸，上铺橙金色的洋葱圈。刚出锅的香气慢慢弥散开来。篮子的一角摆着番茄酱和沙拉酱，一旁还装饰着一朵不知名的粉白色小花，像是新鲜摘下的。

女侍者没有说"请慢用"三个字，可能是因为顾及我们两个都在讲电话吧。她完成工作后，便独自快步离开，回到料理台，和还在那里的男厨师小声地说着什么，表情看起来有些焦虑。

后厨传来了煎牛排的"滋滋"声。

我仍旧握着手机，愣愣地看着面前那一篮洋葱圈。它们仿佛有了灵魂，个个挺直身板，用尽全力张大嘴巴，发出惊叹的"O"。下午茶的饭桌上竟会出现洋葱圈，看来洋葱圈们和我一样，都很惊讶。

"那，祝你们用餐愉快。"张良见我久久不出声，便准备挂断电话。

"等等。你不来吗？你不饿吗？"

"谢谢。不过我不饿，下午出发前在宿舍里吃了两片吐司面包。"

"可是光吃吐司很没营养吧，而且很干。"

"还喝了水。"

"可是水也……"

比吐司更没营养的，是这段持续进行下去的对话。我为什么这么不愿意让张良挂电话呢？

……我这是在吃醋吗？

我是否希望自己也能和初因一样，有能够在电话里聊上十分钟的朋友？还是说，我只是希望初因知道**这件事**？

于是，我决定结束这段对话。

"那就这样吧。一会儿吃完后我去摩天轮底下找你。"

"行，一会儿见——"

电话那头的人突然困惑地"嗯？"了一声。

"呃，怎么，有什么疑问吗？"

"……不是。只是看到了一件比较滑稽的事情。"

"是什么事情呢？"

张良沉默了半晌，接着说："其实这事和我没有任何关系。你要听吗？是这样的：此刻我的座舱已经越过了摩天轮的最高点，正在降落。在我之前的那几个座舱正一点一点靠近地面，能理解吗？"

"能。"

"我刚才在座舱里往下张望，看到有个穿衬衫的人拼命地从远处狂奔过来，看起来非常焦急，就像是不跑会死一样。当然，他这么做，回头率超高。"

"于是呢？然后发生什么了？"

"这个男人一路跑到摩天轮的'站台'，毫不迟疑地拉开离地面最近的一个座舱的门，坐了进去。"

"啊？"

"大概就是这样一件事情。"

"然后呢?"

"他现在就坐在摩天轮上呢,从我的座舱往前数的第三个座舱。座舱在慢慢升高,他应该一边在喘着气,一边享受地俯视四周渐渐降低变小的景物吧。"

"所以他为什么要跑?难道是他和某人约好了,必须在某个时间点和对方在摩天轮的座舱里见面?"

眼前渐渐浮现出一个永远无法按时赴约、总是被女友威胁"晚一秒钟就分手"的低头哈腰的男人形象。

"别弄错了。这个人三步并作两步地跨上摩天轮的'站台'后,可是直接拉开最近一个座舱的门,一屁股坐了进去。"张良慢慢地在电话里说。他突然变得多话起来,虽然语调仍不紧不慢。"如果他想要约见的对象在摩天轮的某个座舱里等他的话——男人赶到摩天轮下的一瞬间,约会对象所在的座舱也恰好同时降到地面——我想这也实在太巧了一些。毕竟男子要是跑得再快一点,或者因为广场上人群拥挤而耽误了那几秒,都会立马出现偏差。"

"那会不会是男子本来就知道对方所乘坐的是哪一个座舱呢?他估算好大概的时间,一边跑一边瞄着**那个特定的座舱**,调整自己跑步的速度,最后在那个座舱降到地面的时候恰好到达终点。这也是有可能的吧?就像非洲大草原上的猎豹捕食仓皇逃窜的羚羊一样,在双方的相对运动中,寻求一击制胜的机会。"

"我认为这不太可能。"张良斩钉截铁地说。

"欸?为什么?"

"且不说他为什么要做出这么脑残的行为——首先,这座摩天轮的座舱外部是没有特定标识的。也就是说,每一个座舱的外观都是一模一样的,没有做颜色的区分,也没有任何数字编号。这种情况下,坐在座舱里的约会对象没有办法告诉对方'我在一号座舱里等你'或者'我在红色座舱里等你'之类的信息。"

我想了想。

"那也可以这么和男子说:'我此刻正在大约十点钟的方向,从正上方十二点往下数的第三个座舱,请你务必快一点赶到。'"

"我认为这也不太可能。基本上没有人能够在不断转动的摩天轮上准确地判断出自己处于哪个位置、几点钟的方向(除最低点和最高点以外),更别提告诉对方自己坐在第几个座舱这类事情了。"

"……嗯。"

"此外还有一个论据足以推翻你的'约会'假说。"

"嗯?"

"这个论据就是——其实从我这里能看见那个男人所在的座舱。毕竟我前面告诉你了,我的座舱距离他并不远。虽然看得不是很清楚,但是我至少还能辨认出对方座舱里有没有第二个人。"

"呃?没有吗?"

"没错。座舱里只有男人自己,而且迄今为止他只是坐着,一动不动,什么奇怪的事情也没有干。"

"……"

"如何?有趣吧。为什么一个男子要一路狂奔地去坐摩天轮呢?这个谜题就拜托小明利用下午茶时间好好琢磨一下了。"

"等一下,会不会是因为这是唯一的一个空舱?就像是在公交车上抢空座一样,先到先得——"

"不,摩天轮上的人一点都不多。"

也是,游乐园最热闹的时段已近尾声。

到了现在这个时间点,还在广场上游荡的那些游客都开始准备收拾收拾回家了。

因此,在到处都是空座的情况下,为什么还会有人一路疾奔来坐摩天轮?我陷入了思考。

等回过神来,我发现张良早已轻柔地挂断了电话。

6

三明治被端上餐桌。和洋葱圈一样,它也被装在篮里,下方垫着轻薄的吸油纸。

"请慢慢品尝。"

"谢谢。"我把手机放下,抬头对侍者说。

她似乎想试着回敬一个微笑,但最终只是嘴角快速而又羞赧地上扬了三分之一秒,好像是容易紧张的类型。

说到三明治,我们往往会想起那种由三片被切成等腰直角三角形的切片面包,把不同的食材,包括火腿、蔬菜、番茄片、奶酪或者肉酱等分层夹起来的

"面包料理"。这确实是一种三明治的类型，但是更寻常且简单易做的，却是将口感更硬一些的棍形面包一切为二，仅让尾部还连在一起，然后往中间塞上各种食材与酱料，最后再将切开的面包合拢。

三明治的发明归功于三明治伯爵。虽然顶着这么一个会让人感叹"你是认真的吗"的名字，他却和肯德基上校、麦当劳叔叔不同，是一个真真正正存在过的人物。三明治是英国肯特郡的一个小镇。世袭封地的第四代伯爵生性好赌，为了能够足不离席在赌桌旁日夜奋战，他便要求仆人为他制作方便用手抓取的面包夹肉，久而久之这种食物就大名远扬。

话说回来，"三明治"既然只是音译，那也就没有任何规定要求三明治必须是"三"角形，或者必须是"三"片切片面包夹食材而成的料理。

意式三明治就是上述第二种类型的三明治。它有另一个或许更为常用的称呼——帕尼尼。对于帕尼尼来说，烤得松脆芳香的外层面包固然重要，但它的精华仍在萨拉米火腿和与之相配的芝麻菜叶里。这两种食材就是黄金绝配。尤其是芝麻菜叶，这种在意大利被称为"rucola"的食材入口极为清香，而余韵却在微苦与微麻之间寻获美妙的平衡。此外，这种菜叶也因种植地区的差异而口味不同。在欧洲北部的寒冷地区，有时候菜叶的味道比较苦涩。在中国吃到的这种菜叶，味道又过于寡淡。美好得如同维纳斯诞生一般的芝麻菜，终究只生长于地中海闪耀的艳阳下。

——当然，理论归理论。

摆在我眼前的，终究还是一个被切成三角形的三明治。

"开动了。"我小声低语。不管怎样，能够在游乐场餐厅这种让人丝毫不抱任何期待的地方吃到至少选用正确食材的意式三明治，也算是幸事一桩了。

到现在为止还没有上的菜肴，还有肋眼牛排、青酱意面以及蔬菜沙拉。

嗯，没有我什么事。这三道菜应该都已经被初因预订了吧。

那一头，初因刚放下电话。从她的表情中，我无法判断通话的内容。

"我并不想告诉你我刚才和谁在打电话。"

她居然这么说。

"……我也不想知道。"我只能如此回答。

"没错，与你无关。我们又不是情侣关系。"

"……嗯。"

"怎么样？三明治好吃吗？"她问，"芝麻菜的味道难道不奇怪吗？"

我俩都很清楚，在面包、芝士、火腿及芝麻菜之中，味道最不稳定的就是最后者。这个知识的来源并不是哪一本美食书籍或哪一档美食节目，而来自我们两人从初识以来经历的各种惨痛教训。

"偏淡。反倒是莫斯莱拉奶酪的味道有点奇怪。不过总体还算合格。"

我小声说，并偷瞄了一眼接待台后的厨房。那位年轻的男厨师正满头大汗地站在灶台旁，或许是因为高温的缘故。他长得老实巴交，让人心头闪过一丝怜悯。

这句评价，希望你们不要听到。

……对了。

我差点忘了。

一般情况下，当初因问出关于"怎么样？这个好吃吗？"或者"这个好喝吗？"的问题时，她真正好奇或者寻求的，往往并不是我对于美食的点评。她才不关心我是怎么想的。

一时粗心，居然忘了这个规矩。

"好吃吗？"等于"给我吃一口"。

"好喝吗？"等于"给我喝一口"。

我乖乖地将吃了一半的三明治推到她面前。初因的脸色这才由阴转晴。

她一脸好奇地从面包中间层挑出了几片香肠和菜叶，塞进嘴里，像兔子一样咀嚼起来。

"对了。刚才给我打电话的人是房地产中介。"她说。

我叹了口气。

"我都说了我不感兴趣……不过接到地产中介的推销广告电话，不应该总是先凶巴巴地问'贵处是如何获悉我的私人手机号'，然后把电话一挂了之吗？亏你可以和对方聊上那么久。"

"因为那个人的声音很好听，软绵绵的，让人联想到一种动物。我一边和他搭话，一边在琢磨是什么动物来着。"

"最后想起来了吗？"

"萨摩耶。而且是手提狙击枪的萨摩耶。"

"……"我决定换一个话题，"话说，刚才张良告诉我一件事。"

萨摩耶放下了手中的枪。

"嗯？"

不知不觉，三明治里的切片莫斯莱拉也快被她捞个精光。无所谓，反正本来我也吃不下多少奶酪……

"他说，他在坐摩天轮的时候，看见……"我小声把张良的所见所闻向初因转述了一遍。

半空中飘来一阵奶香味。女侍者看上去正一边谨慎地核对类似说明书之类的文本，一边按部就班地调制意面的酱料。

罗勒、奶酪、橄榄油，还有烤得微微发焦的松子，一个都不能少。这就是青酱意面所具有的独特香气背后的真相。

结果她的感想是——

"滑稽。"

"你说奔跑着去坐摩天轮？"

"不，坐在摩天轮里复习功课，很滑稽。"

"……跑步去坐摩天轮就不滑稽？"

"当然不。"

"那你说，这是怎么一回事？"

"小明，这个世界上有各种各样的人。"她换上一副严肃的表情，"每个人有各自的爱好。有人是钓鱼迷，有人是象棋迷，有人是游戏迷，还有人是过山车迷……所以我想，这个一路狂奔去坐摩天轮的男人，他应该就是一个——"

我倒抽一口凉气。

"摩天轮迷！原来如此！"

"——跑步迷。"

"……"

"人总有许许多多的为什么。为什么鲸鱼不是鱼？为什么小熊猫不是猫？为什么萨摩耶会端着狙击枪？如果对每件事都非要一探究竟、刨根问底，那人的大脑会因为接收过多信息而爆炸，噼里啪啦变得像爆米花一样，白色的、黄色的，还有那些没完全炸开的，因为飞不出去，所以只能像沙漏里的沙子那样，从眼窝滑到喉咙口，把人呛个半死——尤其在还没有吃饱肚子、营养没有跟上的情况下，非常危险！知道我这几年听到过的最有科学依据的一句话是什么吗？"

"不知道。"

"'推理要在晚餐后'。"

初因把最后一片芝麻菜叶塞进嘴里，发出不屑一顾的哼唧，随后咕噜一声转过身子，向着厨房不停张望。

7

我们离开 BRAVO 餐厅的时候，已经过了下午五点。

秋日傍晚，天黑得比较早。这一侧阴晦的天空，仿佛像是要下雨的样子。走出小树林，视野开阔了起来，在地平线将逝的天际，浓云尚未够到的地方，还能看见一丝日落前稍纵即逝的浮光跃金。

"马上就到吃晚饭的时间了吧。"

"是啊。"

周遭渐渐黯淡了下来。看着游乐园里的路灯被由近及远一盏盏点亮，仿佛感受到电流在脚下流动开去，真是不可思议。

"好想吃猪排啊。"

"蘸辣酱油吃。"

"和炸年糕。"

"那还要配上甜面酱。"

"再来一杯芋圆奶茶。"

"全糖少冰。"

初因转过脸来，稀奇地看着我。

"奇怪，小明今天少见地配合。难道是因为吃了超级难忘的料理吗？"她眉目含笑。不熟悉她的人可能会误以为她心情很好。其实恰恰相反。

"是啊……确实让人超级难忘。"

配合？不，我只是不得不顺着她的话语，表达赞同而已。

这顿所谓的下午茶让我的经济状况一夜回到了解放前。虽然早有心理准备，但当真的接过单据，看到上面白纸黑字的价格，打击还是不小。更何况，钱包虽然大出血，却没有换来同等价值的美食，这种情况下谁的心情能够好得起来呢？初因气急败坏，我自然也情绪低落。

"意面的味道很差，牛排也煎得老了，田园沙拉居然因为没有油醋汁存货而改用了甜味的沙、沙拉酱……"初因嘟囔着，一根一根地扳着手指。

确实，真是失败的下午茶。淋在意面上的青酱因为在锅子里煮的时间过长，居然有了一股煳味。被淋上沙拉酱的蔬菜沙拉彻底成了悲剧，因为我们都完全无法欣赏这种黏稠、甜腻的组合（总感觉沙拉里的沙拉酱是回收利用自刚才放在洋葱圈竹篮里那包没有被全部挤完的酱料，不知是不是错觉）。最后被厨师端上来的那块碳……不、那块十成熟的肋眼牛排，其难以咀嚼的程度也远超预期，按初因的评价就是大约成了十五成熟。

这种超低性价比，也是我遭受打击的原因之一。

"算啦。毕竟如他们所说，他们只是两个新手帮工而已，只是因为平日里作为烹饪主力的老板不在，所以才临时掌厨。这份敢挑大梁的勇气，已经值得我们嘉许了……"我只能拍拍她的肩膀，勉为其难地编出一些连我自己都觉得有些勉强的话来安慰她。努力憋回打转的眼泪，吞下打碎的牙齿，藏匿内心的痛楚，然后装作若无其事地去治愈他人——这就是成长的代价、男人的苦涩吗？

"而且最后他们不是把那个比萨也送给我们带走了嘛。还是很不错的餐厅！"

那个比萨……此刻正静静地躺在小树林外，路边的垃圾桶里。

"那个比萨真是前所未有地难吃啊！"初因抓狂地大嚷，"奶油比萨，啊，制作出这样的东西，让它诞生在这个世界上，是犯下了不可饶恕的罪孽啊！"

没有错，直到最后，那个点了奶油比萨的奇怪食客都没有再次出现。

从餐厅出发走了约三分钟，便来到了摩天轮的脚下。大概是为了省钱，摩天轮整个黑乎乎的，没有灯。黑色的支架状庞然大物在我们头顶上嗡——嗡——地缓慢转动。

游乐园里，原本就稀稀拉拉的人群，也正在一点一点散去。

不一会儿，张良猫腰从一个座舱里走了下来。他的头发乱糟糟的。

"哟！"他举起手和我们打招呼，"下午茶吃得可满意？"

我替初因摇摇头。

"别提了。"

"是吗？好可惜。我今天倒是很有收获。"

"那是当然。趁别人玩乐的时候偷偷躲在摩天轮里复习备考到太阳落山，这种感觉想必再幸福不过了。"初因反唇相讥。

"哈哈。"张良抓抓脑袋，不置可否。

果然一脸幸福的表情！

"啊，我还没有坐过摩天轮呢。"初因突然提议，"趁游乐园关门前，我们再上去坐一圈吧。"

8

我、初因和张良三个人挤在了一个座舱里。座舱里的空气闻起来像是混杂了机械油污和过期牛奶，黏稠而滞重。小小的圆形舱体正顺着逆时针方向缓缓上升，渐渐越过了树顶。从这里往下看，广场上的灯光星星点点。

"不好意思，还要麻烦你陪我们再坐摩天轮。你肯定已经很饿了吧。这个人，特别矫情。"

"你说什么？"初因转过脸，把身子凑过来，眼中溢满了闪闪发光的神采，"没听清楚欸，能再说一遍吗？"

"没事。啊，麻烦不要掐我大腿。"

"……"

就在我们都不知道可以聊点什么的时候……

"啊。"张良突然开口。

"怎么了？"

"倒是那个狂奔男，其实还有后文。"

"狂奔男？"

"就是我之前告诉过你的那件事情啦，关于一个男人一路狂奔，像赶公交车一样冲过来坐摩天轮的事情。"我向初因解释。

"哦。那个运动爱好者啊。"

"然后怎么样了？"我问张良。

"嗯。后来的事情，其实更加奇怪……"

他用手托着下巴，转头望向窗外。强弩之末般地，西方云端之上倏然射出最后一束夕阳的余辉，不合时宜地照亮了他的胡楂。我赶紧把视线移开。

"后来……在摩天轮差不多转完一圈后，从狂奔男所在座舱前方的另一个座舱里走下来一个男人。不，与其说他是走下来的，不如说他看上去像是被弹射出来的一样。"

"弹射出来的？难道……"

"嗯，没错。"

"那也是没有办法的事。现在的女生都好凶，动不动就踢人，做男友的真不容——"

"——你说啥？"

……看来不是。

"舱内只有一个人而已，你想多了。"张良静静地说，"那个男人一离开摩天轮，就开始拼命狂奔，然后消失在远方的拐角。我还以为自己看花了眼。因为这个男人和狂奔男体形相似，又背对着我，因此我想，难道是我搞错了？其实这个人就是狂奔男？他什么时候神不知鬼不觉地挪到前一个座舱里去了？不过当我再定睛一看，发现正牌的狂奔男仍旧坐在那个原来他落座的座舱里，并没有离开。所以我可以肯定，那个弹射哥和狂奔男并不是同一个人。"

不知不觉，张良给这两个人都默默地起好了绰号。

"后来——因为狂奔男的座舱就在弹射哥的后面——在弹射哥着陆离开（发射）后，就轮到狂奔男的座舱落地了。狂奔男果然一点也没有辜负我的期待，他用几乎和弹射哥相同的姿势离开了座舱，一路绝尘而去。"

"嗯，会不会是狂奔男想要去追赶弹射哥呢？"

"我想应该不是这么一回事。因为如果狂奔男想要追赶弹射哥的话，他根本没有必要坐上摩天轮。"

"咦？这是为什么？"

初因直起身子，敲了一顿我的脑袋，然后加入对谈。她的好奇心似乎被勾了起来。

"愚昧的小明啊。张良的这个解释，理解起来有那么困难吗？如果弹射哥是狂奔男想要'捕获'的对象，他从一开始只要站在摩天轮的下客处，守株待兔就行了呀。"

"对，"张良点点头，"而且，弹射哥的座舱就在狂奔男的前一个吧。在狂奔男跑上摩天轮平台、坐进座舱以前，他不太可能注意不到仅仅一仓之隔的弹射哥吧。我反而觉得，如果有可能，他甚至会冒险去拉开弹射哥的舱门然后坐进去，而不会选择去乘坐下一个座舱——这样反而会让弹射哥在一圈转完之后获得从他身边逃跑的机会，不是吗？"

"嗯嗯，确实有道理。既然狂奔男不是为了追赶弹射哥而奔跑，那么这两人只有可能是出于各自不同的理由，不约而同选择奔跑着离开摩天轮……唉，可是无论如何我还是无法相信，这两个人一点关系也没有。"

"……白、白痴！"

"啊，这样……是误会……哇，别打我……"

张良朝我们挥挥手，试图吸引我们的注意力。

"其实还有后续，你们要听吗？"

"真的假的？"

我和初因同时把身子往前凑，结果两个人挤到了一起。她又向我挥来一拳。

"后来……大概也就过了一分钟吧。我发现，狂奔男又回来了。"

"啊？"

"而且他还是一如既往地狂奔着回来的。和第一次一样，来到底部登舱平台的时候，他依旧毫无半点犹豫，直接拉开离他最近的一个空舱门坐了上去。摩天轮转了一圈后，他也还是与之前一样冲出客舱，奔跑着离开。"

"这……这是为什么？难道这个人脑子有病吗？"

"一切不可思议的现象，背后都有合理的解释。"初因举起手指对我说。

"那么，那个弹射哥后来还有出现过吗？"

张良摇摇头。

"至少在我留意客舱窗外情况的这段时间里，弹射哥没有再出现。"

"唔……"

座舱里的三个人陷入了沉思。

转瞬之间我们又回到了地面。摩天轮完整转一圈，需要五分钟。

"会不会是这种情况呢？"我说，"其实狂奔男一开始并没有意识到弹射哥就坐在他前面。啊，不如说，狂奔男一开始甚至都不认识（或者没有认出）弹射哥。所以他因为某个原因赶到摩天轮脚下的时候，只是就近坐上了空的座舱，而没有做出任何寻找或者等人的动作。"

"然后？"

"直到狂奔男坐进了摩天轮座舱以后，他才意识到了某件事。他发现，坐在他前面那个座舱里的人，好像是他正在寻找的对象。虽然狂奔男并不知道弹射哥的长相，但是通过某种方式，即使他被关在一个密闭空间里，他也能瞬间知道弹射哥的身份。"

"嗯？你的思路似乎有些混乱。首先麻烦你解释一下狂奔男为什么要坐上摩天轮吧。"

我舔舔嘴巴，整理着自己的思绪。

"其实我也并没有完全破解这个谜团，所以只能想到哪儿说到哪儿。这个推理的前提是，弹射哥确实是狂奔男想要寻找的对象。"

"但是之前不是说了嘛，如果狂奔男想要追赶弹射哥的话，只要在入口处等待就行了，完全没有必要坐上摩天轮啊。"初因反驳道。

"没有错，但这是基于'狂奔男从一开始就知道弹射哥在摩天轮上的某个座舱里'的前提条件下。**如果狂奔男不知道弹射哥在摩天轮上呢？假如他唯一知道的信息是，他要寻找的对象，也就是弹射哥，在游乐园的某个角落。**这样一来，他会采取什么行动呢？"

"他会……啊。"张良似乎明白了，"如果是我的话，我应该会跑到游乐园的制高点，从上往下俯瞰寻找吧。毕竟这一带还算开阔，露天的广场和绿化带占了大部分的面积，而广场上的人又熙熙攘攘。"

"对。狂奔男就是出于这种想要迫切找到弹射哥的心态，赶到了摩天轮脚下，毫不迟疑地坐进正好降落到底端平台的座舱。之前我已经说过了，他之所以没有发现弹射哥其实就坐在前一个座舱里，是因为他根本不知道弹射哥长什么样子。他有可能只知道自己要找的人的名字，比如，慕容雪晴。"

"呃，小明，为什么弹射哥要叫慕容雪晴啊？这个名字好烂。"

"这个那个……啊哈哈，我只是突然想到了那些三流网络小说里的主人公的名字而已，不用太过介意。"

"总感觉小明无意间暴露了自己的阅读趣味。"初因眯起眼睛。我顿时不寒而栗。

"嗯，那么姑且就叫弹射哥'慕容雪晴'好了。"张良直起身子。

这个与我们未曾谋面的男子，就这么拥有了属于自己的第二个绰号。

"不过，这下好像就能说通了。"初因点点头，"虽然狂奔男不认识慕容雪晴，但是慕容雪晴很有可能认识狂奔男。狂奔男在没有注意到慕容雪晴的情况下，坐上了他身后的座舱，这一切都被慕容雪晴看在眼里。但是在这个时候，由于慕容雪晴的座舱已经开始徐徐上升，虽然他被吓得魂飞魄散，但他已经失去了离开摩天轮的机会。"

"嗯。然后在这五分钟里，坐在座舱里的慕容雪晴心急如焚。等到下一次落地后，他就抓住机会化身为弹射哥，冲了出去，一溜烟跑了。"

"然后狂奔男也在下一秒打开舱门追了出去是吗？"张良问，"但是这里有个疑点，小明。既然狂奔男不知道弹射哥就是慕容雪晴，那么他为什么要追出去呢？"

"这就与我刚才所说的那个假设中最关键的一点有关了。照理说，既然狂奔男不知道弹射哥就是他正在寻找的慕容雪晴，在看见一个陌生人行为举止有些奇怪的情况下，他最多只会感到好奇，完全没有紧随其后追出去的理由（除非他的真身是一条狗）。所以，我想，**在狂奔男坐上摩天轮的五分钟时间里，他一定通过某种方法得知了慕容雪晴的身份。**"

"怎么说？"

"我猜，可能是有第三者给坐在摩天轮里的狂奔男发讯息吧。比如，'狂奔男兄你好，坐在你前面客舱里的就是慕容雪晴'。"我没有把握地说。

"不太可能吧。这样一来，设定就太混乱了。"初因提出了质疑，"这个第三人到底在这起事件中扮演什么角色呢？他既然知道慕容雪晴就坐在摩天轮上，却没有将他逮住，说明他对帮助狂奔男没有兴趣。但是，他却给狂奔男发送了信息，告诉狂奔男你要找的人就在前面，又说明他有意帮助狂奔男。这不是显得很矛盾吗？除非这个人是看热闹的。"

"会不会其实这第三人是一个女人呢？"我提出了大胆的猜测，"她正在玩弄两个男人的感情，诱使他们自相残杀。啊，说不定慕容雪晴是这个女人的情夫，而狂奔男是她的原配。男女偷情被丈夫发现，然后丈夫怒追情夫——说不定有可能哦。"

"所以这位女士到底是站在哪一边呢？"初因冷冷地问。

确实，这个问题没法回答。如果她要庇护情夫，那么就完全没有必要给丈夫任何提示。如果她要帮助丈夫抓情夫——不太可能吧。而且，即使她是站在丈夫一边（比如情夫欺骗了她的感情或者偷了她的珠宝），她也完全可以在丈夫坐进摩天轮座舱前就告诉他"其实慕容雪晴在摩天轮上"。

……总之就是不可能啦。

"我觉得不妨换个角度思考。其实并没有你们所说的第三者。说不定，狂奔男是通过别的办法得知了坐在前面座舱的人的身份。"张良略作沉吟，"因为慕容雪晴的座舱就是狂奔男的前一个，**说不定，慕容雪晴在座舱里做了某件事，被狂奔男透过玻璃看见了，从而暴露了身份**。"

"这样一来，问题就变成了，他到底做了什么事呢？"

"比如挖鼻孔。或许狂奔男之前就知道，慕容雪晴这个人最大的特点就是喜欢在大庭广众之下挖鼻孔。"

"不过，你这个假设也有一个很大的漏洞。"我说。

"嗯？愿闻其详。"

"慕容雪晴是在躲避狂奔男，这一点我们暂时能达成一致吧。"

"没错。"

"那么既然慕容雪晴如此害怕被狂奔男发现自己，而且他已经知道了狂奔男就在他后面的那个座舱里——**他还会做出任何可能暴露自己身份的举动吗**？我想应该不会吧。一个连在五分钟里不挖鼻孔也做不到的人，能成什么大业？"

我发现初因在使劲点头。

望向窗外，第二圈又不知不觉结束了。我们的座舱再度缓缓上升。

"啊，这确实是一个漏洞。那如果是无意识的举动呢？比如慕容雪晴本身不喜欢挖鼻孔，他觉得挖鼻孔也不会暴露自己的身份，但是连他也没有想到的是，比如，他有灰指甲。当他伸出手指探入鼻孔的时候，身后的狂奔男用锐利的目光抓住了这一瞬间，干脆利落地判断出了前面这个男人的真实身份——这也是有可能吧。"张良说。

慕容雪晴有灰指甲……

为什么这句话听起来那么不着调。

"不可能啦。"初因说，"如果我是慕容雪晴的话，我是一个动作都不会做的——甚至大气都不敢喘一口。"

"假设慕容雪晴不是一个那么谨慎的人……"

张良自己也有些动摇了。他的声音越来越弱。

"或者还有一种可能。"我突然想到了一个新的点子，"虽然慕容雪晴并没有做任何动作，但是他身体上的某些特征是无法改变的——比如发型。

"如果狂奔男从一开始就知道，慕容雪晴顶着罕见的莫西干发型，那么，即使慕容雪晴在这五分钟里一直像一块木头一样坐在座位上，狂奔男也能够从后面的座舱里判断出，前面那个人就是他要追捕的人。"

"很可惜，慕容雪晴的发型很朴素。"

"那么……"初因突然说，"**如果是穿着呢**？"

"嗯？"

"如果是穿着的话，似乎可行呢。"初因两眼发光，"狂奔男知道慕容雪晴穿着怎样的衣服，而他在摩天轮中，恰恰认出了前面座舱中的那件衣服……"

"可是现在穿同一款式的衣服的人也有很多吧。"

"但是至少会怀疑吧。"

"嗯。张良，你记得慕容雪晴冲出座舱的时候身上穿的衣服是什么款式吗？"

张良思索了片刻。

"普通的黑色毛衣。"

——是这个季节里最常见的衣物。黑色毛衣款式大都比较简单，何况只看背影，根本没办法辨认特征。

初因笑了。

"嘻嘻。如果是黑色毛衣的话，当然不好辨认。**但是如果他一开始最外面穿**

的并不是黑色毛衣，**而是一件别的衣服。在发现了狂奔男就坐在自己身后之后，他因为害怕被认出身份，所以赶紧把那件有特色的大衣脱了下来呢？**"

"喂，你这个推演逻辑是不是有些跳跃了啊，虽然好像很合理。"

张良冷静地问："你有依据吗？"

"有。"

初因伸手从她的座椅下"嗖"地抽出了一件不属于我们的米色大衣。

"如果那个人一开始穿的衣服，是这件呢？"

她笑嘻嘻地问。

9

"你是什么时候发现的？！"

"一坐上来的时候就发现了啊。我嫌这件衣服放在座位上太脏，就把它踢到座位底下去了。"

"你这么随随便便就把那么重要的线索藏起来，真的合适吗？"我很无语。

"当时谁会知道这是什么线索啊。"

张良一脸好奇地打量着这件大衣。

"口袋里什么都没有。"我们对这件大衣进行了仔细的确认，"也没有这件衣服主人的任何信息，比如首字母标签之类的。"

"不过，"张良开口，"这件大衣其实也没有那么有特点吧。款式是属于比较常见的类型。"

"确实比较常见。"初因点头，"但是我们不要忘了一个前提——狂奔男正因为某个原因在追赶慕容雪晴。会是什么原因呢？"她笑眯眯地问我们。

"啊。我明白了。之所以狂奔男能够一眼就认出这件款式寻常的大衣，而且，狂奔男之所以正在四处寻找慕容雪晴——**其实是因为这件大衣是狂奔男自己的吧。也就是说，慕容雪晴的真实身份是一个窃贼。**"张良缓缓地说，"真相就是，他偷了狂奔哥的衣服，然后穿在自己身上。"

"嗯。"初因的脸上浮现出甜甜的笑容。看来，她对张良在她的旁敲侧击、循循善诱下的进步感到十分满意。

"那么，这一切解释起来就容易了。唔——事件的起因是狂奔男的大衣被偷了。当然，被偷走的大衣里可能有钱包、手机等贵重物品。狂奔男一路狂奔着寻找偷他东西的窃贼，然后来到了摩天轮底下。——对，我突然想起，当时狂奔男的穿着，确实只有一件薄薄的衬衫。他意识到，他可以通过坐在高处的座舱里俯瞰游乐园，来寻找那位或许身着他大衣，或者至少是手上拿着他大衣的窃贼。于是他登上了摩天轮。但是误打误撞的是，其实那个窃贼——慕容雪晴，就坐在狂奔男前面的那个座舱里。"

叫慕容雪晴这个名字的人居然是窃贼……这个设定真的让我有些难以接受。

张良继续解说：

"慕容雪晴发现了狂奔男，心里非常害怕。但是此时，他已经来不及冲出座舱逃命了。怎么办呢？只能等到五分钟以后，他所在的座舱再一次着陆，他才有机会夺路而逃。但是——他又想到一个问题。狂奔男因为不知道他的长相，暂时没有发现自己前面的这个人就是偷东西的窃贼。但是慕容雪晴知道，他此刻的穿着，使得他在未来的五分钟内一定会露馅——因为他现在穿着的就是从狂奔男那里偷来的大衣。于是他不得不做出了一个动作，一个最终还是暴露了他真实身份的动作——**他脱掉了大衣。**"

"没错。虽然慕容雪晴不会去做任何暴露他身份的动作，但**如果那是不得不做的事情**，就另当别论了。"初因表示同意，"而且不知是巧还是不巧，我们所坐的这个座舱，恰恰就是慕容雪晴待过的座舱，所以我们找到了他留在座舱里的那件狂奔男的大衣。"

"嗯。但是纸包不住火。狂奔男注意到了他脱去大衣的动作，也因此发现了前面座舱男子的真实身份。所以在慕容雪晴夺路而逃之后，他也马上追了上去。"

"那你又怎么解释之后狂奔男再次狂奔回来，坐了一圈摩天轮，然后又狂奔着离开呢？"

"小明，我觉得这件事情很容易理解。狂奔男在追赶慕容雪晴的时候跟丢了对方，所以不得不再次折回，又一次借摩天轮登高寻找慕容雪晴。"

"嗯——没错没错。"

看起来这两个人已经结成了统一战线。确实，这个解答看起来非常合理，每一个疑点都得到了完美的解释。

初因和张良脸上都挂着轻松的神情。一个露出满意的笑容，一个露出思考后的疲惫。

所以我实在是不想说接下来的话。

10

"对不起啊，你们两位。但我想你们的答案犯了一个很大的错误。"

我们的座舱转完了第三圈。

"什么错误？"两人异口同声地询问。

"嗯。基本错误。"

"不会是在坑我吧混蛋小明。"

"不，完全不是。我问你，在你们的解答中，慕容雪晴因为发现狂奔男坐在自己身后而慌忙脱衣服，是在什么时候？"

"当然是发现狂奔男之后马上就脱衣服了啊。"

"好。那么大概就是现在这个时候吧。"我望向窗外。

我们的座舱正离开地面，又一次冉冉上升。

"对啊。我们后面的一个座舱现在刚刚落地吧，那么狂奔男此刻应该正进入座舱。而前面一个座舱——也就是我们现在所在的这个座舱里的慕容雪晴，正因为发现狂奔男而吓得魂飞魄散。"

"所以他马上脱衣服喽？"

"嗯。"初因坚持地点头。

"好。那么摩天轮是不断旋转的吧？"

"当然啦。"

一边的张良恍然大悟。

"这样啊！原来如此，确实是一个很基本的错误。"

"咦？什么错误？"

我朝初因眨眨眼。

"因为我们是在摩天轮上，而不是在缆车上。只有缆车的车厢才是前后平行的啊。"

"什么意思？"

"前面我在餐厅的时候，张良曾经给我打过电话。他在电话里说，此刻他正在下降。然后他又说，他可以看见位于他前方的狂奔男所在的座舱，没错吧。"

"没有错，"张良点头道，"在我前面的座舱，当时位于我的斜下方位，所以我能够从上往下透过玻璃看见前面好几个座舱的舱内情况。不过，我们此刻却正在上升中，前方的座舱应该在我们的斜上方。"

"就是这个意思。"我指着齐腰高的不透明栏板。"如果是从下往上看的话，我们只能看见座舱的底部和下侧的栏板，而看不见座舱内的情况。所以，**在上升的过程中，处在下方座舱里的狂奔男是不可能透过玻璃天花板，看见上方座舱内的慕容雪晴做出脱衣服的动作的**。"

"……"

初因沉默不语了许久。好不容易得出的一个看似合理的答案又被推翻了。

"嗯，没关系……其实我还留了一招。"张良突然说。真不愧是顶着"张良"这一名军师名字的男人！

"不过，这另外一重解答简单得过分。"

"请说。"

"其实我们都想多了。"

"呃？"

"说不定，狂奔男确实如你所说，从头到尾都没有认出前方座舱里的人就是窃贼。"

"那怎么解释他的行动呢？"

"他确实是在从上往下俯视的过程中，发现了他要寻找的目标——**只不过他认错人了**。"

"这……"

"他找到目标后，赶忙从座舱里冲出来，去抓那位'其实不是窃贼'的人。他最终发现自己弄错了追捕对象。随后他又再次折回来，再次发现目标——说不定又认错人了——然后又一次冲了出去。"

我有些犹豫："这个解答确实能够圆上整个故事。但是，总觉得有些牵强……"

张良叹了口气："我也这么觉得，但实在无法想出更加合理的解释了。"

于是我再次看了一眼窗外。

天黑了。

手机显示是下午五点四十五。距离游乐园关门，还有十五分钟时间。

我们所在的座舱在距离地面几十米高的上空摇摇摆摆。

我强烈不希望这种看似危险的环境催化出某种吊桥效应。

"张良，这不怪你。"

好久没有出声的初因突然说道。

什么啊，我还以为她已经被打击得体无完肤了呢……

"没有想出别的解释，并不是你的错。"

她把手放在张良的肩上，以示安慰。

"喂，你怎么突然——"

她猛地回过身来，对我怒目而视。

"你还敢说!!! 那么重要的线索就摆在你面前，你居然还像被蒙在鼓里一样，难道你是瞎子吗？"

"啊？"

"你和张良不一样！你可是和我一起，在那家 BRAVO 餐厅里用餐了耶！"

"呃……求、求解释。"我举起双手投降。

"我已经完全明白了！这可是一道完完全全的美食之谜哎！你到底有没有在美食中发现幸福与爱啊？"她再一次一下两下三下地戳着我的脑门。

"小明可真是一个大、笨、蛋！活该没有女、朋、友！"

11

"咳。"初因在座位上清清嗓子。我们两个听众傻乎乎地面对着她，摆出聆听教诲的姿势。

"我开始解说了哦。"

"请。"

"好。首先，其实关于慕容雪晴，也就是弹射哥职业的猜测，我们已经成功地命中靶心。他的确是盗窃了狂奔男大衣的窃贼。"

"嗯。"

"然后，慕容雪晴一发现狂奔男坐进自己身后的座舱，就立刻慌张地脱掉了大衣，并把它留在了座舱里——这也没有错。证据就是——此刻这件大衣，确确实实地正被我拿在手里。"

"嗯。"

"但是，之前那些看似无用的分析，其实也是有道理的。在狂奔男一开始并不认识慕容雪晴的情况下，他确实没有任何办法在他乘坐摩天轮的这五分钟之内，发现前舱乘客的真实身份。我们先前已经把所有慕容雪晴有可能做的事情都排除过一遍了。狂奔男没有任何看穿对方身份的机会。"

"嗯。"

"此外，因为慕容雪晴在离开座舱、仓皇逃离的时候，身上穿的并非狂奔男的米色大衣，而是随处可见的黑色毛衣，所以狂奔男也不可能意识到，这个跑着离开的家伙就是偷窃他大衣的窃贼。"

"但是有没有可能是这样——他身上没有穿着大衣，但是那件大衣被他拿在手上了呢？"

"白痴小明，大衣明明在这里！"初因举起大衣。

问了一个愚蠢的问题。

"所以，唯一的可能性就是，**狂奔男之所以狂奔着离开，根本不是为了抓贼**！"

"等等，还有我那个解答……"张良弱弱地举手，换来了初因一声咆哮。

"你那个解答无视掉好了！一点都不漂亮！"

我突然有点同情张良了。

短短的一分钟里，我们两个都遭到了无情的鄙视。

"好，既然不是为了抓贼，那他为什么要跑呢？对，话说回来，如果他狂奔着离开不是为了抓贼，那么他狂奔着过来坐摩天轮，是为了抓贼吗？"

"是吧……"

"才不是呢！"

"说不定他乘坐摩天轮的本意的确是想登高望远抓小偷。但是在摩天轮上，狂奔男突然收到父亲大人发来的短信，有了别的急事。"

"哦？比如什么急事？"

"比如，'家中小狗嘟嘟病危，请速归'这种的。"

"所以他仅仅离开了一分多钟，就又赶回来了吗？"

"啊……"

"小明。"初因说。她换上了一种温柔的语气，向我眨眨眼。

"你还记得我们今天点了哪几道菜吗？"

为什么突然这么问？难道真的是因为"推理要在晚餐后"？

"我点了三明治和美式咖啡。你的是摩卡、意面、沙拉、牛排、洋葱圈，还有附赠的那张奶油比萨。"

"啊。"张良听罢突然低呼一声，好像明白了什么。

"怎么了？"

"原来初因饭量这么大？"

初因于是没有再理睬他。

"请按上菜顺序报一遍所有的菜肴。不要忘记描述上菜过程中发生的事件。"

虽然我不知道她这是什么意思，但是这种生死存亡的危急关头，还是老老实实按她的要求做比较好。

"最先被送上的是我点的美式咖啡和你的冰摩卡。紧接着是洋葱圈，然后是我的三明治。啊，对了，在咖啡与洋葱圈之间，有一个人进来点了比萨。此外，在女侍者端上洋葱圈的时候，我给张良打了电话，而你接听了由萨摩耶狙击手假扮的房产中介的来电。"

"嗯嗯——"她赞许地点头，没有给一脸震惊、嘴中念叨着"萨……萨摩耶？"的张良任何提问的机会。

"接下来是意面，然后是沙拉，随后是牛排。这三道菜的上菜速度都比较快，并没有间隔很久。最后，因为那个点比萨的奇怪男人迟迟没有再来，所以两位店员干脆把比萨当作赠品送给了我们，虽然难吃无比。"

说到这里，我突然意识到了一件事情。

"话说回来，我记得那个点比萨的人，穿的就是一件黑色毛衣，对吧？"

12

"哇哈哈，你终于想起来了。嗯，我当时就觉得这个人很奇怪。"初因扬扬自得地说，"他走进餐厅，没有看菜单，也没有落座。说到意式快餐，一般人脑海中的第一反应就是比萨，他也不例外。但是当侍者问起他要什么种类的比萨时，他却非常犹豫，似乎对于比萨的种类完全不了解。另外，他吩咐侍者要多加奶油——我刚刚才意识到，这其实是他的口误吧。他明明想说奶酪，却说成了奶油。而且，能说出'五分钟之后来取'这种话，也证明了他对比萨的制作流程、时长根本毫无了解。不过托他的福，我们才能在最后品尝到一款世间绝无仅有的奇葩料理。总而言之，这个人根本不是一个专业吃货。说白了，我觉得他根本不是来用餐的。"

"为什么这个人明明不想就餐，却要点单呢？"

"因为他想把那两位员工留在厨房，将注意力集中在烹饪上面。"

"……为、为什么？"

"这还用问？因为他就是——慕容雪晴！"

原来这位慕容雪晴，不仅是个贼，而且是个对西餐毫无了解的蠢贼。

"所以……你想起来了吧？"初因朝我嘿嘿嘿地笑。

"想起来什么？"

"想起当时我们把餐厅的正门和后门搞错的那件事情——"

"啊！"

啊啊……啊啊啊！！！

我推门而入的那间房间其实是一间准备室。写字台上放着营业日记，箱子里放着员工的物品，而衣架上挂着的则是……

米色大衣！

"终于想起来了啊。那扇门的门后，其实是这家餐厅的员工准备室。员工一般在这里做更衣换鞋之类的准备工作，清洁消毒后，才能进入厨房和柜台区域进行烹饪工作。然而，很不巧的是，这个下午，不止我们两个人打开过准备室的后门。"

"慕容雪晴也闯了进去吗？"

"对。当他发现准备间里挂着大衣，就动起了歹念。然而，他害怕在他行窃的时候，被突然从通往厨房的那扇门走进来的店员发现，所以为了保险起见，他便绕到了前门的柜台，点了一个比萨。"

"呃……"这样做是不是有点麻烦。

"不麻烦。这是必须的。"

你怎么知道我在想什么啊……

"当时的餐厅里有两个店员吧？"

"没错。"

"然后为我们烹饪掌勺的是？"

"那个男的。"

"对，所以那个女生担任了侍者的职务。"

"啊，原来如此。因为那个女侍者手头没有活干，所以这位慕容雪晴想到，他可以通过点一个比萨，并且用'五分钟之后就要'的办法，让女侍者留在后厨、无暇注意其他。事实上，那个比萨也的确是女侍者烤的，你记得吧？"

我点点头。

"紧接着，慕容雪晴采取了行动——他再次绕到后门，快速地从里面偷出了那件米色大衣，然后赶紧离开。因为时间很紧，他来不及当场确认大衣的口袋里到底有些什么东西。然而他又迫不及待地想要知道——该怎么办呢？"

"所以他去了一处能够一个人安静地检查赃物的私密之处——摩天轮的座

舱，是吧？"张良若有所思地说。

"对。至于他到底是不是在座舱里穿着米色大衣，这我无从得知。不过，我觉得一个正常的窃贼应该不至于在得手以后，马上就把赃物穿在身上吧。"

"我想到一个问题。"我举手发言，"既然慕容雪晴是一个如此小心翼翼的贼，他一开始为什么要冒着风险推开准备室的后门去张望呢？说不定餐厅的员工正好在里面啊。"

"他确实没有。"

"啊？"

"他只是偶尔路过敞开的活动室后门，并发现有机可乘的。"

"你这话什么意思？"

"意思就是……你走的时候忘记把门关上了！"

这下……被深重地打击到了。

原来餐厅遭窃的罪魁祸首，是我本人。

"嗯……这么解释确实合理，但是狂奔男的事情又怎么解释呢？"这次轮到张良举手。

初因一脸抱歉地看着张良。

"对不起，这些线索你完全都不知道。另外，从这里开始，以下就仅仅只是我的猜测了。我没有任何证据来证明我的推测。"

"没关系。"

"好。我的这个推理的前提是：餐厅员工的米色外衣被偷走了。"

"对。"

"这和狂奔男又有什么关系呢？小明，我刚才已经让你回想过我们今晚吃的那些菜肴了是吧。"

"嗯。"

"现在请你简单说明一下每一道菜的做法。和之前一样，请按上菜的先后顺序。"

什么?! 这难道真的不是在玩我?!

"美式咖啡的做法大体上可以分为两种。"我老老实实地回答，"比较常规的做法是意式浓缩咖啡兑水，但是也可以用法压壶直接——"

"咖啡的部分都无所谓，略过略过。"

"好、好的。洋葱圈。把洋葱切成圈，先在外围裹上蛋液，然后再撒上面包粉。最后放入油锅，炸至表面金黄。"

"听起来像是背菜谱。"

"意式三明治。准备加热烘烤好的面包，切口，先在底下铺上莫斯莱拉奶酪，随后放入芝麻菜和切片萨拉米香肠。不过，这家餐厅选用的只是普通的吐司面包。

"青酱意面。先在沸水中煮十分钟意面，随后捞起沥水。在搅拌机里加入罗勒、松子、橄榄油、奶酪，切碎搅拌成泥。准备一个锅，热黄油，加青酱，随后倒入意面翻炒，收汁，装盘。

"蔬菜沙拉没什么好说的。将芝麻菜、生菜等蔬菜洗净切碎，拌入油醋汁即可，可以适当撒上奶酪碎。不过餐厅当时没有油醋汁，因此改用沙拉酱代替。

"肋眼牛排。肋眼牛排因为瘦肉少油脂多，所以可以适当在平底锅里多煎一段时间。如果真是要十分熟的话（说到这里我看了一眼初因），依照不同的牛排厚度，两面各需煎上四到五分钟，然后出锅装盘。

"比萨，准备面饼，先涂抹番茄酱，加配料，撒奶酪，送入烤箱烘烤片刻。出烤箱后撒香料或者胡椒。"

"啪啪啪——"初因和张良一起鼓掌，"完美的解说，真是让人馋涎欲滴。所以你在背菜谱的时候，没有发现什么可以用来解释这位狂奔男异常行为的理由吗？"

……说实话，我已经发现了。

今晚的那块碳……不，那块被煎过头的牛排，肉质粗犷得让人无从下口。

"是牛排吧。"我说。

"恭喜你。"

"嗯，只可能是牛排了。制作其他任何菜肴，都无须厨师对烹饪时间进行精准的掌控。洋葱圈的完成与否，只需要通过肉眼辨别其外表是否变成金黄色就可以了。三明治与沙拉是冷菜，没有计时的必要。比萨虽然也需要计算烘烤时间，但是普通的烤箱都会有自动计时器，时间一到会自动熄火停工。和牛排一样需要控制烹饪时间的是意大利面，但是意面在沸水里即便煮制不到或者超过十分钟，只要相差不大，最终口感也不会有特别大的区别。更何况，意面的柔软程度是可以通过试吃来判断的。如果没有把握，从锅里捞一根出来尝一尝就可以了。"

所以，只可能是牛排了。牛排是不可以试吃的。

……

"今晚餐厅里的电子钟，没电了是吧？"

"恭喜！小明再次答对。斯莱特林加一分。"

当我看到那个一直定格在两点十分的电子钟时，我其实就已经意识到了这一点。

只不过，我完全没有想到，这件事情和奇怪的狂奔男可以被这么简单地联系到一起。

"今天在餐厅里为我们服务的，是两位连做意面都要看菜谱的、彻彻底底的烹饪新手。制作肋眼牛排的火候掌控远比意面还要复杂，那位男厨师想必一直在严格按照菜谱上的要求来进行烹饪。可问题来了——菜谱上写着：'十分熟的牛排，两面需各煎五分钟。'当他看到这一项要求的时候，他会怎么办呢？"

"首先抬头看电子钟。"张良回答。

"Bingo（答对了）。然后呢？"

"电子钟没电了。"

"厨房里还有没有别的计时工具呢？"

"有。"

"是？"

"烤箱。不过那个时候，烤箱正在被用作烘烤比萨。"

"Bingo。所以烤箱也不能用。然后呢？"

"他会回到准备室，找自己的手机（或者手表）。"

"然后呢？"

"他会发现，他的手机已经连同大衣一起被偷走了。"

"等一下。手机先另当别论。假如他有手表的话，他没把手表戴在手腕上吗？"张良问。

"餐饮行业规则！"初因竖起手指，"为了食品安全和工作方便，厨师严禁在烹饪时戴手表。也就是说，即使他或者那位女侍者有戴，那也一定被存放在准备室里——甚至在那件大衣口袋里……"

何况现今，佩戴手表的年轻人已经成为了社会上的稀缺品。初因、张良和我，没人有佩戴手表的习惯。

"也是。"张良挠着他的一头乱发，若有所思地点头说。

"现在请注意！在男生焦头烂额找手机的时候，牛排已经在铁板上滋滋作响了哦。"

"难道他不会问另一位女服务员借手机吗？"我问初因。

"有借过。当时他们俩不是在后厨交谈过嘛。但是不知什么原因，就是没有借到。可能是女侍者没有用手机的习惯，不过我倾向于另一种可能——她的手机也被慕容雪晴给偷走了。你还记得女生脸上焦急的表情吗？"

依稀有印象。

"那他不能问我们借吗？不就是计个时嘛。"

"他不是没有动过这样的念头。但是那个时候……"

张良一拍手：**"啊，当时我不是在和你打电话嘛。"**

对。

那个时候，我们两个都在打电话。

怪不得……

这种时候，侍者怎么好意思向正在使用手机的人开口借手机呢？而且是因为煎牛排这种理由……

"……所以他就出去追小偷了啊。"我说。

初因擦了擦汗。

"智商捉（着）急啊小明。当务之急是牛排好不好！是美味可口、鲜嫩多汁的牛排啊！游乐园里那么多人，他上哪儿找手机去啊？更何况，这位厨师当时都不一定意识到自己的手机被人偷走了。他可能以为，自己只是一时想不起把手机放在哪里了而已。"

"所以摩天轮就是这么被利用的啊。"张良恍然大悟。

"嗯。情急之下，这个有些可怜却又脑洞无限的男人——不，狂奔男，他想出了一个只有神经病才想得出的办法——他把围兜一脱，仅仅穿着一件衬衫，便冲出了准备室的后门，拼命地跑向摩天轮，然后拉开一间座舱的门，坐了上去。"

"因为，牛排每一面需要煎五分钟吧。"我说，"摩天轮在这里，是被当成了一个时钟在利用啊……"

"他之所以非要冲到摩天轮下、亲自坐进客舱，而不是站在看得见摩天轮的地方观察摩天轮的转动，是因为——正如前面张良说的那样——人们从外部完全无法辨认某个特定的座舱。只要在五分钟里稍有不慎看花了眼，计时就会变得不精确。"初因解释道。

"而且从餐厅到摩天轮，走路的话要三分钟，如果用跑、甚至是急速冲刺的话，确实花不了多少时间。跑步的速度是走路的三到五倍，所以……一分钟不到吧，甚至只需要三十秒。"

"嗯，所以在我和你打那通电话期间，那位厨师前一刻还在后厨煎牛排，后一秒就已经化身为狂奔男，气喘吁吁地出现在我的面前……"张良似乎觉得很好笑。

"狂奔男在冲下座舱的三十秒后，再一次出现在后厨。他回到这里唯一做的一件事情，就是用铁夹给牛排翻了个面。"

啊……

我想起一件事。当时我确实瞥见一眼他在后厨大汗淋漓的模样。我本以为那是因为厨房里的温度过高，不过现在想想，在秋天的傍晚，仅仅为了煎一道牛排就汗流浃背，确实也太夸张了。

何况他只穿着衬衫。

"随后，他又做了一次往返。"

"每一次冲刺的时间是三十秒，两去两回总共两分钟。加上在摩天轮上花掉的两个五分钟，煎牛排的时间一共是十二分钟，那也就意味着，实际上比菜谱多花了两分钟。这么一来，那块牛排变成碳的原因，也就不言自明了！"

初因站起身子，大声地宣布她最终得出的结论。

"下次再也不会光顾这家餐厅了！大众点评，一星差评！"

13

"喂。"我马上拉拉初因的衣袖，"其实还是得再去一次的……"

"啊？为什么？"

张良瘫坐在椅子上，懒懒散散地举起了大衣。

"游乐园关门前，我们还得做一回好人，物归原主啊。"

里卡多，新锐推理作者，目前是一名在德国小城达姆施塔特就职的底层建筑师。代表作：长篇推理小说《天使降临之塔》。中篇推理小说《黑寡妇、白萝卜和红油火锅的秘密》于 2020 年 8 月荣获第二届"华斯比推理小说奖"二等奖；《摩天轮与摩天轮底下狂奔的男人》日文版 2022 年 11 月刊于日本《早川推理杂志》。

偷外卖的贼

林星晴

自 序

事情的开头是这样子的。

最近这段日子，因为疫情，我一直待在家，几乎没有出去过，还拿这个当作自己不去找工作的借口，只是整天让自己埋首在电脑前，用积灰的键盘，一下又一下敲出自己脑中那些乱七八糟的故事，再随缘地投稿，希望能被出版方采用。

可惜的是，至今我仍然没有成功发表过任何作品，我的小说也接连封印在我的电脑硬盘里，估计以后也不会有机会见识一下外头的阳光，仿佛我将它们制造出来，就只是为了满足自己改不掉的懒惰。

其实，我比任何人都希望它们自由。

我不希望自己的小说变成一条机械的生产线，这只会让我更加质疑自己存在的意义与价值。

我想成为小说家，我想写更多小说。

可是，我的母亲却对此表示质疑。

这一天，她对我说："儿子啊，妈妈年纪大了，可能陪不了你多久了。"

母亲眼睛不好，并且始终认为我在不务正业、荒废自己，她希望我能找份好工作，老老实实去上班。

不用她多说什么，我也能知道她的言外之意。

我回答道："这段日子我一直在写推理小说。"

我的回答很简洁，意思就是，我将写小说当成自己的工作，并非只是宅在家里游手好闲、什么都不干。

"推理小说？就是那些一直死人、一直杀人的犯罪小说？"母亲又激动起来，"儿子啊！我早就跟你说过了，不要再看那些乱七八糟的小说！你怎么就是不听呢！明明小时候是这么乖巧的一个孩子，怎么越长大就越叛逆了呢？以前都带你看过心理医生了，为什么还是戒不掉？你看这么多推理小说，会找不到女朋友的！女孩子会觉得你是心理变态！"

我无法反驳，哪怕我不是第一遍从她口中听到这些话，我也依旧相当生气，因为推理小说是我的爱好，是我此生最珍视的精神食粮，被人这样肆意践踏，我简直愤怒到了极点。

可偏偏这个人，是我体弱的母亲，我不能对她生气，也不能强硬地反驳，只能默默忍受她对我的不解。况且，我也没有被人认可的作品，也因此失去了反驳的可能，我现在确实一事无成。

我不想让任何人误解推理小说，也不想让年迈的母亲误解我。

我曾经给母亲耐心地解释过推理小说并非只有血腥与谋杀，不少作品还有温暖与感性，其中"日常之谜"这一种新近流行的类型就是最好的体现。

在"日常之谜"里，没有谋杀，没有犯罪，结尾大多体现出人性的温情。像去年①由华斯比选编的《给孩子的推理故事》就是一本"日常之谜"短篇合集，我在今年一月份，也就是新年期间给母亲详细介绍过这本书，像鸡丁的《彼岸的心》、林斯谚的《圣诞夜奇迹》以及王稼骏的《亚斯伯格的双鱼》等等，我还特意重新看了一遍，分别列出了小说的故事走向，以及作者所想表达出来的温馨结尾，然后一一向母亲说明，我只是由衷地希望她能够抽空看上一两篇，哪怕能让她稍微改变一下一直以来对推理小说固执的偏见，我也就能轻松不少。

不过，当时母亲只是摇了摇头，继续强调说自己的眼睛不好，看书看太久会眼睛痛，无论我再说什么她都不肯看，即使我说我可以读给她听，她也不愿意，甚至还窥破了我的意图，一直催我出去找工作。

没办法，看来，我也是时候尝试动笔写一篇"日常之谜"了。如果我将自己写的小说用家里的打印机打印下来，再软磨硬泡一番，母亲可能会看在是我写的分儿上勉强看完。

只不过，我不是个善于构思的人，没有天马行空的想象力，也无法直接从零开始杜撰一个全新的故事，每次驱使我动笔的往往都是灵感。

我现在没有"日常之谜"的创作灵感。

苦思多日，我最终决定将自己以前的一个尚未落笔的构思略作修改，"改"成一篇"日常之谜"。

就这样，我打开电脑文档，敲下了这篇小说的标题——《偷外卖的贼》。

---

① 此处指"我"写下这段文字时所处的时间线2020年的去年，即2019年。

偷外卖的贼

0

"不知道各位同学有没有听说过'社交假面'这个概念？在现代社会，通过社交积累人脉其实是一件非常重要的事情，而人们总是趋向于在一个群体中寻找别人对自己的认同感和归属感。可是，人与人之间的认同感和归属感并不是与生俱来的，而是要通过一些共同喜好和共同观点去培养。在培养这些共同点的时候，习惯于妥协的一方就更容易戴上'假面'，虽然不真实，但是不能说他（她）不真诚。因为在一个社交的情境中需要这样一种表面缓和的气氛，不说真实与否，能缓和气氛就已经非常重要了。在座的同学应该或多或少地戴上过或者仍然在戴着'社交假面'吧？哈哈！大家不要急着否认，这并不是什么难以启齿的事情，相反，我认为这很正常……啊，不好意思，刚刚偏题了，说了这么多，其实这和我们今天讲课的内容有很大的关联……"

长相帅气，衣着端正，就连头发也梳得一丝不苟的年轻心理学教授在讲台上朗声讲授着今天的课堂内容，底下绝大多数学生都被他绘声绘色的讲课风格吸引住了，唯独张落雨。

张落雨今年读大三，按照学校对课程的规定，选修课的学分必须在大一、大二这两年内修满，可他偏偏在大二下学期自己选的选修课中出了些许差错——两门选修课的期末论文交反了——最终导致两门选修课的学分都没有修到。而大三上学期的课程又比较紧凑，张落雨只好在上、下两学期分别补修一门选修课，这样才能在大四之前修够学分、顺利实习。

他大三上学期补选的选修课是影视鉴赏，下学期——也就是这学期选的是现在正在上的社会心理学。

对于张落雨来说，选修课只是一些无关紧要的课程，他向来都不会专注去听。他也不担心老师上课会提问，因为在选这门课程之前，他就在学校的公众号里翻看过一遍其他学生对选修课老师的评价，张落雨是专门挑那些上课不会提问的老师的课程去选的。

况且期末要么是开卷考试，要么就是一篇给你一周时间准备的课后论文——两者都没有什么难度，只要不再犯交错论文这种低级错误，学分肯定能妥妥修到手。

此刻，张落雨坐在教室后排的座位上，低着头，借前座男生高大的背影遮挡自己翻看小说的动作。他手头上这本正在翻看的小说叫作《13·67》，是一本推理小说。这本书是今年年初父亲去香港出差时顺便给他带回来的。这本推理小说是去年①出版的，在网络论坛上好评如潮，就连从来都不看繁体书的张落雨也禁不住诱惑，忍不住翻看起来。作为学校推理逻辑社的现任社长，他觉得自己有了解港台推理小说的义务——哪怕即将卸任。

张落雨从来都没有看过这种竖版的繁体中文小说，所以看得特别慢，再加上他有摘抄的习惯，看到写得好的句子就会记录在笔记本上，这使得原本就很慢的阅读速度又下降了一个档次。

不过"因祸得福"，这样就能更仔细地欣赏这部作品了。

他不顾右手手臂上白色运动袖套带来的闷热与瘙痒感，专心致志地读着。

一页又一页，时间流逝着。

窗外的烈日也逐渐收敛，天空挂上一层柔和的昏黄色。

晚上六点十分一到，下课铃声准时响起。

老师宣布下课后，张落雨一边往教室外跑，一边小心翼翼地把手中的小说放回书包里，幸好这堂社会心理学选修课的教室是在二楼，而且

---

① 此处指小说《偷外卖的贼》所处的时间线"2015 年的去年"，即 2014 年。

是在靠近楼道的位置，张落雨在学生下楼的人流高峰期到来之前就顺利下到一楼，然后毫不犹豫地往北苑食堂的方向赶去。

张落雨在食堂三楼吃完简单的晚饭后，已经将近六点二十五分。在刚才吃饭的时候，天色就暗了下来，远处是一片黑，看不到尽头，就跟个黑洞似的——张落雨感觉自己的肚子也是这样，明明刚刚才吃完一顿，却没有什么饱腹感。可是，待会儿社团有非常重要的事情，时间已经不允许他再吃一顿，他想了想，最终到食堂一楼旁边的小卖部买了根火腿肠，边吃边往宿舍走。

张落雨住在学生宿舍第 17 栋 B 楼 512 号，第 17 栋宿舍楼就在距离北苑食堂侧门前面不到一百米的地方，两者之间其实只隔着一条马路。

张落雨走在这条马路上，手中的火腿肠才只咬了一口。他右手边是北苑食堂的方向，左手边是宽度不到两米、零零散散种了几棵树的树丛，与树丛紧紧相接的，就是第 17 栋学生宿舍 A 楼的阳台位置。

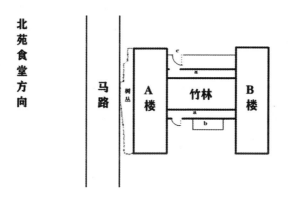

（图 1　a 为楼道，b 为宿管值班室，c 为后门围栏门）

其实，从北苑食堂回宿舍的最短路径是走宿舍楼的后门，不过后门的围栏门只在上午开放，其余时间都会关上，所以张落雨只好往有宿管值班室的前门走。

张落雨左手边宿舍的阳台都空荡荡的，几乎没有人生活的痕迹——其实，A 楼是大四学生的宿舍，但是他们基本都出去实习了，所以宿舍就空了下来。

A楼一层的101室是宿管阿姨的休息室，跟这层楼的其他十五间宿舍相比，101室的阳台装有防盗网，其他十五间宿舍的阳台虽然没有装防盗网，但是门是从宿舍内部上锁的，所以出去实习的学生也不怕会有小偷光顾，当然，他们也会提前撤走大部分行李，余下的可能就是些懒得带走的不值钱的东西。

"喵——"

张落雨就要走出马路的时候，突然听到一声猫叫，他朝声源望去，最先看到的是那个装有防盗网的阳台上的橘子皮，然后才看到前方树丛下躲藏着的那只橘色小猫咪。

原来是老朋友啊。

张落雨浅浅地笑了笑，他蹲下身子，伸出手中的半截火腿肠对橘猫说道："小馋猫，要不要尝尝？"

橘猫往前走了两步，好像嗅了嗅火腿肠，却没有咬下去，它舔着自己的爪子，看来并没有要吃的意思。

"居然还嫌弃我的口水，"张落雨无奈地摇摇头，"好吧，下次再给你买根新的，我先走咯。"说完，张落雨站起身，准备往宿舍楼的前门走去，结果正好看到前面不远处的宿管阿姨，他反应很快，笑着对宿管阿姨点了下头，打招呼道，"阿姨好。"

"嗯，你好。"宿管阿姨认出张落雨就是那个平时经常对自己问好的学生，便走到他面前拍了拍他的右肩劝道，"下次离那野猫远点，没准它还会咬人。"

"野猫？"张落雨一脸不解道，"我看这小猫经常在您宿舍的阳台底下休息，我还以为是阿姨您养的呢。"

"不是我养的，"宿管阿姨摇摇头，解释道，"是前任宿管霞姐养的，她前几年去世后，这只猫就一直逗留在我们这宿舍楼，怎么赶都赶不走。"

"原来如此。"张落雨回头望了眼橘猫的位置，也许它主人还在的时候，它就经常待在那里吧。

"叮叮叮——"

从装有防盗网的屋里传出了床头闹钟的铃声，宿管阿姨听到后，连忙说道："哎呀，都要到开热水的时间了，我就不跟你聊了啊！"

张落雨告别宿管阿姨后，走出马路站到台阶上，侧边地面上有一个打翻的快餐盒，饭菜满地都是，也不知道是哪个外卖小哥这么不小心，张落雨并没有多想，快步往宿舍楼的前门走。宿管值班室前的地面上满是待领取的外卖，他好不容易才从外卖小哥和地上外卖的"包围"中挤出一条路，终于走进了楼道里，他把手中的火腿肠包装袋丢进楼道的垃圾桶后就往上走。很快，他回到了自己的宿舍。

还没推开门，张落雨就听到里头三名舍友的打闹声。他一边走进宿舍，一边问道："什么事笑得这么开心？说出来让我听听。"

"思伟的外卖又被偷了。"舍长伍焕创笑着说道，"刚才我们三个在打游戏，他外卖到得比较早，抽不开身下去拿，于是让外卖小哥放楼下，结果打完游戏一下去，外卖找不到了。"

"这学期第三次了！"光着膀子的黄思伟越想越气，"要是让我知道是哪个王八蛋偷了我的汤饭，我非得给他来一拳不可！"他一边说着，一边做出挥拳的动作，结果双下巴也跟着一颤一颤的，特别有喜感，"这偷外卖的人真是猖狂！咱们宿舍楼群几乎每天都有暴躁老哥在群里骂偷外卖的人，我前段时间还特意留了个心眼，最后发现——一天至少有一个人的外卖被偷。"

"真是老倒霉蛋了。不如跟我学学？多吃食堂，少点外卖，还能省下不少钱呢。"张落雨这般调侃道，他自己也就大一上学期点过几次外卖，后来发现吃食堂比较便宜，能省不少钱去买书，干脆就一直吃食堂了。他走到自己放满推理小说的书桌旁放下书包，按揉一番僵硬的脖子："那你跟商家联系了没有？"

"联系过了，"黄思伟脸鼓得跟个青蛙似的，"他们说外卖小哥给我打电话的时候就说过——'你尽快下来拿，外卖丢失我们不负责的哦'，就没赔给我。"

"这也不能怪商家，"杨白林笑着说道，"不是所有店家都跟'炒饭王'一样好心，丢失了还能给你补一份。"

因为外卖不会配送上楼，而且外卖小哥为了节省时间，通常会在还没到宿舍楼下的时候就给买家打电话，经常会有在楼下傻傻等上五六分钟才等到外卖小哥的情况发生。因此，大家一般都是让外卖小哥直接把外卖放到楼下，等过几分钟再直接下去拿，这样一般都能拿得到，也不至于在外面干等。

"真羡慕你们下午没课，"张落雨转移话题道，"我要是没课，说不准就找个安静的地方看书去了。在教室里看书，老师一直在讲台上说话，我总静不下心。"

"谁让你小子大二交错论文来着？"伍焕创哈哈大笑，"可能整个大三就你需要补选修课的学分了。"

"唉——"张落雨长长地舒了口气，"对了，你们今晚都不急着洗澡吧？"

"不急，你要洗就洗呗。这天这么热，洗太早晚上还得出汗。"说到这里，杨白林又恶狠狠地补充了一句，"啊——该死的六月！"

"七月八月更热，六月份就受不了了？"

"七月份都回家了，在家有空调还怕什么？"杨白林看了眼阳台门上方的空调，"要不是学校报修的工作效率低，我们也不至于这么难受啊！"

"你今晚打算洗完澡出去吗？"伍焕创问了一句。

"嗯，社团差不多要交接了，今晚我们大三的两个社长跟下一任简单聚聚，交代一下工作方面的事情。"张落雨打开自己的衣柜，从里面拿出一套算是满意的得体衣服，"晚些大家可能还得出去吃个夜宵，估计没那么快回来。今天中午出了一身汗，不洗澡感觉浑身难受。"

"你现在洗的话，今晚回来不还得洗一次？"黄思伟刚刚又点完一份外卖，放下了手机，"天这么热，你今晚出去再回来肯定出汗。"

"那也没办法。"张落雨走出阳台取下自己的毛巾，"我们社团活动也不是运动，就是坐在一起聊天而已，晚上也凉快些，应该不会出什么汗吧——只要情绪别太激动就好了。"

"你们可别跟上次一样吵起来，"杨白林回忆道，"去年你们社团聚会的时候，不是有几名社员因为东野圭吾吵起来了吗？"

"也不算是吵起来，哪有那么严重？"张落雨笑着解释道，"就是看法不同而已，然后大家辩论了一番，其实作为社团活动来说还挺有意思的，毕竟我们平时的社团活动太单调了，除了交流推理小说外，也就校园寻宝、猜字谜，没什么特别的。"最让张落雨感到遗憾的是，自己大二当上副社长，大三当上社长，掌权的这两年都没能将推理逻辑社发扬光大，整个社团的主要活动人员其实也就不到二十个，比起学校的其他兴趣社团，还真是小巫见大巫。他不被人察觉地叹了口气，摘下眼镜放到书桌上，说道："我先去洗澡了。"

走进浴室，张落雨才脱下自己右手手臂的白色运动袖套。

1

宿舍配套的阳台特别小，勉强能放下一台不大的洗衣机和饮水机，除此之外就只剩下仅容一人使用的洗漱台。

洗完澡的张落雨来到洗漱台，先把衣服洗干净再晾好，简单收拾了一番，就背着书包出门了。

社团的活动室在旧教学楼的一层，他从宿舍出发，走上十分钟就能到。张落雨从书包拿出钥匙将门打开，在门口站了一会儿才迈步进去。

刚才愣神的时候，他在想：也不知道自己还能有多少次来社团的机会，且来且珍惜吧。

张落雨顺手打开门旁的灯，最先看向的位置是面前的大书柜——这是他大一时整个社团一起合资买的，当时社团的推理小说越存越多，之前的小书架就不顶用了。他有幸见证社团能从"小书架"发展到"大书柜"，遗憾的是，自己在任期间，社团还没能够出一本由内部成员供稿的社刊。

这是张落雨的梦想——这样的梦想，可能还得再经过好几届的人员变动发展才能实现吧？可惜自己不能参与其中，只能成为铺路的石板，不过他很庆幸自己能成为"石板"的一员。

张落雨微微笑着，坐在大圆木桌边的其中一个座位上，他从书包里拿出那本尚未看完的推理小说，静静地翻阅起来。

……或许手法是黑色的，但目的是白色的。让正义彰显于黑与白之间……

张落雨读到这段话时，觉得特别喜欢，于是拿出笔记本将它记录下来。末了他满意地点了点头，继续阅读下去。

窗外虫鸣阵阵，室内书页唰唰。

他渐渐感觉自己的胃部开始温暖起来，有一种久违的满足感，张落雨摩挲着充满书香的纸张，看着一个个珍贵的文字在向他倾诉……

沉浸在小说的世界里，张落雨就可以什么都不去想，暂时压抑住内心的浮躁与不安，不用去管别人，也不用惦念自身——这或许就是他为什么会这么喜欢看小说的原因吧。

他已经专注到根本没发现有人走进活动室的地步了。

那人悄悄靠近张落雨，只剩一步之遥时，突然伸出手抓起张落雨右手手臂的白色运动袖套，弹性十足的运动袖套被拉长后，那人又猛地一松手。运动袖套拍打在张落雨手臂上，传来"嗒"的一声，随之快速恢复原状，而袖套的主人则被吓了一大跳。

"你是什么时候过来的?!"张落雨瞪大双眼，眼神里满是惊讶与恐慌，沉重的呼吸带动着声带，发出毫无规律的颤音，他一脸惊魂未定的样子，对面前的人质问道，"走路就不能大点声吗?!"

"嘿嘿——"

"苏!晓!曼!"张落雨一字一顿喊出对方的名字，"真是的，以后我看书的时候别这样突然吓我，我就怕哪天被你吓出心脏病来!"

"好吧，师兄对不起。"苏晓曼稍显愧疚地嘟起嘴，吐了吐舌头，"不过以后可能就没有这种机会了……"

张落雨随手将书签夹在书里，合上小说，指了指面前的座位，对苏晓曼说道:"算了，没事，你先坐吧，他们还没过来，我们再等等。"

苏晓曼坐在张落雨旁边，正想找个话题，结果她看到对方手中的小说，于是顺势开口问道:"这个作者就是之前拿过第二届岛田庄司推理小说奖的那个吗?"

张落雨点了点头，笑道:"怎么，有兴趣吗?"

"兴趣倒是有，不过我不习惯看台版书。而且台版书好贵，我买不起。嘿嘿，师兄你要不要读给我听?"苏晓曼伸了个懒腰后趴在圆木桌上，将头扭向不正对张落雨的一侧，"师兄，你觉得怎么样?"

"还好吧，目前给我的感觉还是不错的，不过我还没有看完，具体怎样还说不出来。"

"我是说我。"

"嗯?"张落雨眉头一蹙，"什么意思?"

"我是想问，你觉得我这个人怎么样?"苏晓曼慢慢说道，"别误会，我可没有其他意思和想法，就是单纯想知道为什么你会决定把社团社长的位置留给我而已。"

"这倒没什么特别的理由，只是觉得你最合适，就让你来担任了。"张落雨耸了耸肩，"当社长挺累的，我觉得你能吃苦，心态也比较好，想来想去也就觉得你合适。"

"原来如此……"苏晓曼从圆木桌上抬起头来，换成双手撑住下巴的姿势，长发遮住她的脸，让张落雨看不清她脸上的表情，"时间过得真是快呢，大一那年的社团招新仿佛还只是昨天的事情。谁又能想到下学期我可能再也见不到师兄了呢？"

"是啊，一晃两年就这样过去了。"

"师兄，我再问你个问题。"苏晓曼突然来了兴致，"你还记得两年前社团招新的时候，你对我说过什么吗？"

"这个嘛……"张落雨努力回忆了一番，"这个我还真想不起来了……"

"师兄忘了那些话确实是挺正常的一件事情，可能也就只有我记得这么牢吧。"苏晓曼望向张落雨，复述道，"你当时对还在纠结该加入推理社还是科幻社的我说：'其实很多人都没有意识到推理小说中天然携带的真善美：步步探索、拨开迷雾、寻求真相，是为真；好义嫉恶、邪不胜正、真凶伏法，是为善；抽丝剥茧、条分缕析、不悖逻辑，是为美。遗憾的是，外行人总是会将血腥、谋杀、暴力等字眼作为推理小说的标签，忽略了其中崇高的一面。'"

"哦，我有印象了，这话我当时是在网上看到的。"张落雨犹如蜻蜓点水般轻轻点了一下头，"我当时还说过，好的同好就跟好的伴侣一样，总是可遇不可求。"

"是啊，都怪师兄的这番话，我现在都还没有找到好的伴侣。"

"等等，这也能赖我吗？"

"不赖你赖谁？"

"你非要这么想我也没办法，"张落雨知道对方是在跟自己开玩笑，顺着话题打趣道，"那你现在就把我以前说的话通通忘掉，没准第二天就找到了。"

"哪有这么简单嘛！"

两人就这样你一句我一句地聊着，没过多久，该来的人就都来齐了。

2

推理逻辑社的社长张落雨和副社长陈幻风依次说完社团的宗旨、目标以及身为管理人员的工作内容之后，今天晚上的聚会才算是完成了第一部分。

"……既然事先有跟你们两人透露过，那我和幻风也就不担心你们产生抵触心理了，"张落雨此刻一脸严肃地看向面前的苏晓曼和李义隆，用郑重的口吻宣布道，"从今天开始，苏晓曼就正式接任我的职务，李义隆接任陈幻风，你们两个就是校推理逻辑社第七届的正、副社长！"说完，张落雨顿了顿，观察了一番两人的反应后，笑着补充道，"我说完了。"

一阵沉默过后，苏晓曼突然"扑哧"一声，随即忍不住大笑起来："没想到师兄正经起来还真像那么回事！"

"感觉怪怪的，平时我们哪有这么正经啊？"李义隆也咧嘴笑着。

"交接仪式毕竟还是挺重要的，就算我们是假正经，也是'正经'嘛！起码走个流程。"张落雨扬起嘴角，望向自己的老搭档陈幻风，"幻风，你还有什么要补充的吗？"

"没了，该说的话其实以前我们就说过好多回了，今天就是走个过场而已。"陈幻风把桌面散乱的纸张收好，将堆叠整齐的文件递给苏晓曼，"这是我和落雨准备的材料，除了刚才说到的内容之外，上面还有一些赞助商的联系方式，希望能够对你们以后的社团运作有所帮助。"

"谢谢师兄！"苏晓曼点头致谢，并接过对方递来的文件。

"啊——"陈幻风伸了个懒腰，发出长长的叹息声，"现在我还真是无官一身轻啊！"

"没想到都快九点半了啊，时间过得可真快，就这么一些简单的交接内容，我们都能说上一个半小时。"张落雨放下手机，轻轻说道，"现在我们进入第二个环节。"

"好！"苏晓曼将手中的文件放入书包，兴高采烈地说道，"去吃夜宵咯！"

"不，"张落雨否认道，"夜宵是第三个环节。"

"落雨，你事先可没跟我说过有第二个环节啊……"陈幻风说到这里，突然明白过来，"嘶——难道说……你之前可是跟我说今年干脆取消掉第二个环节的，怎么又心血来潮了？"

"嘿嘿——"张落雨笑着摇摇头，故意卖起了关子。

"师兄，你就别卖关子了。"喜欢推理小说的人自然有很强烈的好奇心，李义隆也不例外，连忙催促道，"师兄，你就快点跟我们说吧！"

"好好，别急，"张落雨两手自然地放在桌面上，"第二个环节就是'考核'。"

"考核？不会吧？"苏晓曼皱起眉头来，"你们两个都说了一个多小时的交接工作了，如果我和李义隆考核没过的话，你们不就白讲那么久了吗？"

"是加上引号的'考核'，"张落雨耐心地解释道，"'考核'的结果并不重要，你们现在已经是新一届的正、副社长了，我之所以把'考核'放在第二环节，交接放在第一环节，其实也是因为这个'考核'不会给你们带来任何影响，它仅仅是我们社团交接时的一项流程罢了，你们就当作玩一个游戏，放松点就好了。"

"原来如此，"李义隆点点头，"那师兄你说。"

张落雨见苏晓曼也点了头，便继续说道："去年我和幻风接手社团的时候，上一届的社长给我们出了一道谜题。那个谜题是他亲自写的一篇短篇推理小说，'谜题篇'一万五千多字，'解答篇'两千多字，他当时收起'解答篇'，把'谜题篇'给我们看，让我们思考一个下午，最后再给他答案。"

"这听起来就好有趣！"苏晓曼双眼亮闪闪地盯住张落雨，"那师兄，我们这次是不是就能看到你写的小说了？"

"只是听起来有趣而已，"陈幻风无奈地苦笑道，"上届社长的脑洞太新奇了，他写的那篇设定系推理非常难，我和落雨都没能解答出来。"

"抱歉，我没那个水平。"张落雨轻轻摇了两下头，"我自己并没有写什么推理小说，我要说的'谜题'也不算是'谜题'，也就只是今天突然脑子一热，想和大家聊聊罢了。"

"那么，所谓的谜题究竟是什么呢？"李义隆追问道。

"谜题嘛，说难也不难，说简单也并不简单——"张落雨稍作停顿，然后用正经的语气问道，"是谁偷了外卖？"

"什么？"

"啊？"苏晓曼有些摸不着头脑，"师兄，你这是什么意思？"

"你们两个大学也都读了快两年了，自己或者身边的同学应该有过被偷外卖的经历吧？"张落雨缓缓陈述道，"我想问的问题就是，到底是谁偷了我们的外卖？"

"偷是被偷过，我们女生那栋宿舍楼确实偶尔会有学生外卖被偷的事情发生。但是师兄啊，我们怎么会知道到底是谁偷的嘛！要是知道的话，哪里还会让小偷'逍遥法外'这么久？"苏晓曼双手交叉置于胸前，继续说道，"一栋学生宿舍楼分为 A 楼和 B 楼，分别住着不同年级的学生，A、B 楼各有 7 层，每层各有 16 间宿舍，一间宿舍住 4 名学生，那么一栋学生宿舍楼大概有 7 乘 16 乘 4 再乘 2，唔——差不多九百人，我们又不是全认识，否则早就把偷外卖的贼抓出来了！"

"是啊，师兄，虽然这个'考核'不会影响我们的继任，但我们确实没有什么头绪啊，这也太难了吧……"李义隆不好意思地挠了挠头，"说实话，除了咱们推理社团，我在学校认识的人真的不多，就连部分同班同学的名字都没记住，更何况是一整栋学生宿舍的人啊……"

陈幻风笑眯眯地凝视着张落雨，并没有说话。

"我当然不是要你们当场说出小偷的名字！"张落雨又好气又好笑地解释道，"我们四个就连住的宿舍楼都不是同一栋，怎么可能会找出同一个人？我只是想让你们分析分析，看看偷外卖的人到底有些什么特征而已。"

"可是……"李义隆虽然稍显迟疑，但还是接着说道，"我们看推理小说一般不是不会太过于计较现实性吗？让我们直接推理现实里的'案件'——而且还是连'犯罪嫌疑人'都不明确的'案件'，是不是有些……呃——这该怎么形容呢……"

"你是不是想说这感觉就有些像'狗咬乌龟——无从下手'呢？"苏晓曼替他说道。

"对对对！就是无从下手！"李义隆猛地点头，然后望向张落雨，显出一脸为难的样子，"师兄啊，虽然这个'考核'并没有什么影响，但是你的问题确实有些为难我们了。"

"就是嘛……"苏晓曼也低声应和道。

张落雨下意识舔了下嘴唇，深吸口气，不知该说些什么。

陈幻风看着这个尴尬的场面，有些于心不忍，开口说道："其实你们俩完全不用把事情想得太过复杂，落雨的意思也不是让你们推理出小偷的宿舍门牌号，不是吗？"

"话是这么说……"苏晓曼悄悄望了眼张落雨，对方的视线停留在圆木桌的桌面，脸上的表情不悲不喜，给人一种完全看不透的感觉，"那么，师兄的意思是让我们分析小偷的个人特征吗？"

"差不多吧。"陈幻风回答道，"要不你们两个试试？"

"好吧，那我先来，"李义隆清了清嗓子，开口说道，"首先，小偷应该经济情况比较拮据，可能家里人给的生活费不多。"

"也有可能是他（她）平时比较大手大脚，家里给的钱很快就花光了，没办法才会偷别人的外卖。"苏晓曼补充道。

张落雨点了点头，示意他们两人继续。

"呃——"李义隆仔细地思索一番，却始终想不出还有什么可以说。

"我来问一个问题吧，"许久不说话的张落雨这时看到两人陷入了思维的瓶颈，于是提出了自己的一个疑惑，"偷外卖的人难道每次'作案'得手再回到宿舍时，都不会被舍友发现吗？比方说，舍友都没看到他（她）使用手机，也没听见他（她）有电话打进来，他（她）却声称外卖到了，然后下楼取了一份外卖回到宿舍。"

"这确实有些奇怪……"苏晓曼转动着明亮的眸子，快速接话道，"会不会是这样呢？小偷算了下大概的配送时间——比方说我点外卖一般是四十多分钟才能配送到——他（她）事先设置好一个定时闹钟，等到闹钟一响，他（她）就假装是电话拨入，然后他（她）要做的事情就是关掉闹钟，假装接了个外卖小哥的电话，并且在舍友面前装作跟外卖小哥聊天的样子，再下楼'取'外卖。这样的话，同宿舍的舍友不就不会怀疑他（她）了吗？"

"这可真是恶魔的智慧啊！"李义隆用了个推理小说里的梗来接过话题，"如果是这样的话，也太丧心病狂了吧？偷个外卖还仔细计算每一步。"

"不止如此，"苏晓曼继续说道，"外卖包装袋上面不是会有张白色的商家订单吗？偷外卖的贼如果要做得更加细致，就要在回到宿舍前——也就是在爬楼梯的过程中——偷偷处理掉那张订单，这样的话，也就不用担心舍友会在那张订单中看出破绽了。"

"我认为其实要做到这些，并不怎么奇怪，这也算不上是过于小心，就跟刑侦探案剧里的凶手一样，他们在作案前都会戴上手套，这属于'基本常识'。"张落雨右手手指敲打着右腿膝盖，"但真的会有人这么小心吗？不就是偷一份十块钱左右的外卖吗？非要做得这么细致？你们平时会留意舍友的外卖是什么时候配送过来的吗？你们会观察舍友外卖包装袋上是否有白色订单、白色订单上的名字是否与本人匹配吗？"

陈幻风果断地摇了摇头，回答道："还真不会。"

"我也不会。"苏晓曼说道。

"我应该也不会，"李义隆回忆道，"话说谁会注意这些东西啊？"

"那就是了，"张落雨撇撇嘴，"再加上学校本身就不赞成我们点外卖，哪怕宿舍楼门前那个监控摄像头拍到那人的'作案过程'，学校也不会同意我们查看监控录像。况且这么多人点外卖，就算能够查看监控录像，我们又怎么能知道那个人拿的外卖其实并不是自己点的呢？难道还要让学生们拿着自己的外卖单出来一个一个确认吗？我们平时点外卖，订单都会随着包装袋一起丢弃吧？谁还会留存下来？"

"这也确实是一个问题……"苏晓曼懒洋洋地趴在桌面上，用撒娇的语气说道，"师兄，那我们讨论这些还有什么意义啊，不如早点出去吃夜宵，我肚子都快要饿扁了。"

"你啊，整天就知道吃。"陈幻风提醒道，"你可别忘了，我们和隔壁科幻社的联谊时间还没确定下来呢，你得尽快安排上，别让他们等太久。"

"我今早就联系过他们了，"苏晓曼故意做出稍显不满的样子说道，"他们的负责人说这学期没有多少时间了，干脆就定在这个周末，后天不是星期五吗？他们说星期五晚上或者星期六晚上都行，让我们挑一天。"

"别不开心，你幻风师兄也不是真的在怪你，故意逗逗你而已。这个具体时间还得征求下大一学弟学妹们的意见才行。苏晓曼，你以后作为社团的社长，绝对不能失掉自己的威严，必须能镇住他们，但也不能过于一言堂。当然，更重要的是，别因为繁忙的社团活动犯下本不该犯的错误——比方说我之前交错选修课论文。"张落雨背起书包，"我们四个还是先去吃夜宵吧！或许这是我们以社团同好身份进行的最后一次聚餐了，再过两周可就要进入期末总复习阶段，大四我和幻风出去实习，估计就没有机会再回来了。"

3

张落雨等人从比萨店出来的时候，已经是晚上十一点半了，事实上，周日到周五晚学校宿舍楼的门禁时间是十一点整。

当然，四人肯定也都清楚这一点，他们之所以还可以表现得这么有恃无恐，完全是因为宿舍楼一楼的阳台都没有装防盗网（除了宿管阿姨的A101室）。晚归的话，只要和住在一楼的校友"友好沟通"一番，通常他们都会选择"放行"。

走了不到三分钟，他们就经过了校门口。这时，原本应该和其他三名男生分路走的苏晓曼说道："师兄，我要送你回宿舍！"

"得了吧，"张落雨笑着回应道，"我送你回去还差不多。"

"那说好了，你送我回去。"

"行吧，"张落雨对陈幻风和李义隆说道，"你们俩就先走吧，我得把这姑奶奶先送回去。"

"行，那我们就先走了。"陈幻风点了点头。

"那师兄再见！"李义隆跟张落雨告别道。

"嗯，再见。"张落雨目送两人走远，直至他们走入拐角，再也看不到的时候才转回头对身边的苏晓曼说道："走吧。"

"没想到师兄还真的肯送我回去，"苏晓曼笑嘻嘻地说着，"其实没有这个必要的，在学校安全得很。"

"是吗？那我回去了？"张落雨作势要走。

"喂！"

"哈哈，开玩笑开玩笑。"也许是心境有些许的改变，张落雨感觉心情非常舒畅，脸上也时不时流露出自己都没察觉的笑容，"反正送你回去也不用花多少时间，没关系的。"

"后面这句话完全不用说。"

"我是实话实说。"

"嘁，那师兄可真是不解风情啊。"苏晓曼顿了顿，似乎是在暗暗下定决心，过了一会儿，她突然转移话题开口说道，"谢谢师兄在过去两年对我的照顾，非常感谢！我会铭记一辈子的！"

张落雨一愣，连忙望向对方，她只是低着头，不敢望向自己——这可与她平日大大咧咧的风格完全不符。他察觉到了苏晓曼颤抖声音中的不坚定，思索一番，为了阻止事情往自己猜测的方向发展，于是轻轻摇头，解释道："对我来说，就跟照顾妹妹一样，你不用放在心上。"

"照，照顾妹妹？"

"嗯，"张落雨毫不犹豫地肯定道，"你这性格跟我妹妹太像了，其实我一直都把你当作妹妹来看待。"

"这样啊……"苏晓曼貌似有些失落，但很快她就重新打起精神，笑着说道，"没关系，我能有师兄这样对我好的哥哥也挺不错……对了师兄，你妹妹今年多大？应该比我小些吧？大一？还是高中生？"

看到苏晓曼为了掩饰尴尬而转移话题，张落雨也不忍心欺骗对方，便实话实说道："她比你还要大一岁，我跟妹妹是'龙凤胎'。"

"原来如此……那她也在广州吗？"

"她在珠海读大学。"

苏晓曼轻轻"嗯"了一声，就不再多说什么。

对她来说，这或许是最好的结果了。张落雨在心里默默苦笑着，干脆也保持沉默。

大约过了五分钟，张落雨将苏晓曼送到了宿舍楼下，并亲眼看她跟一楼的学生沟通一番从阳台爬进宿舍后，才转身离开。

张落雨迈着轻快的步子往回走，一路上还碰见几个跟自己一样晚归的学生，看他们的样子，并没有立马就回宿舍的意思，张落雨摇摇头，接着往回走。

最终，他走到17栋学生宿舍楼A楼1层阳台外边马路的位置。果不其然，除了宿管阿姨的101室之外，116号宿舍也亮着灯——这在大四学生居住的 A 楼算是非常罕见的情况，因为现在大四学生基本都已经出去实习了，是不会待在学校的。

张落雨轻步踏入小树丛，站在阳台边缘朝宿舍里喊了一声："师兄好，可以借个路吗？"

没过多久，116 宿舍的阳台门开了，让张落雨没想到的是，开门的居然是自己认识的人——熊雄。

熊雄也略感诧异地望向张落雨，过了一会儿才招呼张落雨爬进来，熊雄将爬入阳台的张落雨领到宿舍里头，笑道："没想到还让我撞上社长了。"

熊雄目前读大一，也是校推理逻辑社的一员。

"以后你得喊晓曼师姐社长了，今晚我们刚交接完。"张落雨纠正过后，整个打量了一番 116 宿舍，末了他好奇地问道，"你怎么住在这儿，还是一个人？"

"唉——"熊雄颇显无奈地叹了口气，"感觉自己跟原来宿舍的人合不来，而且他们晚上还很晚才睡，我怎么跟他们沟通都不听，于是我就干脆找了个熟人，租下这间宿舍，搬出来住算了。"

"那一个月得多花不少钱吧？"张落雨也知道学校里的宿舍交易，常常会有大四学生将自己的宿舍"租借"出去，他平时也都或多或少了解过价格，"之前我就发现 116 宿舍住了人，我当时还纳闷呢，怎么大四的师兄还待在宿舍，没想到居然是你。"

"一个月四百，还算好吧，起码可以接受。"熊雄突然笑了笑，"况且这里是一楼，平时如果有人晚归的话，我也能合理地收他个'过路费'。"

"也对。"

所谓的"过路费"，通常就是晚归的学生爬完阳台后顺手给个小费作为感激，钱不在多，就是单纯意思意思罢了。

"一个人住其实还蛮不错的，起码不会被别人打扰到。"熊雄接着说道，"而且 A 楼也没剩多少人，平时都挺安静。"

张落雨四处张望了一番，问道："二维码呢？"

"什么二维码？"

"付款码啊，总得留个'过路费'什么的吧。"

"行了行了，师兄，你就别跟我客气了，平时在社团我还受过你的不少照顾呢。"

"算了，我直接微信发你，不许不收啊！"张落雨扬了扬手中的手机，走出宿舍前回头告别道，"我就先走了。"

"好，师兄慢走！"

回到宿舍时，三名舍友还在一起打英雄联盟。张落雨洗漱完毕，翻看了几页小说，等到差不多十二点的时候，大家就都很有默契地熄灯上床了，哪怕是躺在床上继续玩手机，十二点关灯也是 B512 宿舍成员必守的舍规。

不知怎么，张落雨想到了熊雄。他感觉自己的运气算是不错，三名舍友都不是特别奇怪、招人反感的人，在平日的相处中，张落雨也不用心惊胆战。大一刚开学那阵子，他就经常听到以前高中的同学疯狂吐槽舍友，说他们有多奇怪，张落雨对此总是一笑置之。

不知不觉间，张落雨又想起了外卖被偷的事情，然后又联想到大三上学期的一件很轰动的事。当时学校有个偷鞋贼被揪了出来，学校保卫处到他宿舍搜查的时候，居然从床底下发现了四十多双牌子不同、鞋码不同的昂贵运动鞋！

从当时学校的处理结果来看，偷鞋子二手低价"转让"的事情都只是那名学生一个人干的。张落雨曾经对这件事感到些许困惑——按照学校床位的大小，床底下根本不可能藏得住四十多双鞋而不被同住的舍友察觉，除非舍友也是共犯，或者是麻木到选择视而不见。无论是哪种情况，张落雨都感到无奈和不解。

偷外卖的情况会不会也是如此呢？舍友是共犯，或者只是故意"蒙上"自己的眼睛，选择去当暗河里的一条盲鱼？

虽然也存在有人神经大条地错拿别人外卖的情况，但这种事情出现的频率绝对不应该这么高，张落雨相信，一定是有人故意偷走外卖，而且至少一天一次。

就这样想着想着，从阳台外头传来猫的叫声，好像还伴随些其他的声音。不过隔着几层楼，张落雨也听不太清楚。

现在已经到发情期了吗？张落雨这般想道。

他以前在书里看到过相关的内容，说猫到了发情期，会发出异常的叫声。不过那叫声具体是怎么个"异常"法，他是一点儿都不清楚，毕竟自己从来都没有养过猫。

张落雨用被子盖住头，很快就沉沉睡去。

4

第二天上午张落雨只在第一节有专业课，上午九点五十分下课的时候，他按照事先计划的那样，在教室跟三名舍友分别后，独自一人去校图书馆的自习室，拿出那本推理小说静静地翻看起来。

刚过十一点没多久，张落雨突然感觉肚子饿了，此时他也正好把小说里的第三个故事消化完，便将书放回书包，离开自习室往北苑食堂的方向走。

吃午饭的时候，张落雨一直惦记着昨天傍晚跟那只橘猫的"约定"，吃完饭后，张落雨走到食堂一楼的便利店买了根火腿肠。这次，他自己并没有吃。

沿着 17 栋学生宿舍楼旁边的马路一直走，张落雨又在宿管阿姨的 A101 室阳台边缘的小树丛里发现了那只橘猫。

张落雨从裤兜拿出那根还没吃过的火腿肠，剥开一半的包装，将火腿肠朝橘猫伸了过去，没想到原本趴在树底下的橘猫看到张落雨靠近自己，吓得拔腿就跑，步伐都慌乱起来，看上去有些像网络上萌宠视频里的家猫，跑起来一副傻傻的样子，但感觉又有些不同。

"真是搞不懂啊……"张落雨不解地嘟囔道，然后将火腿肠塞进自己嘴里，"以前它不是还挺喜欢我的吗，跑什么？"

他没有过多沮丧，转身走入宿舍楼。

张落雨走在 17 栋 B 楼 5 层的走廊上，迎面碰见隔壁 513 宿舍的同班同学徐佳鸿，此时对方手上正拿着一个需要双手握持且比半个人还高的老虎钳，步伐稍慢地往楼梯间的方向走。

张落雨率先跟他打了个招呼，笑着问道："佳鸿，你手上这'好家伙'哪里来的？"

"去值班室找宿管阿姨借的，"一听到张落雨问的话，徐佳鸿顿时来了劲，他耐心地说道，"我那柜子的锁出了问题，钥匙插进里头结果整根断掉了，卡在里头锁也没开，然后我在宿舍楼群问了下别人，有老哥说宿管阿姨那里有老虎钳，所以我刚才就下去借了上来。没想到这东西这么好用，就这么一夹，锁头直接被夹断了，就是有些沉。"

"行了，别说这么多了。"张落雨拍拍对方的左肩，"拿着怪累的，你赶紧下去还了吧。"

"累倒是不怎么累，不过作为补偿，待会我得去帮宿管阿姨清理一下楼下的竹林，据说有些学生高空抛物，直接将还有剩饭的饭盒从走廊这边往下丢，看起来怪恶心的。"

张落雨将头探出走廊的阳台往下面的竹林看，虽然自己身处 5 层，但还是能在那片小竹林里看到几个外卖的包装盒，他回过头催促对方赶紧下楼还工具，然后走回了自己的宿舍。

回到宿舍，张落雨选择跟舍友们分享一下刚才和徐佳鸿的对话。

这时杨白林接过话题说道："上次我晚归被阿姨抓了，她罚我第二天中午清理竹林，我现在还记得那些掉落一地的剩饭，真的好恶心啊！好多天都没有清理，一股霉味，我原本打算随便扫扫就偷偷溜走，结果阿姨全程在走廊边盯着我，最后我只好硬着头皮扫完了。"

"那是大二的事情了吧？"舍长伍焕创嘲笑道，"谁让你那次回来得那么晚——凌晨一点多！一楼的师兄们又全都睡觉了，谁能放你去爬他们的阳台啊！"

"别说了，说多了都是泪。谁能想到凌晨十二点多会有校警在宿舍楼附近巡查啊！我们一群人当时好不容易才找了个地方躲校警，等到凌晨一点多校警都撤走，才能靠近宿舍楼。"杨白林摆摆手，"自那之后，校文艺团有超过晚上十一点的活动我就没去过了，那件事情在我幼小的心灵里留下了阴影，我这辈子都不想再去扫那个竹林了！"

"你这已经算好了，"黄思伟转过身对杨白林说道，"我有个高中同学也是我们学校的，他们的宿管可一点儿都不通融，上次他晚归被抓，第二天就被直接通报给学校领导了，咱们的宿管阿姨至少还能让你'劳改'，免了通报。"

"那才不是通融，"杨白林接着说道，"是宿管阿姨懒，她自己懒得扫竹林，所以只好'抓'些免费的劳动力去帮她扫。"

"你这么一说，我倒是挺赞同的，"伍焕创回忆道，"我经常在下课回来的时候看到宿管阿姨在值班室里看剧，垃圾桶的垃圾都溢出来了，满是臭味，她也不去清理。"

张落雨到阳台给自己倒了杯热水，他一边朝马克杯里吹气，一边跟舍友继续闲聊道："其实，其他宿舍楼也都差不多，以前社团招新我去'扫楼'的时候，很多宿舍楼的楼道垃圾桶都是装满了垃圾却没有人去清理，就连女生宿舍也不例外。"

"可能只有学校大检查的时候最干净了。"

黄思伟说完这句话后，四人不约而同地笑了起来。

"行了别笑了，"杨白林对黄思伟说道，"你赶紧把饭吃完，我想打排位了。你待会儿跟我双排吧？反正下午没课。"

"我早就吃完了，"黄思伟收拾着桌面上的餐盒，"等我去洗个手。"

"哟，思伟，怎么学乖啦？"张落雨打趣着说道，"这餐盒是学校食堂的吧？”

“是啊，昨天晚上被偷了外卖，然后就花钱重新点了一份，”黄思伟一边甩着手上的水一边回答道，“先吃几顿食堂省点钱。”

“你都跑到食堂打饭了，为什么不干脆在那里吃？”张落雨好奇地问道，“这样既可以省下餐盒的五毛钱，又能享受空调。”

“在食堂吃饭简直就是浪费时间！”黄思伟郑重其事地说道，“虽然食堂有空调，但是在宿舍可以边用电脑看番①边吃饭，这是节省时间，理解吧？”

“这个我能理解，”原本坐在自己座位上的伍焕创回头说道，“很多时候我都感觉不看视频就吃不下饭了。”

张落雨在阳台洗漱台刷完牙回来，对待会儿要打游戏的几名舍友说道：“我待会儿打算睡个午觉，你们稍微小声点。”

“Yes，sir！”

“神经病！”张落雨笑着骂道，随即爬上了床。

5

午觉睡醒后，张落雨又去校图书馆，花了一个下午的时间，终于将手头那本台版推理小说看完了。

张落雨从食堂出来时已经将近下午六点。哪怕经过了十多分钟的用餐，他的脑中都还在回味着那本推理小说的最后几行话。

张落雨走过小树丛时，并没有看到那只橘猫，他没有停下脚步，接着往宿舍楼前门的入口走去。

回到宿舍，舍友正聊着些什么，张落雨好奇地插嘴道：“聊什么呢，这么起劲？”

---

① 网络流行语，由日语演变而来，通常是指看动画或电视剧，一般多指看动画。

"刚才隔壁徐佳鸿的外卖被偷了，他那暴脾气，直接在外头走廊大骂：'哪个王八蛋偷了老子的外卖？'还骂了一堆脏话，真是被气炸了。"

黄思伟模仿着不久之前听到的话，还有声有色的，张落雨无奈地笑了笑，问道："多久之前的事了？"

"十来分钟吧，"黄思伟思索着，然后反问道，"你问这个干吗？"

"没，刚才一路走回来我也没听到他大喊，所以好奇问一下。"张落雨随口回答着，将自己的书包放到了座位上。

从食堂回到宿舍大概是五分钟，徐佳鸿在走廊大喊是在这五分钟之前的事情了，所以自己才没有听到。

张落雨犹豫了一下，最后还是决定下一楼去看看。

来到宿舍楼前门入口处旁边放满外卖的"空地"时，张落雨摆出一副漫不经心的样子，装作在寻找自己点的外卖。他双眼粗略地扫了一遍，地面上放了至少三十份外卖，围成一个"コ"形，缺口的那一边是方便学生走进去找外卖所预留的。

张落雨走了进去，蹲下身子四处张望。

由于位置有限，有些学生又没能及时下来取走自己的外卖，所以外卖越堆越多，有些甚至叠在了别人的外卖上面，一副摇摇欲坠的样子。也不知道是哪个外卖小哥这么不小心，也没有放稳，几份靠得很近的外卖侧着倒在地上，运气不好的，连里头的汤都洒出来大半。

这个应该就是所谓的多米诺效应吧？放在一起的几份外卖，一份倒了，导致其他几份也失去平衡，跟着倒在地上。

张落雨顺手将倒在地上的那几份外卖扶好，这时意外发现外卖的包装袋上有几道间隔很近却又不易被人察觉的割裂痕迹，就像是有人用利器在塑料包装袋上轻轻刮了几下。

为了避免不必要的麻烦，张落雨没有过多地察看那几份外卖，不然待会儿外卖的主人过来看到自己这样动手动脚，可能会误会自己想偷外卖，君子可不能立于危墙之下。

张落雨连忙将头转向另一侧，接着假装寻找自己的外卖。他找了许久都没有找到什么有用的线索，正打算起身，结果看到地面上有一张孤零零的外卖单。

他伸手捡起那张外卖单，上面点单人信息写着：B513 徐先生。

原来是徐佳鸿的外卖订单，看来偷外卖的人真的跟昨天晚上讨论的一样，偷走外卖时，会先处理掉外卖单，这样就不会让舍友看见，避免遭到他们的怀疑。

在外卖单位置的附近，有一块小小的塑料袋残片，大约四分之一个掌心大小。张落雨原先还打算捡起来仔细瞧瞧，结果才刚摸到，就发现上面湿湿的，有些恶心，干脆就放弃了。

最后，张落雨装作丢失外卖的苦恼模样，离开了这片满是外卖的区域。

6

给推理小说写书评是一件非常费脑子的事情，张落雨花了将近两个小时，才在电脑文档上敲出不到一千字，而且他对这一千字不到的努力成果还感到相当不满意。

要么就不写，要么就尽自己的努力去写到最好，否则就是对这本小说的亵渎！

张落雨看了眼屏幕右下角显示的时间，现在是晚上的十点十七分。可惜，自己在动手写书评前洗过澡了，不然还可以去洗个冷水澡转换一下心情，没准还能开拓新思路。

他起身站在阳台边，夜色似乎在挑逗着自己，散发着难以阻挡的魅力，远处那看不清的朦胧幻象让张落雨有些许向往。最终，他换上运动鞋，打算下楼散散步。

张落雨的宿舍是 B 楼 5 层第 12 间，靠近 17 栋学生宿舍楼后门的楼梯，于是他从这个楼梯往下走。由于后门只在上午开放，张落雨要想离开宿舍楼，还得在一楼走过长长的走廊，去前门的出口才行。

这样走的话，干脆顺道去竹林看一看吧。

张落雨下到一楼后，直接拐入竹林，也许是中午徐佳鸿清理过一遍的原因，他并没有闻到舍友所说的臭味。张落雨接着往深处走，突然敏锐地闻到了一阵说不上熟悉、却又不可能闻错的味道——血腥味！

不安感顿时从心中生起，他下意识跑了起来，越往深处跑，那阵味道越浓烈。

最后，张落雨的视线里出现了一摊血迹。

倒在血泊里的是那只橘猫。

张落雨不知所措地蹲下身子，心跳声在寂静的竹林里格外响。

"喵……"橘猫轻轻地叫唤了一声，似乎是在向张落雨求助。

还活着！

"别怕！"张落雨努力让自己冷静下来，他打开手机的手电筒功能，大致检查了一番橘猫的伤势，可能是久处黑暗让橘猫一下子适应不了强光，它又痛苦地叫了几声，张落雨连忙安慰道，"别怕，别怕……"

他赶紧拿出手机，搜索了一番就近的宠物诊所。天河区的宠物诊所并不多，排除掉几间处于休息状态的诊所后，张落雨锁定了一家二十四小时营业的宠物诊所，他在滴滴上叫了辆车，估计三分钟后就能到宿舍门口。

然后，张落雨小心翼翼地抱起那只遍体鳞伤的橘猫。

它身上的惨状已经让张落雨不愿意再多看一眼……

7

将近夜晚十二点的时候，宠物诊所的医生才从手术室里走出来，他很快就在休息室找到了那个胸前衣服已被染成血红色的男大学生。

"是你把那只猫送过来的吧？"医生开口道，"虽然不知道你跟那只猫是什么关系，但是看你这副着急的样子，也不像是虐猫的人。"

"我是在宿舍的竹林看到它的，"张落雨显得有些疲惫，"大夫，小猫情况怎么样？"

"命是保住了，"医生顿了顿，然后不忍地说道，"它右眼瞎了，尾巴也被虐猫的人截了一大半，浑身上下都是被钝器击打的伤痕。"他见张落雨迟迟不说话，便转移话题说道，"你衣服上的血迹要不要去洗洗？"

"没关系。"张落雨轻轻地摇了摇头，然后长长地叹了口气，"谢谢大夫，我送它过来的时候，都以为救不回来了。"

"有件事情我需要向你确认一下，"医生稍显迟疑地开口道，"你能将右手的运动袖套脱下来让我瞧瞧吗？"

"这个……"

"这只是我有些过于阴谋论的想法罢了，这么热的天，你戴着运动袖套想必很闷吧？而且上面还满是猫血，黏糊糊的肯定不好受。"医生扭过头，没有看向张落雨，"我一开始猜测你是被猫挠的，为了掩饰猫抓的痕迹，所以才戴上运动袖套来遮挡住，可是看你这副样子，又不像是能对猫做出这么残忍事情的人。所以我现在非常纠结，麻烦你让我确认一下，好吧？"

"好吧。"张落雨没有过多犹豫，便当着医生的面将右手手臂的运动袖套脱了下来，随之露出一条暗紫色的陈年刀疤。宛若毒蛇般狰狞的刀疤，与这个戴着眼镜，看上去文质彬彬的青年完全不符，"这是我读初中的时候留下来的一条伤疤，我一直挺介意这件事情的，所以才会时刻戴着运动袖套。我可以保证，与猫无关。"

"嗯，"医生点了点头，示意张落雨可以重新戴上运动袖套了，"你先去那边交一下钱吧，顺便留一下自己的联系方式，等到猫的情况有些许好转，我们会再联系你的。眼下，还是让我们代为照看会比较好。"

"明白。"张落雨点头表示感谢，等到医生起身离开后，他拿出手机，犹豫了一番，最后给自己的妹妹打了个电话。

电话接通后，很快就从那头传来妹妹稍显低沉的声音："喂？老哥，这么晚找我有什么事？"

"小枫，你现在方便说话吗？"

"你等一下，我现在下床。"沉默了一会儿，才又传回妹妹的声音，"我现在在宿舍走廊，可以稍微大点声音了。说吧，这么晚找我干什么？"

"我想问你借点钱，"张落雨直入正题，"我现在急需用钱，身上的钱不太够，所以想先问你借一点。"

"要多少？"

"五百左右吧。"

"那我待会儿直接微信转给你？"

"也行。"

"好吧，"妹妹没有深究就同意了，她只是好奇地问了一句，"老哥，都这么晚了，你为什么急需用钱？"

"呃——这个有点难解释……"张落雨不知道该不该对妹妹说清楚，"欸，你也知道，我的生活费都用来买书了。"

"现在这个点，你如果是急需用钱的话，人应该不在学校里吧？"

"嗯……"

"老哥，"妹妹的声音严肃起来，"老实说，你是不是交女朋友了？你难道是打算在外面过夜吗？你这个渣男！禽兽！女性公敌！"

"当然不是！我是什么人你还不清楚吗？"张落雨下意识反驳道，然后他发现自己过于激动，便沉下心，耐心地说道，"我现在在宠物医院，刚才救了只野生的小猫。"

"就这样？"

"就这样。"

"好吧，"电话那头的妹妹似乎轻轻地笑了，紧接着说话的声音也低了几度，"我待会儿挂电话就转给你。"

"嗯，谢谢了。"张落雨又自言自语了一句，"也不知道要卖多少本书才能凑够五百块……"

"好了好了，我不缺钱，让你卖书，跟要你半条命似的，你别急着还，我的钱远远够用！老爸平时给的生活费太多了，每个月我都还剩下不少，就全都存着没用。哼，就你这个败家的哥哥天天买书，才花得完那些钱。"妹妹无可奈何地说道，"你那些宝贝书还是自己留着吧，卖给二手网站就太便宜他们了。"

"那好，我先挂电话了。"

"嗯，晚安。"

"晚安。"

张落雨挂断电话，然后点开微信，给苏晓曼发了条消息——"和科幻社的联谊活动就定在周五晚上吧，我周末有事。"

末了，他放下手机，长长地叹了口气。

其实在此之前，一切就已经非常明朗了——

偷外卖的贼就是这只橘猫。

橘猫日渐成长，饭量也越来越大，学生们零散的喂食已经不再能满足它，所以它才会盯上那些摆在宿管值班室前面的外卖。

因为是猫，所以才会出现这么多份被打翻的外卖——那是猫攀爬后导致的。

因为是猫，所以被打翻的外卖上才会有划痕——那是没有经过修剪的猫爪留下的。

因为是猫，所以才会有一小块湿的外卖包装袋残片——那是猫用嘴巴叼走外卖时，外卖的重量或者猫锋利的牙齿所致。包装袋被咬住的部分与剩下带有餐盒的部分分离，猫会吐掉口中的包装袋残片，接着叼住剩下的部分走。也就是说，残片上面之所以会湿湿的，就是因为沾有猫的口水。而那张原本就订得不牢固的白色外卖订单，应该是猫在"搬运"粮食时不经意间掉落的。

黄思伟昨天说过,他在宿舍楼的微信群每天都能看到有人被偷外卖的消息。

张落雨在刚才等待手术结束的时候,仔细刷了一遍宿舍楼群近些天的聊天记录,发现被偷的外卖通常是较早点单的几份。一般来说,学生点外卖的预定送达时间高峰是在中午的十一点半至十二点半以及下午的五点半至六点半,而这些外卖被偷的消息,几乎都是在还没到达这两个时间段的时候就已经发出了。也就是说,那时还不是取餐的高峰期,所以,橘猫就算偷走外卖,也不见得会被其他学生看到。

扔在竹林的外卖包装盒,或许大部分都是橘猫"搞"过来的,当然,也并不排除有少数是其他学生高空抛物所致,但张落雨认为,更多的情况是——橘猫将外卖叼到竹林,大快朵颐后才会剩下包装餐盒以及一地的食物残渣。

所以啊,你吃了我们那么多东西,可不能就这么死了!

9

周日清晨,张落雨背了个空无一物的书包,离开宿舍前,顺手轻轻地关上宿舍门。

从宠物诊所离开,他正好踏着夕阳回到宿舍。

张落雨原本将双手藏在身后,来到三名舍友面前时,他突然将手中的橘猫捧到胸前,然后对舍友露出天真无邪的笑容,说道:"我们养只猫吧!"

橘猫的右眼紧闭着,左眼稍显警惕地望向面前的三人。

"喵——"

橘猫柔柔地叫唤一声,引得舍长伍焕创凑上前。他轻轻托起橘猫双爪,按揉着上面的肉球,当望到它没有睁开的右眼时,稍显迟疑,但也很快就明白了究竟是怎么一回事。

"可以啊。"

他们这么回应着，张落雨笑得更欢了，他蹲下身子将橘猫放下，然后取下塞满东西的书包并拉开拉链，从里头拿出一大堆养猫需要用到的东西，耐心地向舍友一一说明。

橘猫在光亮的地板上爬了几步，似乎对这个新家非常满意，在宠物诊所经过大半天的训练后，哪怕是独眼，它也走得非常平稳，似乎没有受到任何影响。

最后，它居然跳上了张落雨的凳子，再一蹬腿爬上那张满是书的书桌，伴随着令人愉悦的墨香，懒洋洋地睡了起来。

（全文完）

尾 声

"就这？就这？就这水平？"

韦涛把我打印下来的小说丢到客厅桌面上，阴阳怪气地大笑起来，那声音刺穿我的耳膜，让我恨不得越过桌面给他来俩耳光。

不过，我并没有这么做。我虽然感到非常不甘心，但也只是狠狠地瞪了他一眼，没再多做什么。我自认是个文人，君子动口不动手……好吧，扯不下去了，其实韦涛是一名货真价实的刑警，就算我想跟他动手也完全打不过，又何必自讨苦吃呢？

见我没有说话，韦涛收起笑容，摆出刑警问询时的严肃表情，缓缓对我问道："嘉航，咱们不打岔，我问你啊，你怎么开始写'日常之谜'了？还是一篇这么不算是'日常之谜'的'日常之谜'？"

他刚才那番话重点强调了"这么"二字，让我更加不爽了，我依然没有理他。

韦涛自讨了个没趣，端起桌上的咖啡喝了一小口，沉默片刻接着说道："之前你不是说好续作让我继续做主角吗？怎么就不写了？我还挺想看的。"

我曾经以韦涛经办的一个案子为原型，创作了自己第一部长篇推理小说，在那部小说里，侦探的名字就叫"韦涛"。可惜那部处女作在经历了无数次毙稿后，注定只能永远沉眠在我的电脑硬盘里，成为不堪回首的过往。

本来我已不愿再回想这件事，被韦涛这么随口一提，我的心更是沉到了谷底，再也提不起劲。

我仰靠在椅背上，长长地吐了口气，好像这样就能缓解内心的疼痛似的，其实我知道，我是个废物，只是我始终没有直面现实的勇气，似乎在大难临头之前，我永远都能假装得意地活着。

或许，是时候该醒了。

我记得有这么一句话：没有痛苦就不会成长。

既然如此……

我有气无力地冷哼一声，伸手拿起印有自己小说的那一沓稿纸，打算将它们撕碎。

"等等！"

不知怎的，韦涛快速冲向我，使出一记大擒拿术将我按在桌上，玻璃桌面冰凉的触感从我炙热的脸颊传遍全身，我几乎要哭出来。

"你……你放开我！"我反抗着，"眼镜硌到了！"

"哦，抱歉！"韦涛连忙松开自己的手，往后退开两步，然后不好意思地对我笑了笑，"刚才我是怕你真的撕掉稿纸，下意识就像抓犯人一样把你摁住了。这是……这是那啥，叫肌肉记忆，对！就是肌肉记忆！"

我缓缓起身的同时用力吐了口气，一边按揉酸痛的手臂，一边向韦涛发问："说吧，刚才为什么不让我撕？"

"你不坦诚。"韦涛顿了顿，满脸可惜的样子，"我都还没看到这篇小说的全貌呢，你怎么就舍得撕掉啊？"

"我不明白你的意思……"

"你明白！"面对我的遮掩，韦涛显得有些生气，"首先，你以前写那些刑侦悬疑小说的时候，可不是这种风格。以前你写出来的那些东西往往会带一些恶趣味的暗黑风格，这篇相较于以前，味儿差太多了！"

我不服地转过头。

"其次，你虽然喜欢'日常之谜'，但从来都没有写过短篇小说。以我对你的了解，你会突然开始写短篇推理小说，一定有一个特别的契机。"韦涛朝我爸妈的卧室努了努嘴，"于是，我就想到了阿姨。兴许，你是为了证明——推理小说并非都是血腥与谋杀——给她看，才试着写这篇《偷外卖的贼》吧？"

我点了点头，这次并没有否认。

"而我刚才也说了，这篇小说并不是完整版。我猜，这篇小说跟你以前的风格一样，肯定又有些什么黑暗的反转，但是因为要拿给阿姨看，你最终把那些剧情都删除了。"

"你有什么证据能证明？"我双手交叉置于胸前，佯装平静。

韦涛撇了撇嘴，轻呼口气："首先，你那篇《偷外卖的贼》里写了太多'无关'剧情的东西。当然，这个'无关'是要加上引号的，我猜，那些其实与被你删掉的剧情有关。"

"愿闻其详。"

"嘴硬。"韦涛缓缓吐出这两个字，接着说道，"首先开头你就借心理学教授之口提出了'社交假面'这个概念，然后还引用了《13·67》里《黑与白之间的真实》的某段话，主角张落雨和同学的交流，还有推理社团这条线的所有发展，等等，我就不一一举例说明了。你花费这么多笔墨，最后却全都用不上，如果不是因为我发现了两处一般人难以察觉的疑点，我恨不得一巴掌把你打醒！"

"那你说说，你发现了什么疑点？"

"你应该知道，我是一个对数字特别敏感的人。"韦涛回忆道，"在我还没调任到杨江市局之前，不是在杨春城北分局干过几年吗？当时的支队长李立是一个很喜欢用'列出所有可能性再一一排除'的方法去破案的人。我在他手底下干了快五年，现在看到数字就会特别留意一番。"

韦涛夺过我手中的打印稿，翻开最后几页，然后指着上面的"证据"对我说道："你这篇短篇小说特意用阿拉伯数字划分了章节，你看，你最后这章前面的数字是'9'，而倒数第二章前面的数字却是'7'，中间的'8'不知所终！所以我大胆猜测：你把第八章一整章删掉了！"

这是个不容置疑的事实。被韦涛看穿后，我居然没有想象中那般惊慌，更多的反而是对遇到一个能理解我的人感到欣慰。

我站起身，从沙发的背垫里拿出几页印有文字、配图的 A4 纸，然后递给韦涛。

他接过时，我朝他笑了笑。

我对韦涛观察能力的进步感到非常吃惊，看来他调任到杨江市局跟大名鼎鼎的神探罗方秦学习了五年后，早已不是当年那个"杨春阿涛"了。

"当然啦，我可不是睁眼瞎，让我做出这些判断的，还有一个非常重要的原因！阿姨的眼睛不是不太好吗？而 A4 纸上面的字体——"韦涛拿起一开始那份厚厚的稿纸，随意翻开其中一张，指着上面的文字，一字一顿地对我说道——

"字！印！得！特！别！大！"

被删除的第八章

第二天是星期五。

这天晚上将近十二点的时候，张落雨才从两社合办的联谊活动中抽身回到宿舍楼下，幸好熊雄以习惯早睡的原因早早就离开了活动会场，张落雨才能借他所在的 116 宿舍阳台成功进入宿舍楼。

"看来你不太擅长应付多人的场合呢，"张落雨离开 116 宿舍前对熊雄说道，"平时这个点你都还没睡，却用'习惯早睡'的理由离开会场，害得我们都没办法多留你一会儿。"

"可能是有些吧……"熊雄不好意思地挠挠头，"人一多我就会紧张，尤其是女生，我都不知道该怎么跟她们开口说话。"

"以后还有社团活动的话，你可以尽量试试待到最后一刻，"张落雨笑道，"不然，以后你在面试的时候可是要吃亏的。"

"谢谢师兄的提醒，我会注意的。"

"嗯，明白就好。"张落雨转身告别道，"那我回去了。"

"师兄再见。"

熊雄随即关上 116 宿舍的门，他不知道的是，在门关上的一瞬间，门外的张落雨仿佛露出了森森的獠牙，完全变成了另外一个人。

张落雨戴上了橡胶手套和脚套，快走到 112 宿舍时，突然向左拐入了楼梯间，并从里头的墙角拿出自己事先放置的长条钢管，再回到 A 楼一层的走廊上，慢步向走廊的另一头走去。

钢管之所以没有放在前门的那个楼道，是因为后门在下午不开放，很少会有学生在这个时间段经过靠近后门的楼道，如果张落雨把钢管放在前门楼道，走上走下的人一旦多起来，难免会发生钢管被人顺走之类的意外。

——前天晚上十二点多临睡时，张落雨听到了猫叫。当时还以为是猫发情了，现在想来，当时那声音更像是惨叫声，想必是虐猫的人在作恶吧。昨天中午下课回来时，张落雨一靠近那只橘猫，它就连忙躲开，而且走起路来跟跟跄跑，想必是当时已经受了伤，开始有些怕人。但当时它的右眼还没受伤，所以说，给予橘猫重伤的那次虐待，应该是发生在昨天下午六点之后，因为那时它已经偷吃了徐佳鸿的外卖，如果已经身受重伤，是不能再像之前那样灵活地去偷外卖的。

——之前张落雨从舍友杨白林口中听说过：凌晨十二点多的时候，会有校警在学生宿舍楼附近巡逻，他们是专门抓晚归的学生的。所以说，学生应该没有机会能够在外头逗留并虐猫，否则就会被巡逻的校警发现。

张落雨很快就走到了走廊的正中间，他没有停下脚步，接着往前走。他的身影在黑暗中仿佛渐渐变成鬼魅。

——张落雨昨天检查过橘猫尾巴的断口位置，那里并不像是被人用利器直接割断的，更像是被夹断或者扯断的，因为创口处并不平齐，而且创口附近都向内凹了进去。

——橘猫的右眼被人用钝器打瞎，在面对面的情况下，虐猫的人应该是左手持械，所以他（她）应该是个左撇子。

张落雨戴上了原先放在书包里的黑色口罩和黑色鸭舌帽，并将书包放在靠近前门的那个楼道里。

——从橘猫的伤势看来，虐猫者当时应该是下了死手才对，既然他（她）这么想杀死这只橘猫，那为什么要眼睁睁看着奄奄一息的橘猫跑进竹林却没有追过去呢？

张落雨想到了一种解释：虐猫者对竹子过敏。

很快，张落雨就走到了101宿舍的门前，门缝没有灯光透出来，看来里面的人应该是已经睡觉了。

"今晚睡得这么早吗？"张落雨用只有自己听得见的声音嘀咕了这么一句。

——从目前的推测来看，虐猫的人应该同时具有以下四条特征：一、在作案时间——也就是晚上十二点多的时候，他（她）可以自由进出宿舍楼而不受限制。二、他（她）是左撇子。三、他（她）对竹子过敏。四、他（她）拥有能够夹断猫尾巴的工具——一般的工具并不能轻易做到这一点，张落雨目前能想到的，就只有放置在宿管值班室里的那个巨型老虎钳。

——从单条特征看，符合的人或许有很多，但是组合起来，就能渐渐缩小嫌疑人的范围。张落雨最终锁定的虐猫者就是17栋学生宿舍楼的宿管阿姨。

——前天下午六点多，张落雨从社会心理学课堂下课，并在食堂吃完晚饭回来时，在小树丛给橘猫喂火腿肠，但橘猫当时应该已经偷吃了外卖而且吃饱了，并没有吃自己投喂的零食，那时候宿管阿姨看到自己，说了些"离猫远点"之类的话，并且面对面拍了自己的右肩。当时宿管阿姨的右手并没有拿任何东西，她是下意识使用左手拍的右肩膀，所以她应该是个左撇子。

——17栋学生宿舍楼的前后门钥匙以及宿管值班室的钥匙都只有宿管阿姨一人拥有，哪怕是晚上十一点门禁之后，宿管阿姨也可以随心所欲地离开宿舍楼。而学生未经允许都无法直接进入宿管值班室，能够随时拿到夹断橘猫尾巴的凶器——巨型老虎钳——的人大概率是宿管阿姨。

——宿管阿姨平时从来不会亲自清理竹林里的餐具盒和食物残渣，而是用各种各样的理由安排住在17栋的学生替她清理，也许她就是因为对竹子过敏，才会一直这样做。

——人到中年，换工作并不是一件简单的事情，况且宿管的工作也相对轻松，不用过多操劳。她只要向上级领导隐瞒自己对竹子过敏的事情，平时注意不靠近竹林，就不会对自己造成太大的影响。

张落雨站在宿管阿姨的101室前，停留了至少五分钟，他要确保里面的人确实已经进入睡眠状态。

——当然，仅从橘猫被打瞎了右眼来判断虐猫者是左撇子有些武断，但是张落雨还有其他佐证。他观察过那只橘猫的尾巴断口角度（见图2），并且还原了虐猫者——宿管阿姨——的作案手法：因为巨型老虎钳又大又沉，必须站着才能操作，她为了防止橘猫猛烈挣扎时用利爪或者牙齿伤害自己，应该会用一只脚踩在橘猫的后背上，脚掌与猫身头尾方向垂直（平行的话，猫容易挣脱），然后以一种居高临下的姿态将老虎钳钳口夹在猫尾巴上，紧接着就是丧心病狂地发力夹断橘猫尾巴……

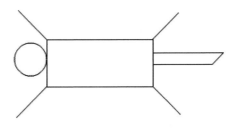

（图2　猫趴着的示意图）

——如果虐猫者是右撇子的话，那么猫尾巴断口处的倾斜角度应该是相反的（如图3、图4所示），否则在操作大型老虎钳的时候，会被老虎钳顶住胸口，不利于右手发力。

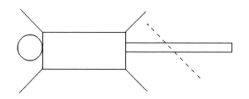

（图 3　右撇子作案示意图，虚线为老虎钳的作用位置）

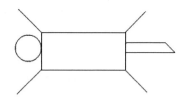

（图 4　右撇子作案后猫趴着的示意图，可见尾巴处与图 2 的尾巴断口方向相反，一个朝上一个朝下）

——如果虐猫者是左撇子的话，就能与事实相符（如图 5、图 6 所示）。

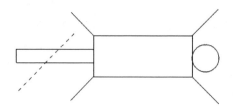

（图 5　左撇子作案示意图，虚线为老虎钳的作用位置）

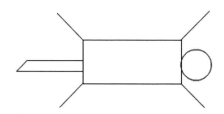

（图 6　左撇子作案后猫趴着的示意图）

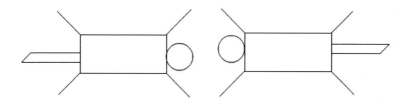

（左为图6，右为图2，图6水平旋转180度即可得到图2，旋转后两张图尾巴断口朝向一样，即虐猫者为左撇子）

——如果说，单单从橘猫右眼被打瞎来推断虐猫者为左撇子尚存争议，那么从橘猫尾巴的断口处朝向推理出同样的结论则是最好的佐证。

张落雨不带声音地吐了一大口气，然后用不快不慢的速度敲了三下门，左手敲门的力度不算重，楼上的人应该听不到，况且整个 A 楼一层只有走廊两边尽头的 101 和 116 室有人住，他并不担心会让别人留意到自己。

没有回应。

张落雨稍微加大力气，抬起左手又敲了三下门，同时，他右手紧紧抓着那根长长的钢管。

还是没有回应。

张落雨做了个深呼吸，连续敲了好几下。这时，才终于听到里头传来声响——

"谁啊？"

对宿管阿姨来说，在睡觉时被人吵醒并不算新鲜事，而是种常态，因为总是会有晚归的学生需要自己打开宿舍楼的前门，但如果是那样的话，他们只能在宿舍楼前门摁下旁边对应 101 室的门铃来叫醒她，根本不可能直接走进走廊用敲门的方式吵醒自己。

不过被吵醒的她也没多想，直接打开了防盗门。

门锁的弹簧才刚刚收起，整扇防盗门就被外面的人猛地一推，她还来不及做出反应，尖叫声也没有时间涌出喉咙，额头就撞上了厚重的防盗门，随即整个人就晕倒在地上，失去了意识。

门外的张落雨这时轻轻推开门，脸色冷若冰霜，他往里走了几步，掏出自己的手机并打开手电筒——不能直接开灯，怕引起外头正在巡逻的校警的注意。

单人床的木板上紧紧贴着一张薄薄的床单，并没有凉席。这么热的天气却不用凉席，恰好也印证了她对竹子过敏的可能。

推理结论的最后一环完美闭合，张落雨将视线重新投向躺在地上的女人。

以前他从一位出过国的高中同学口中听说过，国外有完备的动物保护法律。可惜的是，自己经常会看到有人虐待小动物却得不到严厉惩罚的新闻。那么在不为人知的角落，还掩藏着多少隐秘的黑暗呢？

既然法律无法制裁这样的人，那么暂时就由我来填补这个缺口可好？

张落雨走到床边，拿起枕头旁的闹钟——他知道宿管阿姨有设置闹钟提醒自己及时开热水器的习惯。他将上面的时间回调半个小时，然后用力砸到地上。这样，或许能给警方对作案时间的调查产生一定的干扰。

在半个小时前，自己还在两个社团的联谊活动上呢——这可是几十人都能为自己做证的不在场证明。

就算日后可能被警察查到自己今夜晚归，他也一点儿都不担心，因为推理社和科幻社合办的联谊活动时间是两边"一起"确定的，张落雨只是按照约定的时间参加活动，并且在活动结束后通过爬阳台的方式进入宿舍楼罢了——这对晚归的大学生来说再正常不过了，根本构不成威胁，他也不担心会留下指证自己的物证，他自认"作案"手法完美。

张落雨瞄准倒地女人的头部，举起了手中的钢管……

这样的事情，他并不是第一次做。

张落雨相信，这次也不会是最后一次。

林星晴，千禧年生人，推理迷，ACG（动漫）文化爱好者，喜欢一切与推理有关的故事，喜欢一切可以讲述故事的载体。个人创作理念是：优秀的推理小说首先要是小说。目前正在努力创作这样的作品。

虐狗的情人节

永 晴

1

锋利的冰冷刺破了皮肤，扎进血肉中，肌肉的截断面感受着刀身侧面的光滑，慢慢地将它焐得温热。

小麦的瞳孔在一瞬间紧缩，他甚至忘了躲开，只是不可置信地低头看着深深扎进自己腹部的尖刀，再抬头看看站着的那个人，眼神迷惘而惊悚。他想开口说些什么，可一张开嘴鲜血就不断地从嘴里涌出。

挣扎并没有持续多久，小麦倒在地上不动了。他的体温渐渐流逝，最终变得和扎入身体的尖刀一样冰冷。

2

听到机舱广播里传来的"收起小桌板"的提示，艺筱恬合上日记本，将它塞进脚底下的背包中。她的目光移向窗外，望着碧蓝如洗的天空，随后眼睛聚焦，注视着窗玻璃上自己的倒影，忽然觉得有些感慨。

四年时光真的只是一转眼的事情。艺筱恬在心里这样感叹。四年前的寒假，在她刚升入本科之际，她也是像这样，一个人坐上了飞机，来到了这个举目无亲的城市——或许不能说是举目无亲吧，毕竟还有"他"在这里——如果那个和自己高中同桌三年、有时犯傻有时犯贱的男生能算亲人的话。

印象中当时的天气虽然没有现在这么好，但天空中飘着薄雪，混在云层中有一种梦幻般的美感。恍恍惚惚间，艺筱恬的思绪似乎飞离了身体，一头扎进了窗外的云海之中，游过了时间，回到了四年前的那天下午。

怀着忐忑的心情走下飞机，艺筱恬忽然觉得自己是不是有点冲动了。自己第一次坐飞机、第一次出门旅行，居然就到了这个离家这么远的陌生城市。现在想想，自己只不过是因为他那句带点自嘲又带点可怜的"你要是不过来的话，以后恐怕就很难见到了"，就独自搞定了一切，什么后果也没考虑直接飞了过来，现在想来不仅是冲动，更是幼稚。

人潮缓缓流动，艺筱恬一眼就看到在机场出口处的那个少年，他使劲挥手的动作在周围人群的对比下显得格外傻气。

"坐了这么久的飞机，累坏了吧。"俞能阳自然地伸手，把她背上的背包取了下来，随手挂在右肩上。

"可不是嘛，坐得屁股都麻了，飞机票还这么贵，等会儿你可要请我吃好吃的！"艺筱恬抬头瞪着他，语气凶狠。

俞能阳摆出一副任人宰割的无奈表情，领着艺筱恬上了出租车，朝着他家的方向驶去。

"一个人跑来离家这么远的地方，习惯吗？"后排座位上，艺筱恬转头望向坐在身边的俞能阳。

"已经过了半年了，基本算是习惯了吧，主要是口味差太多了，说真的我超级想吃学校旁边那家米粉，这边卖的都太不正宗了！"

"哈哈，谁让你放假也不回去！"

"这不是学业忙吗？我打算在第一年把基础打好，把上课没弄懂的东西全部弄懂，不然越积越多，将来再要弄懂就很难了。"说到这里，俞能阳做了个嫌弃的表情，"其实主要的原因是，我们的老师大部分说话都带口音，第一天上课时我都听蒙了，后面花了一个多月才逐渐适应过来。"

"我懂我懂！我们大学里也有几个老师说话带口音，甚至我一度怀疑他们讲的是不是中文……"

"说起来我们高中时的教导主任口音也很奇怪。"

"对对！你还记得我们俩晚自习结束后去操场散步，结果被教导主任当成情侣的那件事吗？"

"当时真的是无语，还好那天你没有洗头，教导主任估计是觉得我不会喜欢这种邋遢的女生，所以没追究。"

"你说谁邋遢？半年没掐你皮痒了是不？"

"哎哟，姐姐，疼……"

窗外雪花飘落。两人在车上热络地聊着，短短几公里的距离内，半年没碰面带来的些微疏离感就悄无声息地消融在了异乡的车水马龙中。

走下出租车，两人进了一栋独栋公寓。俞能阳并没有住学校的宿舍，据他说是不太习惯那种环境，所以和同班同学单独在外面租了个公寓。正好最近同学过年回老家，空出了一间房，出于节省预算的考虑，俞能阳就跟同学商量了一下，这段时间他睡室友那间，自己的房间就留出来给艺筱恬睡。

"你的床单、被套有没有洗过，我才不想回去之后被我妈追问怎么浑身都是臭男人的味道。"艺筱恬一边开玩笑，一边毫不介意地扑到了床上，"终于可以躺一会儿了，坐了那么久腰都痛了。"

看到她在自己的床上滚来滚去，丝毫不顾及形象的样子，俞能阳的脸微微泛红，嘴上却说："放心，今早刚换的，充满了烘干机的芳香。"

"你们的烘干机有没有拿来烘过袜子和内裤？"

"我是没有这种习惯的，但室友有没有我就不敢保证了。"

"呕……"

两人调笑了一阵子，忽然客厅方向传来了门铃的声音，俞能阳嘟囔了一句"奇怪，这时候有谁会来找我"，随后起身去开了门。不一会儿，他领着一男一女两个小孩走进了卧室，两人看起来都是五六岁的样子，脸蛋又嫩又粉，还带着没有完全褪去的婴儿肥，完全戳中了艺筱恬的萌点。两个小孩的个头只到俞能阳的腰，三人站在一起的画面让艺筱恬联想到《名侦探柯南》中少年侦探团围着阿笠博士的场景——当然，俞能阳比那个大腹便便的地中海博士还是要帅多了。

"能阳，这两个小朋友是你的……孩子？还是二胎？"

"我才来这里半年！即便从来的第一天就怀上，现在都还没出生呢！"俞能阳白了艺筱恬一眼，"这个小女孩叫莎莎，今年一年级，我是她的外文家教。莎莎，快叫筱恬姐姐。"

莎莎似乎有点怕生，扭怩了一阵子才开口："筱恬姐姐好！"

听着莎莎奶声奶气的问好，艺筱恬有种想把她抱进怀里揉脸蛋的冲动。

"至于这个小男孩，好像是莎莎的朋友，我今天也是第一次见。"艺筱恬将目光转向小男孩，她发现小男孩的表情有些怪异，好像是在担忧，但又夹杂着几丝害怕。

"这是我的好朋友小罗，我们是同班同学。"莎莎介绍道，"他之前跟父母出去玩了，昨天刚回来，今天下午1点半左右来找我，说是有事想要找能阳哥哥商量。"莎莎推了小罗一把，"快说呀。"

闻言，不停抠着手指的小罗似乎终于下定了决心，开口说："我们的好朋友小麦失踪了。"

"失踪？"

"是的，我们今天早上还在家里一起玩，后来我去帮奶奶准备午饭，等回过神来的时候他就已经不见了。我猜他可能是出去了，就追着出去找，但根本不见他的踪影……"说到这里，小罗都快哭了。

"这种事不应该马上报警吗？"俞能阳问。

莎莎说："小罗的爸爸就是警察。他跟他爸爸说了这件事，但他爸爸说不要紧，小麦可能只是单独出去玩了，很快就会回来的。"

"可真是心大，毕竟是别人家的孩子，一点责任心都没有。"艺筱恬对着俞能阳抱怨了一句，然后弯下腰问小罗，"你跟小麦的父母说了这件事吗？他们不着急吗？"

"小麦……没有父母。听别人说，他的父母去了很远的地方。"

艺筱恬和俞能阳同时陷入了短暂的沉默。看来小麦的父母应该是遭遇什么意外离世了，小罗的父母便好心收养了小麦，这种新闻也不是没在电视上看到过。

"能阳哥哥，我听莎莎说你很喜欢看推理小说，经常跟她讲一些侦探故事，你能帮我找到小麦吗？"

"这……"老实说，俞能阳并不是太想把时间花在这上面，先不说他本身没有这个义务，最主要的原因是他和艺筱恬难得见一次，她的回程机票就在一周后，两人相处的时间真是过一天少一天。

正当俞能阳考虑如何委婉地拒绝小罗的请求时，一旁的艺筱恬开口了："要不，咱们就帮帮他吧？"

"咦？"

"感觉他也挺可怜的，朋友失踪了，家里人也不管。"艺筱恬蹲下身，揉着小罗的脑袋。

"我看你只是看两个小朋友可爱，想多点机会'蹂躏'他们吧。"俞能阳吐槽道。

"哇！这都被你发现了！"艺筱恬配合地大叫。

两人看着对方的脸，忽然一齐笑出声来，弄得一旁的莎莎和小罗一脸莫名其妙。

"说来也不怕你笑话，平时你不是会推荐一些推理小说给我看吗？我偶尔也会幻想自己是名侦探，现在真的碰上这个不大不小的事件，我还真想尝试去解决看看。"

"好吧，既然你都这么说了，那咱们就出发吧，顺便趁着找人的空当，带你转转这附近。"俞能阳同意了，转头跟小罗说："那我们就出发吧。"

飘零的飞雪中，两个大学生一人牵着一个小孩，走向了小罗的家。

3

小罗的家位于独栋公寓的一层，莎莎的家则住在三层。这栋楼看起来并不是太老旧，看样子小罗家的经济情况还算不错。

当三人到访时，只有小罗的奶奶在家，他的父母因为工作上的事，一大早就出去了。小罗的奶奶是一位身体十分健朗的老人，一头银发梳得非常整齐。她热情地招呼几人落座，还给他们端上了红茶。

"奶奶，这两位哥哥姐姐是过来帮我找小麦的。"小罗坐到奶奶身边。

"小麦不是出去玩了吗？他一会儿就会回来的，你还麻烦哥哥姐姐做什么？"奶奶埋怨小罗不懂事。

"奶奶，是我们主动要求帮小罗找到小麦的。"俞能阳适时地打断了她，"请问关于小麦的消失，您有什么线索吗？"

"说'消失'也太夸张了，他其实经常这样。毕竟平常在家只有小罗有空陪他玩，他又比较认生，一旦小罗不在家或者在做什么事，小麦就会闲下来。有一次他可能确实很无聊，就独自跑了出去，直到晚上才回来，小罗爸爸把他狠狠地骂了一顿，但他也就消停了一段时间，之后又趁着家里人不注意跑出去玩，好在他每次都会准时回来，久而久之我们也就习惯了。"

"那这次小麦是什么时候跑出去的呢？"艺筱恬问。

小罗和奶奶对视一眼，陷入了回忆之中。

"小罗！"奶奶的叫声从卧室传来，随之传来的还有吸尘器工作的声响，"奶奶现在在忙，你帮奶奶切一下厨房的蔬菜好吗？都已经洗好了，待会儿给你做咖喱。"

"好的！"

"真能干，这么小就能帮奶奶分担家务了，不过要注意不要把手切伤哦，之前奶奶教过你怎么用刀，还记得吗？"

"记得，奶奶你放心吧！"小罗停下了和小麦的玩闹，从木地板上爬起来，

"小麦，你等我一下哦，我切完菜之后马上就回来继续跟你玩。"

小麦点头答应。

小罗走进厨房之前看了一眼客厅的壁钟，正好是中午 12 点。他在厨房忙活了好一阵子，终于在三十分钟后再次回到客厅，然而小麦已经不见了踪影。

"小麦，你去哪里了？"小罗大喊几声，不见小麦回应，便把各个房间都找了一遍，看他是不是又在和自己捉迷藏。十分钟后，小罗还是没有找到小麦的踪影，他确认对方已经离开了屋子。

打开门，雪花在空中旋转，慢悠悠地落在地上。小罗低头看着面前的雪地，想要分辨出小麦的脚印，但地面上的积雪太薄，脚踩上去的印子非常淡。小罗勉强辨别出小麦的脚印，跟着走了几米之后，就迷失了追寻的方向。

"小麦，你去哪里了……"寒风中，小罗喃喃自语，声音里已经带上了哭腔。

听完小罗和奶奶的叙述，屋内陷入了短暂的安静。

"总之，现在能够确定的是，小麦是自愿离开家的，但去了哪里你们并不清楚。"俞能阳总结道。

"要我说，你就等他自己跑回来不就好了，还大费周章地找什么？"奶奶言语之间透露着些微不耐烦。

艺筱恬察觉到了这点："奶奶，你不喜欢小麦吗？"

"也不是不喜欢，只是小家伙总是不注意卫生，把家里搞得脏兮兮的，有时候看见他就会烦。不过我也没有打他，只是骂过他两句，后来他见到我就躲得远远的。"

这就是"人在屋檐下，不得不低头"啊！艺筱恬在心里感叹了一句。

小罗怯生生地反驳："但、但现在外面下着雪，万一他出事怎么办？"

"这才过去几个小时？他以往还出去过大半天，后面不还是自己跑回来了？"奶奶站了起来，"先不说了，我去收拾一下屋子，你们在这儿继续聊，如果想吃什么喝什么就跟奶奶说。"

待到她离开客厅后，莎莎问："那我们现在该怎么办呀？"

"要不先出去调查一下吧。"俞能阳说。

"调查？你有方向了吗？"艺筱恬问。

"刚才走过来的时候你发现没，小罗家在道路的尽头，门口只有一条路，所以不管小麦是自己出走的还是被人掳走的，都一定会往我们来的方向走。我们就先顺着这条路往下走走看，试试能不能在沿途找到些什么线索。"

"也只能这样了。"

皮靴把地上已经变成冰的雪踩出了轻微碎裂的声响，四人走在街道上，一时间感觉无从下手。俞能阳和艺筱恬一边打量着街道两旁的建筑，一边往前慢悠悠地走着。大概五分钟后，他们停在了一家便利店前。

"或许可以问问这里的店员。"艺筱恬提议道，"你看收银台的位置，刚好在大门正对面，这条街上的每一个行人经过他应该都能看到。而且由于这里是道路尽头，里面无法调头，这条路的后半段禁止机动车驶入，莎莎他们家的车都是停在前面的停车场的。这样一来视野里就只有来往的行人了。"

"每天经过门口的人这么多，他应该不会全都记得吧？不过还是试试吧。"俞能阳说罢，四人走进了便利店。让小罗和莎莎自己去挑想要的零食后，俞能阳和艺筱恬随便拿了四罐饮料走向收银台。在结账时，俞能阳开口问："你好，我想打听一个事，请问今天中午 12 点到 12 点半期间，你有没有看到一个小孩——应该大约上一年级或者是更小的年纪——走过店铺门口？"

"有啊。"出乎他们意料的是，店员回答得十分爽快，可还没等他们高兴，店员的下一句话却让他们失望了，"就是刚才跟你一起进来的那个小男孩，好像是叫小罗对吧，我认识他，他就住在这条街尽头的那栋公寓，今天中午他大概 12 点半的时候从店门口经过，我记得非常清楚。"

"除了小罗呢？没有其他小孩子了吗？"俞能阳追问。

"没有，那段时间只有他一个小孩经过，我应该没有看漏。"店员看起来是个十分健谈的人，见两人面露思索的神情，主动问道，"你们打听这个是为什么？感觉像在查案一样。"

"小罗的一个朋友中午出门之后就一直没回来，我们怕他迷路，就想着出来找找。"

"噢，我懂了，归纳和演绎，你们在模仿福尔摩斯先生！"店员的声音不知为什么透露出一股兴奋。

"方便问一下，为什么你如此笃定当时只有小罗一个小孩路过门口呢？明明已经是几个小时前的事情了，而且每天经过门口的人这么多，你都能记得清楚吗？"

"那当然不可能，实际上只有中午这个时间段我会记得比较清楚，因为每天这时候我都会在门口一边吃饭一边等着卸货。"

"卸货？"

"是呀，会有厂商的车开过来给店里补货，一般都是 12 点左右抵达，12 点半左右离开，所以每天这个时候我都会捧着午餐靠在门边，盯着他们卸货。每次进货都是整箱整箱地进，所以也不需要花太多精力在点数上，这时店门口经过什么人我还是都能看到的，再加上住在附近的人我见得比较多，基本上都能认出来，今天又下雪，路上的人本来就不多，所以我印象都比较深。"

艺筱恬又想到一种可能："那有没有人背着很大的背包，或者是拖着行李箱呢？"

"你是想说他的朋友可能会被藏在那里面？我印象中没有这样的人经过，最多也就是有拎着小皮包的女士、提着手提袋的老人以及挎着小背包的年轻人路过罢了。"说到这里，店员像想起什么似的，"说起来，小罗经过门口时就拎着一个手提袋呢。"

小罗和莎莎已经选好自己想吃的零食，从货架后走来。俞能阳给他俩结账，之后向店员道了声谢，离开了便利店。

站在店门口，回望刚才走过的路，两旁都是小区的围墙，没有任何可以进出的门。围墙高超过三米，不是一个小孩子能轻易翻过的高度，更何况围墙上每隔十米就有一个监控，倘若真有人贩子想用这种方法藏匿小麦的话，绝对会留下证据。

"这么说……"俞能阳用手托住下巴，说出了那句推理小说里出现频率仅次于"犯人就在我们之中"的经典台词：

"案发现场是个密室。"

4

"密室……拐卖案？"艺筱恬总觉得这个说法有些怪怪的，"我知道国内有个叫永晴的推理作家曾经在《链爱》里写过密室迷奸案，没想到自己有一天居然能亲身经历一次密室拐卖案，感觉密室这个东西都要被玩坏了。"

俞能阳苦笑了一声："打住，都还没确定是拐卖呢，说不定小麦只是出去玩了，晚一点就会自己回来。"

"总而言之，这是一个监视密室。在小麦消失时，唯一的出入口有人盯着，排除掉他看漏的情况，小麦或者是人贩子究竟要怎么离开这里呢？"

"首先排除便利店店员自己是人贩子的可能性吧，离开便利店时我注意观察了一下，店门口有一个对准收银台的监控摄像头，只要有人走进店里一定会暴露在摄像头之下。要是时间久了还找不到小麦的话，小罗家肯定会报警的，到时候警察一查监控录像，店员的罪行就会曝光，如果我是他就不会选择在店里犯案。

"其次能排除掉的是小麦在离开小罗家后并没有往前走，而是走上了楼，因为根据小罗所述，他在发现小麦不见后第一时间追出门，只看到小麦往街道另一头走去的脚印，但没有看到返回的脚印，说明小麦一定是离开了大楼的，否则地上要么会存在小麦往返的脚印，要么就根本不会有他的脚印。"

"我有一个很惊悚的想法。"艺筱恬吞了口唾沫，"店员说来往的行人只有背小背包或者提小手提袋的，有没有可能是小麦被抓之后出于什么理由被犯人杀害，之后为了隐藏罪行，他将小麦分尸了，然后分批将尸块运了出去。"

"先不说这么恐怖的事情有没有可能发生，我想不通成年人一定要杀小孩的理由。退一万步来说，即使真的存在什么'犯人'，他应该不至于这么心急。最直接的理由就是，犯人为什么一定要赶在这个时候运送尸块，等天色暗下来再去不是更保险吗？"

"你说的有道理，看来我是推理小说看太多了。"艺筱恬自嘲道。

"我现在的想法更倾向于是店员看漏了，除此之外目前看起来没有别的可能了。"俞能阳摊手道，"我们再顺着街道往下走，找找看有没有小麦经过的痕迹吧。"

天空中的雪并没有要停的意思，反而隐隐有越下越大的趋势。抬头仰望白茫茫的天空，俞能阳想：看这个天气，明天应该还会下雪，但看样子如果小麦再不主动现身的话，今天应该是解决不了小麦消失的事件了。

俞能阳侧头望了望依然兴致勃勃的艺筱恬，在心里叹了口气。

明天明明是情人节啊……这么好的日子，说不定就要带着两个小电灯泡过了。

"咦，这里还有个公园吗？"艺筱恬的声音打断了俞能阳心里的唉声叹气。他看到右手边的围墙开了一道门，里面确实有个小公园，几个小孩正在玩雪，他们的家长则站在一旁闲聊。

"其实这里原本是打算作为小区建设的，这片公园则是供小区里的住户散步和玩耍的，但开发商在项目进展到一半的时候破产了，这块地就在破产清算中拍了出去，现在新公司暂时还没接手，反倒变成了附近居住的孩子的游乐园。你看，公园后面还有一栋烂尾楼呢。"

顺着俞能阳的手指方向看去，艺筱恬看见一栋只有框架的楼矗立在远处，宛如一具巨人的骸骨。那栋楼大约有三十层高，通体深灰色，不时有风从没有装上门窗的墙壁空洞中穿过，传来轻微的呼啸，乍听之下犹如小孩在啜泣。

四人走进了公园，里面空荡荡的，只有几棵不算茂密的树，因为是深冬的缘故，树上的叶子已经不剩多少，枯枝败叶的样子与烂尾楼同框出现居然意外地合适。地上光秃秃的，连草皮都没有铺完，到处可见裸露的泥土。

在这静谧的环境中，远处传来的隐约的叫骂声显得尤为刺耳。

俞能阳和艺筱恬循声走了过去，声源位于烂尾楼的一楼大厅。几个高大的男生把一名矮胖的男生围在中间，一边推搡一边骂骂咧咧。其中一名男生扬起拳头，猛地朝矮胖男生砸去。矮胖男生挥起右手，架开了对方的拳头，随后另一只手准确地击中了对方的腹部。

挥拳的男生后退了两步，盯着矮胖男生，眼神里讶异之中又带着几分玩味，"哟呵，还会还手了？"

"死胖子胆量见长啊！"一个一直坐在一旁看戏的金发男生走了过去，他右手插在口袋里，蝴蝶刀在左手的手指间飞舞。见他走过来，围住矮胖男生的人纷纷散开。

俞能阳问小罗："这些人是谁呀？"

"被欺负的那个是雷哥，现在出现的这个是强哥，两人都是我们那一栋公寓的住户，在附近读高中，我和莎莎都认识他们。"

"嚯，一个个看起来这么人高马大的，没想到只是高中生。"

强哥将蝴蝶刀扔向空中，帅气地一接，然后冲上前去就用刀抵住了雷哥："谁教你还手的？"

冷汗从头上淌下，雷哥的喉结动了动，不敢发出声音。

"这才对嘛，尿包就要有尿包的样子。"强哥笑嘻嘻地拍了拍雷哥的脸，"给我打！"

围观的几人也亮出了刀，就在所有人一哄而上之际，一个不合时宜的声音在他们身后响起。

"我已经报警了哦。"俞能阳毫不畏惧地望着他们，指了指手中亮起屏幕的手机。

强哥瞪着俞能阳，见对方一副气定神闲的样子，似乎完全不惧怕他们这一大帮人。对峙了良久，强哥咬牙道："你以后给我小心点！"说完，他抄起地上的背包，带着众人转身离开。身后那群男生不时做出恐吓的动作，俞能阳只是保持着那副不咸不淡的样子望着他们，直到一群人的身影消失在小区门口。

"没事了。"俞能阳走到呆若木鸡的雷哥身前，拍了拍他的肩膀。

"谢、谢谢你们了。"雷哥一屁股坐在台阶上，丝毫没有顾忌地面上那层厚厚的灰。他伸手抹去额头上的汗水，低着头沉默不语。

见雷哥不怎么善于社交，俞能阳主动说："我叫俞能阳，是莎莎的家教，这位是我的朋友艺筱恬。"

雷哥点了点头，算是打过招呼了。

"刚才那群人为什么要打你？"

这句话明显触及了雷哥的痛点，他沉默了一会儿才开口说："他们是我的同班同学，经常成群结队地一起玩，根本没有考大学的打算。我不太喜欢那种氛围，一般都是一个人学习，就被他们说不合群，一开始还只是当众嘲笑我，后面就变得越来越过分……"

见对方话匣子打开了，俞能阳赶紧切入正题："你今天下午一直在这里吗？"

雷哥看了俞能阳一眼，有些不清楚他为什么会问这个问题，回忆了一下才说："我从 1 点半开始就一直在这里了。"

"大冷天的，怎么一个人坐在这里这么久？"俞能阳看了眼表，已经是 2 点半了，说明雷哥在温度低于零度的室外待了足足有一个小时。

"我不想回家，家人很烦。"他只是简简单单地回答了一句话。

原来如此啊，家庭内部不和谐，所以才导致他性格孤僻，再加上他在学校过得也不好，所以才会做出像文学少年一样大冬天坐在室外发呆的行为吧。艺筱恬心想。

"那你看到过什么可疑的人经过这片小区门口吗？"俞能阳看了看烂尾楼的位置，正好在小区大门的正对面。

雷哥很疑惑："你问这个干吗？我不可能一个小时都盯着大门口，哪里注意得到这么多？"

"也是，也不是所有人都是便利店店员的呀。"俞能阳说了一句雷哥完全听不懂的话。

雷哥走后，俞能阳开始在大厅里乱逛，随即他的目光搜寻到了角落里的一张废弃的灰色墙纸。这栋楼之前应该是打算进行精装修的，但工程停滞之后一些材料留在了工地，这种墙纸也随处可见。不过这张墙纸与其他墙纸不同的是，它的内侧有一些已经干透发黑的污渍。俞能阳用手摸了摸，是血。

俞能阳的眉头蹙了起来："墙纸上有折痕，是用它包过什么东西吗？"

"能阳，你看看那边。"艺筱恬忽然扯了扯俞能阳的袖口，俞能阳顺着她手指的方向看去，只见公园一角一片光秃秃的泥土地上有一些异样。从今天中午12点左右开始就一直在下雪，虽然雪势不大，但地面上也铺了一层薄薄的积雪。然而在那片雪白之中，居然出现了一块土黄，很明显那一块泥土地上曾经在一段时间内因为某些理由没有被雪覆盖，才导致积雪没有四周的厚。

"筱恬，你的想法不会成真了吧……"联想到刚才墙纸上的血迹，俞能阳吞了口唾沫。

"什么想法？"

"分尸的想法。"

"你不要吓我啊！"艺筱恬缩成了一团。

俞能阳走向了那一块泥土地，艺筱恬也畏畏缩缩地跟在他身后。近距离观察，泥土地的异样更加明显，松软的泥土跟雪花融化之后冻成的冰碴混合在一起，这明显是最近才被翻动过的痕迹。俞能阳深吸一口气，单腿跪下，开始往外刨土。

不多时，指尖触碰到一个柔软的物体，那很明显是生物肉体的触感。俞能阳大口喘了几口气，一鼓作气把他挖了出来。

"他"紧闭着双眼，四仰八叉地躺在雪地里，腹部一道不大的伤口十分醒目，娇小的身躯让人忍不住想要紧紧抱在怀中。

"小麦！"看到面前的景象，小罗直接被吓哭了。莎莎也在旁边不停抹着眼泪。

"这就是小麦？"艺筱恬指着雪地中的"他"。

"我也是第一次听说。"俞能阳苦笑了一声。

出现在他们面前的，是一只浑身棕毛、小巧可爱的吉娃娃犬。

5

"喂，起床了。"

情人节的早上，俞能阳敲开艺筱恬的房门，在对方"让人家再睡一下啦""欸？怎么不是我爸而是你？""我忘了我在旅游！赶紧滚！我还要换衣服！"的声音中，俞能阳被踹出了房间。

当艺筱恬洗好脸，一边扎着头发一边走进客厅时，俞能阳已经准备好早餐，坐在餐桌旁等着她了。艺筱恬看到这幅场景，觉得有些眼熟，忽然反应过来每天早上爸爸就是这样等着妈妈一起吃早饭的。

——简直像夫妻一样。

甩掉这个念头，艺筱恬拉开椅子坐下："不好意思，我刚才睡糊涂了。"

"赶紧坐下来吃早餐吧。"俞能阳的脸颊微微泛红，似乎又回忆起刚才的尴尬场面。

艺筱恬赶紧找了个话题："没想到，小麦居然是只狗。"

"是啊，没想到叙述性诡计竟在我身边。"俞能阳笑着说，"其实仔细想想，在小罗和他奶奶的讲述中，小麦从来没有说过一句话，这本身就十分可疑了。而且小罗和莎莎称呼小麦都是用'朋友'这个词，在我们看来朋友可能优先指人类，但在小朋友的世界中，动物也是他们的好朋友。"

"不过话说回来，我实在想不通为什么会有人想要杀狗，还是用刀捅肚子的方式，新闻里看到的一般都是毒杀和棒杀。"

"确实如此，而且还有另外一个很让人在意的地方……"

"你说的是小麦的耳朵吧。"

"是的，施虐者不仅把那么可爱的一条狗给杀了，还把它的耳朵给割了下来……"

回忆起昨天看到的场景，两人都有些不舒服。

小麦腹部的伤口很窄，应该是水果刀一类体积小、尖刺型的刀具造成的，出血量并不是很大，但那两只连同小麦一起挖出来的被割下来的毛茸茸的耳朵让整个场面变得血腥了许多。

"听莎莎说小罗哭得可伤心了，他家人也在考虑是否要报警呢。"俞能阳说。

"确实，这么小就遇到这种事情，恐怕会有心理阴影吧……"

俞能阳放下手中的热牛奶："算了，先不说这个了，早上咱们就去附近随便逛一下吧。莎莎每天上午都会在家里练琴，等她吃完午饭一般都要到下午1点半了，小罗跟我本来也是第一次见，他那个性格也不会单独来找我。等到下午看看他们还有没有事找我们，没有的话我就带你去景点逛逛。"

今天的雪要大上很多，地上已经积了厚厚的一层。如果要比较的话，今天的积雪看起来就像一床棉被，而昨天的则像一床薄毯子。

艺筱恬兴奋地在雪地里跑跑，"没见过世面"的样子和网上晒图那些冬天第一次去北方的南方人没什么两样。她今天戴着一顶粉红色的毛线帽，手上也戴了毛茸茸的手套，可爱的搭配给人一种大号宠物的感觉。

"小心别摔着了。"俞能阳走在她身后，看着她的背影，嘴角忍不住往上扬。

"哎呀！"话音未落，艺筱恬脚下一滑，身体往后仰去，俞能阳赶紧上前一步抱住她，谁知他也跟着一滑，两人一起摔倒在雪中。

"扑哧。"艺筱恬忍不住笑了。

"笑什么笑，你这个罪魁祸首。"俞能阳伸出食指，点了点她的鼻子。

"我还以为会像偶像剧里那样，女主角摔倒扑进男主角怀里，两人莫名其妙就亲上了呢。"这句话说出口后，艺筱恬才察觉到自己的失言，连忙站起来，拍掉自己身上的雪。

"快走吧。"她故意别过脸去，不让俞能阳看到她的表情。但俞能阳注意到，她的侧脸染上了一抹红晕。

上午的几个小时里，俞能阳带着艺筱恬逛遍了周围的大街小巷。两人时而互相朝对方扔雪球，弄得满头满脸都白花花的，时而在古建筑前自拍，让相机记录下他们古灵精怪的表情。

飞雪纷纷，在空中画出复杂的轨迹，仿佛天使振翅飞过时羽毛飘落一般，让人目眩神迷。身后传来引擎的声音，一辆车飞驰着经过两人身边，溅起的雪水把两人吓了一跳。俞能阳将艺筱恬拉到自己的左手边："小心点，你走里面吧，主干道的车开得快。"

艺筱恬低低地应了一声，把半张脸埋进了围巾里。

两人终于玩累了，找了个咖啡厅歇脚。望着嘴里塞着马卡龙，还捧着咖啡杯不停吹气的艺筱恬，俞能阳没来由地将她这副模样与仓鼠联想在了一起。

"虽然并不是很好喝，但还是挺暖手的。"艺筱恬中肯的评价把俞能阳逗笑了。

"老实说我觉得缘分这东西有时候还是挺有趣的，去年的时候谁能想到情人节是跟我亲爱的同桌在这里吃甜点呢？"

"也不会想到我们还被卷入了一起'密室拐卖案'中。"

两人对望一眼，一齐哈哈大笑。

就在这时，俞能阳的手机响了。他看了一眼来电人，皱了皱眉，接了起来。

对面刚说了没两句，他的眼睛就逐渐瞪圆，他回了几句之后，匆忙挂断了电话。

"怎么了？"艺筱恬问。

俞能阳深吸一口气："小亚——也就是莎莎的狗也被杀了，就在昨天的烂尾楼里。"

烂尾楼的三楼，四四方方的灰色房间让人联想到铁棺。女孩的啜泣声被穿堂而过的风卷走，房间的阴冷程度远胜于一楼大厅。

俞能阳蹲在地上，仔细查看地上躺着的那只幼年柯基。身后艺筱恬抱着莎莎和小罗，安抚着他们。

"什么情况？"

"小亚的后背有一道刀伤，应该就是致命伤了。不过凶手这次把小亚的一只前爪给切了下来。前爪不同于耳朵，里面可是有骨骼的，虽然这只柯基犬尚属幼年期，体型比吉娃娃犬大不了多少，骨头应该也不粗，但要想切下来估计得费一番功夫。"

"比起这个，施虐者为什么要做这种事？"

"老实说我也不清楚。小麦的耳朵被切了下来，今天则是小亚的前爪，完全不明白那人这么做的目的是什么。比拟杀狗吗？我来这里半年了，从来没有听说过有什么切耳朵又剁手的黑暗童谣流传。方便搬运尸体？但被杀的两条狗本就不是大型犬，随便找个手提袋就能装下，完全没有必要分尸，更何况这种程度的分尸根本无法起到方便搬运的作用。"

"有没有可能，施虐者只是单纯想泄愤？"

俞能阳问小罗和莎莎："你们有什么关系非常不好的同学吗？"

两人都摇了摇头。

"也对，先不说一年级的小孩子有没有独自切断狗爪的力气，以及有多大仇才能下这种狠手，即使真的有，他们能想到这种报复方式的可能性也微乎其微。"

艺筱恬温柔地问："莎莎，你是怎么发现小亚不见的？"

莎莎哭得上气不接下气，艺筱恬听了好久才听懂她的话。

今天莎莎吃完午饭后想去找小亚玩，但发现它不在屋子里。玄关的门开着，她就猜可能是自己没关好门，让它跑了出去——虽然根据艺筱恬的经验，极有可能是小亚自己学会了开门。莎莎很担心，但又怕爸爸妈妈骂她，于是就叫上小罗，两人一起沿路寻找，不知不觉就来到了昨天几人一起去的公园。他们在室外找了一阵子，没有发现踪迹，于是便打算一层层地把烂尾楼找一遍，结果就在第三层发现了小亚的尸体。他们俩没敢告诉大人，就想着先找俞能阳来帮忙。

"就算叫我帮忙我也不知道怎么办呀。"俞能阳苦笑道，"估计是外出的小亚被昨天那个施虐者撞见，他出于某种原因，把小亚带到了烂尾楼然后杀害。事到如今还是报警吧，连续两天都出现这种事情，警方肯定得介入了。"

俞能阳掏出手机，刚准备拨号，脑海中忽然灵光一现。他重新蹲下身来查看尸体，目光停留在小亚后背的伤口上。接着他伸手绕着小亚的脖子摸了一圈，低声喃喃道："前颈上有大拇指留下的掐痕，位置在小亚脖子的右下方，施虐者曾经单手掐住了它的后颈吗……"

俞能阳站了起来，走向窗边，凝视着昨天发现小麦尸体的地方。过了许久，他深吸一口气，转身盯着身后的三人。

"虽然我不太愿意相信自己的推理，但无论怎么想都只有这个解答符合条件……施虐者就是你吧，小罗？"

6

"能阳你在说什么呢！"艺筱恬瞪了他一眼，"你别胡闹，小罗只是个小孩子！"

被指控的小罗没有像影视剧里的犯人那样狡辩或气急败坏，只是默不作声地低下了头，眼泪不停地往下落。

"老实说如果不是看到小亚的尸体，我可能还得不出这样的结论。筱恬，你回忆一下，小麦的致命伤在哪里？"

"在它的腹部。"

"但狗作为四肢行走的生物，如果要杀害它们的话，背部不应该才是最好的选择吗？就像小亚的死一样。刚才我在它的脖颈处发现了掐痕，这很容易就脑补出施虐者是一只手掐住小亚的脖子，将它按在地上，另一只手举起刀扎进它的后背致其死亡。"

"啊，对哦，狗的腹部一般都是朝向地面的，人类这种比它们高大很多的生物，从狗的上方下手才是最顺手的。"

"也就是说，小麦被杀害时并没有背对施虐者，而是腹部对准他，那么对一条狗来说，在什么情况下它才会用最没有防备的腹部面对别人呢？"

"只有当对方是它完全信任的人时！"艺筱恬恍然大悟。

"是的，所以施虐者一定是小麦十分亲近的人，小罗的嫌疑瞬间就排到了第一位。"

"但这并不是唯一解吧。虽然可能性比较小，施虐者也有可能一只手拎起小麦，另一只手拿着刀捅入它的腹部，这样也会造成现场那种情况。"

"可能性很小，把狗拎起来，狗会本能地挣扎，这样一方面施虐者可能会被狗挠伤，另一方面吉娃娃的体型那么小，施虐者很可能难以准确刺中。"

"原来如此，可你是怎么确定一定是小罗干的呢？小罗的父母、奶奶乃至莎莎，都有可能是施虐者呀！"

"那我就给你一个个排除。首先是父母，他们昨天一大早就出门办事了，直到我们调查结束都没有回来。根据小罗的证词，昨天大概从中午12点之后就开始下雪，随后我们调查时也一直没停过，而从小麦埋尸地的积雪比旁边薄我们不难看出，施虐者是在下雪后埋的尸，而那个时候小罗的父母正在外面办事。虽然也有两人是共犯，偷偷杀了小麦然后在外面一直躲着的可能性，但他们实在没有这么做的理由。

"接着是小罗的奶奶，这个就更好排除了。不知道你还记得吗，在我们调查时她曾经说过一句话：'只是骂过它两句，后来它见到我就躲得远远的'，说明小麦其实很怕奶奶，它自然不会在她面前展露自己的腹部，所以奶奶不符合施虐者的条件。

"最后就是莎莎了，排除她的原因是她没有作案时间。我今早跟你说过，莎莎每天直到下午1点半左右才能从家里出来，在这之前她都和家人待在一起。而昨天莎莎和小罗两人见面的时间恰好是那个时候，之后他们就一起来找我们，也就是说莎莎一直处于我们的眼皮底下，根本不可能有时间犯案。因此综合考虑，只有小罗在12点半至1点半之间具备作案时间。排除掉其他所有人之后，只有他可能是施虐者！"

掷地有声的话语回荡在烂尾楼空旷的空间内。小罗的脸色随着俞能阳推理的逐步深入而渐渐变得惨白，一旁的莎莎有些畏惧地望着他，手悬在半空中，似乎想要去拉他的衣角，但却因为听到那番推理而迟疑了。

小罗呆呆地站在原地，直到感受到俞能阳和艺筱恬射来的目光，他才慌忙摆手，嘴巴翕动，想要说什么却说不出口。终于，他崩溃地哭了出来，断断续续地说："我、我不是故意的……我不是故意的啊！"

"不是故意的？"艺筱恬疑惑地望着对方。小罗这番话无疑承认了他就是杀害小麦的真凶，但这个"不是故意的"该怎么理解？

随后，在小罗泣不成声的自白中，三人知晓了案发的全过程。

2月13日——也就是昨天中午12点，小罗按照奶奶的吩咐，在厨房里切蔬菜。这时，不甘寂寞的小麦跑来厨房找他玩。小麦躺在地上打滚，对着小罗不停叫唤。小罗知道，每次它做出这个动作，都是想让人挠它的肚皮。小罗一边说着"小麦，你稍微等我一下，我还在忙哦"，一边急急忙忙地想要把菜切完。也就是在这个时候，意外发生了。

小罗手中的菜刀不小心脱手，落向地面，十分不凑巧地扎进了小麦的腹部。小罗傻了，一时间不知该如何是好，就眼睁睁地看着痛苦得发不出声，只能在原地不停挣扎的小麦慢慢咽了气。这时小罗才反应过来，他抱起小麦的尸体，想要把对方叫醒，但为时已晚。这时，小罗脑海中闪过警察给他戴上手铐和头套，押入警车的画面，他顿时慌了。恐惧在一瞬间战胜了悲痛和理智，他想出了一个办法：埋尸。

小麦一开始并没怎么流血，小罗将尸体和他的玩具铲子装进手提袋，去到废弃小区的一个偏僻角落，挖了一个坑，将小麦的尸体放了进去，之后再填上，最后回到家将菜刀和铲子清洗干净，一切就大功告成了。接下来，他只要装作小麦走丢了即可，反正他所做的一切都没有人证和物证，应该也没人会怀疑他这么一个小孩杀了小麦并埋尸。

但或许应该说这件事情对于小孩来说还是太残酷了，在中午与莎莎见面时，小罗不小心说漏了嘴，结果莎莎十分热心地将俞能阳介绍给了他，骑虎难下的小罗只得将自己从事件中隐去，把其余部分告诉了俞能阳和艺筱恬，最终导致自己被揭穿。

"可以啊能阳，你有点本事啊！"艺筱恬用力拍了拍他的肩膀，"你是从什么时候开始怀疑小罗的？"

"虽然听起来有些假，但我还是要说那句经常从名侦探嘴里蹦出来的台词。"俞能阳撇撇嘴，"'当然是从一开始'，在听小罗叙述今天中午发生的事情时，我就察觉到一丝不对劲，听小罗奶奶的口气，小罗应该是经常帮忙做家务才对，那我就产生了一个疑问：明明只是切个蔬菜而已，为什么要花三十分钟之久？结合本案的情况，我怀疑小罗在那段时间内干了某件不可告人的事，因此才花费了远超预计的时间。现在想来，那个时候他应该是被吓傻了，在厨房里不知怎么办才好。后来他决定用这么荒唐的方法掩盖自己的错误，于是便将小麦装进袋子里，出门埋尸，这点与便利店店员'大概 12 点半看见小罗提着手提袋经过店门前'的证词相吻合。"

说完这些，俞能阳突然盯着小罗，话锋一转，"现在还有个很严肃的问题要问你，你为什么要把小麦的耳朵给切下来？为什么又把小亚给杀了并且切下它的前爪？如果只是误杀一条狗还好说，但这些行为可是虐待动物，是非常恶劣且严重的行为，但凡是个正常人都做不出来！"

本来已经渐渐停止哭泣的小罗又哭了起来。他哽咽道："我、我也不知道！"

"不准撒谎！"

"我没有撒谎……我发誓我把小麦埋进去的时候它只有腹部一道伤口，不知道为什么挖出来时耳朵就没了！还有小亚也不是我杀的，我那么喜欢莎莎，怎么会对她的狗做出这种事……"

望着声泪俱下的小罗，艺筱恬说："看起来他也不像在撒谎。"

俞能阳的脸色有些难看："这下事情就有些糟了。倘若真如小罗所言，那么必定有一个人，等小罗埋尸之后将小麦挖出，割下了它的双耳，并且还在今天中午用同样的方式将小亚残忍地杀害。"

艺筱恬缩了缩身子，下意识地扯住了俞能阳的衣袖："那个人为、为什么要这么做？"

"那人有很大可能性患有严重的心理疾病，只能通过这种方式纾解，甚至是取乐。根据犯罪心理学的统计，连环杀手小时候多有虐杀动物的行为。要是不早点把那个人找出来，今后这片街区的人就危险了！"

俞能阳的大脑飞速地运转，这两天看到、听到的所有东西都在脑海中一遍遍地重新闪过。小亚和小麦身上的痕迹、废弃小区的种种、相关人员的每一句话和每一个表情，交织成一片五颜六色的光海，俞能阳感觉自己正仰躺于其中，无数细节从每个画面中抽出，涌向大脑。

忽然，俞能阳睁开了眼睛。他平复了一下心情，缓缓开口："如果我的推理没有错的话，真正的虐杀者可能就是……雷哥。"

"不会吧？"其余三人都十分震惊，"就凭雷哥那个被欺负的性格，怎么可能……"

"你们是在叫我吗？"毫无征兆地，阴恻恻的声音从身后传来，众人身体都是一震。他们回头望去，发现雷哥正走出阴影，表情扭曲地望着他们。

他的手上，握着一柄反射着雪亮光芒的尖刀。

7

小罗和莎莎两个人吓得哭了出来，身体不停地发着抖。俞能阳下意识地将艺筱恬护在身后，眼睛紧紧盯着雷哥的每个动作。

雷哥的表情像是在笑，又像是在疑惑，脸上的肉拧成了一团："你怎么发现是我的？"

"在小罗说小麦的耳朵不是他割下来时我就觉得很奇怪了，小麦的死完全是一个意外，虐杀者是万万不可能为了割掉他的耳朵而提前准备好刀的，因此一个可能性进入我的脑海：犯人一直随身带着刀。什么人可能会有这种习惯呢？公园里玩雪的小孩不可能，家长应该也不可能，那剩下的人里，只有以校园霸凌为乐的不良少年团体，以及被他们欺压得忍无可忍、想要找机会奋起反抗的被欺凌者才可能有这种习惯。想必那天强哥拿刀抵着你时，那把刀就收在你的口袋里吧。"

雷哥扯了扯嘴角，似乎对于当时自己不敢掏出刀反抗这件事感到窝囊。

"今天我在发现小亚的尸体时，注意到它前颈右下方有大拇指留下的掐痕，而小亚的致命伤在背上，我很容易就推断出犯人是一手掐住小亚的后颈，将它按在地上，另一只手反握着刀，然后举起手，一刀扎进小亚的后背，就像这样。"说着，俞能阳模仿了他口中的动作，蹲下身，左手虚抓，右手高举过头，"但要是犯人的姿势跟我一样，现场就会出现一个很诡异的情况：要想完成这个动作，犯人一定要让小亚的后背处于自己的视线正下方——即狗的头朝左，人的头朝正前方，二者相互垂直，可小亚前颈上的大拇指掐痕却是在右下方。你们自己试一试吧，假如用左手掐住小亚，要使掐痕出现在右下方的话，会有什么问题？"

艺筱恬比画了一下，恍然大悟道："小亚的头会朝向右边，这样它的后背就不会直接出现在犯人身前，而是在犯人左手的左侧了。当犯人下刀时，左手会把右手挡住，不仅姿势十分别扭，而且极可能无法准确刺入背部，而是刺入臀部，达不到一刀致命的效果。"

"没错，无论怎么想都不可能用这个别扭的姿势杀掉小亚，那么问题出在哪儿呢？"俞能阳的声音平静无比，"倘若犯人是个左撇子，一切不就都解释得通了吗？

"作为左撇子的犯人，会用非惯用手的右手去掐住小亚，这样小亚的后背才会正对着犯人，犯人才能用左手的刀杀了它。那么在不良团体和被欺凌者中，有哪些人是左撇子？只有两个：一个是出场时右手插口袋、用左手耍蝴蝶刀的强哥；另一个就是下意识地用非惯用手的右手挡开攻击、接着用惯用的左手反击敌人的你。这样一来，嫌疑人的范围就缩小到两个了。"

雷哥的瞳孔缩了缩。

"你们两人究竟谁是犯人？要解开这个谜题，我们需要推测小麦遇害当天虐杀者的动向：他偶然撞见了小罗埋尸的一幕，等到对方离开后，自己便把小麦挖了出来，打算用随身携带的小刀将小麦的耳朵割下来，以满足自己的变态欲望。可现场的情况不允许他这么做，因为小区里还有其他人在。"俞能阳盯着雷哥的眼睛，"小罗埋尸的地方虽然偏僻，但也不是没人会来的地方，埋尸和挖尸都用不了多长时间，但是对于第一次割狗耳朵的人来说，无论是因为内心的恐惧与兴奋相交织还是因为手法的不熟练，都不可能在短时间内做完一切，而时间越长，他被小区里玩耍的小孩或者他们的家人撞见的概率也就越大，他当然不可能冒这个险。那么，有没有一个地方能让他安安心心地完成自己的计划呢？

"当然有，而且那个地方近在咫尺——就是我们现在正身处的烂尾楼。他马上想到可以将小麦的尸体带过去，那里平时人迹罕至，只要往上爬几层，几乎不可能被人发现，不过此时他又面临着另外一个问题，当时小麦刚死没多久，伤口的血液还未完全凝固，如果他要将尸体抱去烂尾楼的话，身上势必会沾上血迹，而如果只是提着小麦走过去的话，有可能会被附近的小孩和家长看到，万一有热爱小动物的来指责他这个姿势会伤到小麦可就糟了。这时，他想到了一个主意。"

俞能阳指着地上的废弃墙纸："用它把小麦的尸体包裹住，不就没人会发现了吗？"

雷哥的表情已经有些动摇了，面前这个人明明只是推理，却将他的所作所想还原得分毫不差，为此他甚至感到了一丝恐惧。

俞能阳继续滔滔不绝地推理："于是他放下小麦的尸体，跑向了烂尾楼，从地上随意捡起一张墙纸，回到土坑前，把小麦包起来，带着尸体回到烂尾楼，在一楼大厅把墙纸扔到一边。他忍了很久了，终于能对小麦动手了，想必这时他肯定兴奋得手都在发抖吧。"

雷哥回味起当时的感觉，脸上露出了狰狞的笑容。艺筱恬护着被吓得瑟瑟发抖的小罗和莎莎，悄无声息地往后退去。

"做完一切后，他把尸体重新用墙纸包好，带回公园里将其掩埋。可就在这时，他发现一个问题：自己并没有处理手上墙纸的好办法。"俞能阳的语速越来越快，"倘若小麦的尸体被发现，警方一定会好好调查现场，到时候肯定能发现沾有血迹的墙纸，而墙纸上则满是他的指纹！

"虐杀者没有工具，也没有把握能把这么大一张墙纸给完全清理干净，他想要把它带出小区处理掉，但街道两边的围墙上每隔十米就装了一个摄像头，只要警方调取监控录像，他带着墙纸离开的身影一定会被发现，万一警方能从中逆推他的行动，一切就都完了。因此，他只能暂时将墙纸藏在烂尾楼内，待到他回去把包带过来，就能够把这唯一的证据带出小区。说到这里，你应该明白了吧——既然我昨天还能看到那张墙纸，就说明案发时虐杀者没有带包，而强哥离开的时候，可是把地上的包给背走了的，这么一来他的嫌疑就被洗清了。犯人只可能是你！"

静谧的空间里，俞能阳和雷哥对峙着。雷哥僵硬的脸孔忽然绽放出笑容："你全都说对了，你很聪明，可惜这么聪明的人马上就要死在我手上了。

"都怪那群杂碎，从我入学以来就一直欺负我。他们人多势众，我又打不过他们，只能把脾气撒在周围的昆虫上。你知道蝉的内脏长什么样吗？你知道蚂蚱的头被拧下来之后还能活多久吗？我知道！这些我都知道！"雷哥发狂地笑着，"但是我渐渐发现，虐待昆虫已经满足不了我了，我需要体型更大、反抗更激烈的动物，只有这样我才能享受到霸凌者的快乐。"

"恰巧这个时候，你发现了去埋尸的小罗，对吗？"俞能阳冷静地反问。

"没错！老实说选择狗作为目标时我还有点怕，多亏有小麦给我练手，这样我在杀小亚时就没有任何心理障碍了！我相信只要继续下去，总有一天我会拥有把刀捅进那群杂碎身体里的勇气！"雷哥忽然收敛了这种狂暴的状态，盯着俞能阳说，"多谢你们的出现，让我能提前用人类练练手。"

"麦克唐纳症状，连环杀人犯在童年时都有虐待动物的习惯。"俞能阳叹了口气，"所以你们国家才会制定《动物保护法》，出于怜悯之心、保护动物的生存权是一方面，另一方面的考虑则是以这种方式约束公民的行为，降低连环杀人犯出现的可能性。这也是为什么小罗误杀了小麦之后会那么慌张，因为他真的很可能因此触犯法律，而你虐待小麦的尸体时也要小心翼翼地不被任何人发现，小罗的年龄还可能免予起诉，但你这个年纪的人估计很难逃脱制裁吧。"

雷哥——雷蒙德提着刀，一步步地逼近俞能阳，此时艺筱恬已经护着罗伯特和丽莎走到了离他们五米远的地方。在俞能阳转身并大喊出"跑"的一瞬间，几人齐齐往大楼深处跑去。

这里是海峡对岸的英国，俞能阳高中毕业以后出国留学，在伦敦上了大学。他是丽莎的中文家教，艺筱恬则趁着寒假，从国内坐飞机来找他玩。

他们掠过灰黑的立柱，躲了一道墙后面，将身影隐匿于黑暗中。雷蒙德是从废楼唯一的楼梯上来的，虽然他的行动迟缓，但俞能阳根本没有把握在保证全员无伤的情况下带着大家绕过雷蒙德，冲下楼梯。

只有电影里才会出现赤手空拳对抗武器的举动，现实生活中这么做简直是找死。

俞能阳偷偷探出脑袋，只见雷蒙德闲庭信步地走着，沉闷的脚步声有节奏感地回荡在废楼里。他就像一只正在和老鼠玩捉迷藏的猫，一脸得意地巡视着自己的领地。

"快出来吧，别躲了，你们跑不了的！"雷蒙德的笑声逐渐扭曲。

罗伯特和丽莎缩在角落里瑟瑟发抖，艺筱恬捂住了他们的嘴巴，不让啜泣声传出去。

只能搏一搏了！俞能阳心想，随后他拿起某样东西，做起了某件事。

雷蒙德一间间房搜寻着，这项繁琐的工作似乎完全没有消耗他的耐心，相反，他的表情诉说着他对这项游戏的浓厚兴趣。

"沙沙。"微不可闻的声音从一个方向传来，雷蒙德紧紧地盯着那间房。

"找到了！"他舔了舔嘴角。

那间房处于背阳面，房间内光线昏暗，雷蒙德从正门踏入，一点点地仔细搜寻。他知道，对方足足有四个人，其中两个还是小孩，所以不会分开。这么大的目标群，他们根本无从隐藏。当所有的角落都被搜了个遍后，几人的藏身之处也就十分明显了。

雷蒙德将目光投向阳台，放声大笑起来："乖乖出来吧，你们已经逃不掉了。"

阳台墙壁的背面，艺筱恬的呼吸粗重，怀中的丽莎和罗伯特已经要崩溃了。俞能阳抱住他们，示意他们不要担心。

雷蒙德的身影出现在阳台门口，看到他们的模样，他笑得更开心了。

"不知道切下你们耳朵时的手感和切下狗耳朵时的手感会有多大差别呢？"他一步步地逼近，"啊，还有你们的手，只凭我手上这把刀应该切不断吧，那就等我杀了你们后，再去找把锯子，慢慢地切掉。不仅是你们的手，还有腿，还有头……"

雷蒙德喘着粗气，汗水渗进了他的笑纹里。

"你来啊！"俞能阳大喊道，"就凭你这个窝囊废的样子，天天被人欺负都不敢还手，我才不信你真的敢对我们下手！"

"我不是窝囊废！"被戳到痛处，雷蒙德狂吼道，脚下的步伐加快，"第一刀就送给你这个能说会道的小子吧，等刀扎进你的身体时，看你还能不能——"

雷蒙德忽然消失在他们的视野里。

与此同时，楼下传来一声重物落地的声音。

俞能阳往前探了探头，透过地上那个四四方方的坑洞能看到二楼的场景，雷蒙德趴在地上，手上的刀掉在一旁，已然不省人事。

"计划，成功了……"紧绷的神经终于放松下来，俞能阳瘫坐在地上。后背感受到温暖，艺筱恬从后面紧紧搂住了他。

"我好害怕啊……"俞能阳感到脖子有些凉，有液体顺着他的脖子流到了后背。他回身抱住艺筱恬颤抖的肩膀，对方终于无法抑制心中的恐惧，号啕大哭起来。

在少女的哭声中，警笛声渐行渐近。

8

伴随着警车声消失在街道的拐角处，俞能阳和艺筱恬终于彻底放下心来。

"谢谢你救了我们。"回想起刚才的失态，艺筱恬有些脸红，故意转移话题道，"该说说了吧，你是怎么对付雷蒙德的？"

"你知道'阳台逃生通道'吗？为解决高层起火时住户的逃生问题，有一些国家设计了这种设施，就是在阳台上挖一个通往楼下的洞，并在上面安设紧急逃生门，住户在遇到危急时可以打开逃生门，直接下到下层住户的阳台上。非常幸运的是，这栋烂尾楼也有这样的设计。"

"在发现这点后，一个计划便在我的脑海中形成了。我们当然不能和雷蒙德硬碰硬，只能智取，最简单的办法就是设下陷阱。于是我找了个背光的房间，在还未安装逃生门的逃生通道口铺上了废弃的墙纸。"

艺筱恬"啊"了一声："原来如此，墙纸的颜色本来就是灰色，在那种环境下雷蒙德很可能注意不到地上的异样。"

"没错，为了保险起见，我还故意激怒他，让他把注意力都放在我们身上，这样他就会一脚踩进空空如也的地板，掉到下面一层。在这种毫无准备的情况下从三米高的地方摔下去，再怎么样也不可能毫发无损吧。"

"那万一雷蒙德发现了你的陷阱呢？"艺筱恬忽然问。

俞能阳移开视线，挠了挠微红的脸颊："如果真是那样，我是打算一个人拖住他，让你们先逃跑的。他那个身材，虽然拿着刀，但我真要是不要命地和他打起来，应该还是能拖住一段时间的。"

艺筱恬望着他的侧脸，眼角再一次泛起了晶莹。

"傻瓜。"她轻轻捶了捶俞能阳的手臂，然后靠上了他的肩膀。

粉红色的霞光将天空笼罩，地面上的两道人影在夕阳下缓缓地贴在一起，久久不愿分开。

"能阳，谢谢你，这一个星期是我这辈子最快乐的时光。"机场门口，艺筱恬低着头，忸怩地笑了。

俞能阳摸了摸她的头："我也一样。"

"时间差不多了，我要过安检了。"艺筱恬冲他灿烂一笑，"你不能忘记我们的约定哦！"

"放心，我会等你的。"俞能阳也笑道，"你在国内可要好好学习，别到申请学校时绩点不够，没法过来英国读研。"

"哼，等我申请个剑桥给你看！"艺筱恬吐了吐舌头，忽然收敛了笑容，语气也变得郑重其事，"我们说好的，虽然会有一点久，但你一定要在英国等我！"

"嗯，我会的。"俞能阳也望着她的脸，语气前所未有地诚恳。

飞机远去，留下洁白的航迹云在蔚蓝的天空，俞能阳抬头仰望，目送着飞机消失在云端。微风吹过，扬起他的衣摆。

"一定，会等你的。"俞能阳喃喃道。

9

机身轻微地震了震，把艺筱恬从回忆中拉了回来。她跟着其他乘客一起走下飞机，来到了机场出口。

艺筱恬在前两天刚完成本科学业，今天从大学所在的城市回到了老家，放松一个暑假后再去新学校读研。

至于读研的学校在哪里嘛……

"筱恬！"部分比她提早回到老家的高中同学们相约今天一起来接机。他们见到艺筱恬的身影，在出口处兴奋地挥手大喊，那一瞬间她回想起了那年在伦敦的机场，俞能阳也是这副模样迎接她的。

高中的室友兼闺蜜搂着艺筱恬，在她脸上蹭了好久："你终于回来啦，上次见面还是一年前了吧。"

"是呀，大四太忙了，过年就没有回来。"

"你真是努力呀，怪不得考研分数那么高，听说你是考上了中南大学的专硕吧？"闺蜜忽然凑到她耳边，压低了声音，"不过你为什么没去伦敦？你和俞能阳分手了？"

艺筱恬动作一滞，苦涩地笑了笑："是呀，大三的时候分手了。"

"为什么呀？你们俩平时明明那么恩爱，我还以为你们毕业后就会在伦敦结婚呢，没想到还是躲不过异国恋分手的魔障。"

"该怎么说呢……"艺筱恬的目光有些迷离，"如果你要说我和他是因为距离太远外加有时差而分手的，也没错，但我觉得更本质的原因就是有缘无分吧。"

"这是什么鬼原因？"闺蜜吐槽道。

"就是因为各种小事情小矛盾的积累，到了某一天就忽然觉得对方不合适了。"艺筱恬笑了笑，"有句很文艺的话怎么说来着？对，'缘不知所终，一别两宽'。既然我们都不合适了，那就互相放过对方吧。"

"能阳，你来啦。"其他同学的招呼声打断了两人的交谈，去买饮料的俞能阳提着大袋子回来，依次给同学们分发。来到艺筱恬面前时，他的手停在了空中。

"恭喜考研上岸。"他的声音很诚恳。

"谢谢。"她也是。

接过饮料那一瞬间，艺筱恬觉得两人之间的某种联系彻底断了。

既然如此，那我们就"各生欢喜"吧。

艺筱恬拧开了瓶盖，加入了同学们的谈天说地中，时光仿佛回到了高中，大家还是当初的少男少女，友谊纯粹。

解说 + 后记

感谢各位读者能读到最后，接下来请允许我简单说明一下全文有哪些地方暗示了故事发生地并不在中国。

最直接的暗示莫过于第五章的这句话：身后传来引擎的声音，一辆车飞驰着经过两人身边，溅起的雪水把两人吓了一跳。俞能阳将艺筱恬拉到自己的左手边："小心点，你走里面吧，主干道的车开得快。"

因为这是主干道，所以不存在单行的可能。俞能阳的左手边是"里面"，也就是说他的右手边是马路，而汽车是从他们的身后往前驶去的，要满足上述情况，汽车一定是靠左行驶的，因此故事发生的地点绝不可能是中国大陆。

除此之外还有一些侧面暗示，例如小罗的奶奶给刚见面的客人上了红茶，例如便利店店员说俞能阳探案的举动是在模仿福尔摩斯先生，例如两人选择在咖啡厅歇脚并且点了不好吃的马卡龙，等等。

最后给各位解释一下结尾关于俞能阳和艺筱恬二人关系的处理，或许很多读者会感觉到突兀，但实际上这是我在创作伊始就决定好的结局。

我有个习惯，自从短篇出道以来，在每段学习生涯结束时都会创作一篇作品来概括一下我那段时间的经历，高中毕业时我以"奋斗"为主题创作了《前桌的你》，本科毕业时我以"遗憾"为主题创作了《你的前桌》，而这篇在硕士毕业后创作的《虐狗的情人节》，我想表达的主题则是"错过"。有些人和有些事的错过是没有道理可言的，获得他们时可能需要付出很多努力，但失去往往只在一瞬间，甚至会让人感到很"突兀"。

我希望各位读者能在故事开头读到两位主角暧昧的小互动时会心一笑，在中间读到叙述性诡计和推理时感到惊喜，在结尾读到两位主角错过时感到一些伤感。如果你真的有这些感觉，那么谢谢你，理解了我对这篇作品倾注的全部情感。

最后，愿诸位读者前路长晴。

永晴

2022 年 3 月 6 日于桂林自宅

永晴，新锐悬疑推理作者。钟爱悬疑和推理，喜欢将科幻、言情、武侠等元素融入自己的作品，既痴迷于社会派的曲折剧情，也惊叹于新本格的宏大诡计，因而笔下的"剧透屋"系列呈现出多元化风格，《链爱》系该系列首部长篇作品。曾任腾讯动画"中国好故事"编剧及网络大电影《金陵神捕》推理顾问。短篇推理小说《猎凶》曾荣获首届"华斯比推理小说奖"，并收入《2018 年中国悬疑小说精选》。另著有"谋杀之谜"作品《无心之人》《破壁之刃》等。

挽 歌

凌小灵

1

"求萧萧姐姐帮我推理一下妹妹的名字吧!"

正准备出门的我恰好听到了门铃声,在那莫名其妙的音乐进入高潮前开了门,却看到我那个堂妹苟清晓正站在门口泫然欲泣。

连个招呼都不打,一上来就是这么一句让人摸不着头脑的话,而且……

我回过头去看了眼走廊一侧那紧闭的房门,妈妈正躲在里面和苟清晓的爸爸或是姨妈通电话,内容无非是关于苟清晓离家出走一事,他们现在正焦头烂额呢。

而他们烦恼的源头,此刻正站在我的面前,用那哭红的眼睛带着希望的光芒仰视着我。

该怎么办呢?是将她带进屋,交给妈妈处置?还是……

交给妈妈当然是最容易的,可是说话一向拐弯抹角的苟清晓,第一次以这么直接的方式说出了自己的请求,难免让人怀疑苟清晓是不是真的碰到什么麻烦事了。

我朝着屋内大喊了句"我走了,晚上再回来"后,也不管妈妈有没有听到,就快步往前走去,同时轻轻地将苟清晓的身体推向外面,随后转过身去关上了门。

接着,我无言地将她带到了楼下,穿过一条小马路,去了隔壁小区的一个专门开辟出来供中老年人锻炼健身的地方。确定这地方不会被家里看到后,才安下心来。

这一路上,苟清晓好几次想要开口对我说些什么,但每次都止住了。回想起开门时她说的那句话以及当时的表情,我本能地意识到,她离家出走一定是有原因的,而且应该不是孩子气的原因。

苟清晓一家的近况我也是在饭桌上听说的。

先是一个多月前苟清晓的外婆住院,据说这次病得很厉害,连医生都说情况很凶险，不知道能不能挺过来。当然最后手术很顺利，外婆已经醒过来了，现在正在进行后续的治疗。

由于荀清晓的妈妈怀上了第二胎，马上就要临产了，这一个月外婆的看护工作只能交给荀清晓的姨妈和外公。虽然大家都劝外公，不需要他一个老人家三天两头地待在医院里，但他执拗得很，硬是每天都去一次医院，陪在老伴身边。

结果就在两天前，荀清晓的外公在医院走廊上突发脑溢血昏倒在地，虽然第一时间送进了抢救室，但依然无力回天。

2018 年 11 月 14 日凌晨 3 时 54 分，荀清晓的外公去世了。

就在噩耗传来的两天后，也就是昨天晚上，荀清晓的妈妈腹部疼痛，于当天晚上被送往医院。

就算是再不听话的孩子，也不会在这种时候离家出走吧？更何况据我对荀清晓的了解，她不是那种任性的孩子。

我踏上了左边那台太空漫步机，荀清晓也学着我的样子站上了另外一台。虽然以她的身高，还做不到将双手搭在前面的把手上，不过至少能抓住一旁矮一截的把手了，不至于让我担心她的安全。

"我先声明一下，"见她一直不说话，我便主动开了口，"如果你离家出走的理由只是因为和你爸爸吵了一架什么的，我就立马带你回家，知道吗？"

我已经尽力让自己的话听起来很严肃了，不过能不能达到震慑的目的，就不得而知了。

或许是达到了吧，我能听见她小声地"嗯"了一下。

"萧萧姐姐，能请你推理一下我妹妹的名字吗？"

她口中的妹妹，应该是那个尚未出生的孩子吧。可是推理她的名字，又是什么意思呢？

我将脑海中的问题问出口，荀清晓这才发觉自己什么都没有说明。或许是情绪有些激动的原因，她的解释语无伦次前后颠倒，幸好我是她的姐姐，知道一些背景，才好歹听懂了她的话。

简单概括一下。一个月前，他们一家去了外婆家探望老人。当时外婆已经住院，于是家里就只有外公一人，那天刚好是他从医院回来在家休息的一天。一家人聊起了肚子里的小宝宝，荀清晓的妈妈说在网上查了不少资料，觉得可能是个女孩。听了这话，外公一下兴奋起来，说要给这个孩子起名字。

荀清晓的妈妈，也就是我的婶婶，觉得荀清晓的名字是由男方那边起的，那么第二胎的名字由女方来起也没有关系，荀清晓的爸爸也没意见，于是就这么决定了。

大概一周前，因为外婆想外孙女了，外公便带着荀清晓一起去医院看望。就是那次探望，外公告诉她，他已经想好名字了，还把写有名字的那张纸放在了一个盒子里。不过这个名字要暂时保密，等到荀清晓的妈妈顺利生出小宝宝后再把大家带到这里，一起揭晓这个名字。

据荀清晓说，当时外公看上去很兴奋，也很期待，就像是即将迎来婚礼的新郎一般。

然而，在外公去世后一家人收拾他的物品时，却没有找到那张写有名字的纸。由于外公的去世以及妈妈的临产，姨妈和爸爸都没有把这件事放在心上。虽然这个名字的确凝聚着外公的心血，但说到底也不过是一个名字而已，完全可以再取一个。

不过荀清晓可不这么想。

当时外公那张满怀期待的脸，终日浮在她的心头，怎么也忘不掉。最后，她因为跟爸爸谈不拢，只好一个人跑了出来，找我求助了。她觉得如果是我的话，说不定就能推理出外公给尚未出生的妹妹起的名字。

听完了她的话，我从漫步机上下来，退到了树荫下的长椅边上。荀清晓也跟着我过来了。我们两人都只是站着，没有想要坐下的意思。

我深叹了口气，向家的方向瞥了一眼后，才半蹲身子，平视着她的眼睛，语气平和地问道："你小学一二年级的时候做过那种题目吗？就是写出名字的意义这类的。"

她点点头。

"做过。'清晓'是天刚亮的意思，我是在天刚亮的时候出生的，所以就起了这个名字。"

"那你知道姐姐的名字是怎么来的吗？"

她轻轻摇了摇头，眼中闪过一丝好奇。

我站起身来，有些无奈地说道："我也做过类似的题目，当天我拿着问题回家问爸妈我的名字是怎么来的，你猜他们是怎么说的？我爸说，关于我的名字他们始终讨论不出一个结果，最后还是在我出生之后，实在没有办法了，爸爸才一拍脑袋说'就叫荀萧萧吧，这个名字听上去不错'。于是，我的名字就这么被稀里糊涂地确定下来了。第二天我把这个当成答案交了上去，还被老师骂了一顿，说我是在应付作业，真是有苦说不出。

"所以你知道我想说什么吗？我不是什么名侦探，也不是心理学家。起名这种事，真的很主观很没有规律，绝不是你说一句'拜托帮我推理一下吧'就能得出结论的。"

我的话还没说完，苟清晓的脸色便黯淡下去，泪水在眼眶中不停打转，薄薄的嘴唇也紧紧地抿起来了。

苟清晓的想法我不是不能理解，但是这个任务几乎是不可能完成的，换作是别人也会拒绝吧。平时我自称名侦探多半也是在开玩笑，这么严肃的事情，如果搞错了我可负不起这个责任。

可是，看着矮我一个头的妹妹，我却无论如何也说不出拒绝的话。外公对新生的小宝宝的期望，那个满载着爱的名字，以及对这个名字无比期待的苟清晓，如果我就这么直接地拒绝的话，会不会太过无情呢？

我的朋友总是说我性格太软不会拒绝，可能真的是这样吧。

"不过呢，仅限今天一天，我会尽全力帮你去找到答案的，好吗？时间就截止到晚上六点吧。到了那个时候，不管有没有结果，我都会送你回去，你看这样可以吗？"

对于此刻的苟清晓而言，我的话应该是莫大的安慰吧。只见她那一直在眼眶中打转的泪水终于涌了出来，顺着脸颊落到了上扬的嘴角上。

苟清晓笑了。这个爱笑的孩子今天还是第一次笑呢。

如果我能守护这个笑容就好了。

2

苟清晓的外公放在医院里的东西已经基本被搬回去了。本来外公打算长期照顾外婆，因而将一些有用的东西带了过去，没想到外婆一直嫌烦，每天都嘀咕着要让外公把东西带回去，可外公一直不肯。现在外公去世了，不会再有人阻拦她了。

"上次我跟着外公去看望外婆的时候，外婆还骂了外公，说他根本不会照顾人，这一个礼拜让他整得全身都疼，还吵着要把他赶回去，让女婿来照顾。"

在我们乘公交车前往苟清晓外婆家的时候，她神情黯淡精神不振地说道。

不过，事情可能不是她想的那样……

据说苟清晓的姨妈去拿外公的遗物时，外婆一直背对着她，嘴上说着让她快拿回去，声音却带着哭腔。

外婆从来没有嫌烦吧，她只是担心外公会因为照顾自己而弄坏了身子，所以才用这种方法，想把他"赶"回去。

我大概有些明白了，那两位老人家是什么样的人。

下午三点半刚过没多久，我们便抵达了目的地。

那是一条从主干道上分出的泥路，泥路一旁是一个泛绿的池塘，池塘边上长满了绿苔和像是芦苇的草。顺着泥路绕着池塘右拐后才见到了外婆家的大门。透过大门的栅栏，我能看到里面的小池塘，这应该就是以前姊姊向我介绍过的那个鹅卵石做成的小池塘。

"这里以前还养了好几只鸡，"在我用荀清晓带着的钥匙打开大门，探头探脑地张望的时候，她指了指池塘边上的那块空地说道，"不过我上次来的时候就没有了，那个时候外婆已经住院，外公也留在医院里不经常回家了。"

好多年前听说她在外婆家抓过鸡，那时候我也才刚上初中，对我这种在城市里长大的女孩来说根本想象不了这种事。可能是吃不到葡萄硬说葡萄酸的心理，我还故意嘲笑她抓鸡抓得浑身是泥，又臭又脏。那个时候的荀清晓瞪大了眼睛，气呼呼地鼓起了嘴，接着就一整天没再理我了。现在想来，那应该是属于荀清晓的珍贵回忆。

然而联系这份回忆的纽带，却因为今年的各种变故而被扯断了。如此考虑的话，我也有些体会到这个小家伙的心情了。

池塘、家畜、瓦片房……这些就是外婆家的全部了。对我来说这里不过是世界上的某个角落而已，然而对于荀清晓的外公外婆来说，这里可能就是一个世界。

曾经听小家伙说过，外公外婆安居在这里之后，就再也没有离开过。当然这番话她也是从她妈妈或姨妈那里听来的。

房子的门没有锁，不过可能是有些陈旧了，想要推开这扇门需要费一点劲才行。缓缓开启的大门搅动了里面的腐旧空气，一股说不上来的带着点臭味的气体扑面而来，刺激着我的鼻腔。我们的闯入打扰了在这里沉睡的幽灵，他们的使命是守护过去的秘密，我们的到来想必让他们慌了手脚，正在空中四处乱窜。

推开门后，眼前就是一个偌大的客厅。客厅空荡荡的，只有两旁象征性地摆了两张沙发。在一个角落还放了一张红木桌子，上面放着几个热水瓶和一些像是放月饼的盒子——里面可能放着一些小零食或是糖果之类的东西，据说荀清晓的外婆最喜欢吃甜食了。

"你外公的房间在哪里？"

荀清晓没有回答，只是沉默着一个人往前走。她完全没有等我的意思，于是我只好加快步伐跟上她。

客厅左侧有一条走廊，沿着走廊走到尽头，就会看到一间大厨房——和客厅一样空荡荡的，真正可以利用的只有一小部分。从走廊来到厨房后，转过身就能在左前方看到通往二楼的楼梯。楼梯狭小而陡峭，很难想象两位老人平时是怎么在这里上下楼的。

楼梯前放着两双棉拖鞋，不过从楼梯上的鞋印就可以看出已经有人不遵守这条规则了。这人或许是荀清晓的妈妈，又或许是她的姨妈，甚至可能是外公自己。

我看了眼自己的红色板鞋，两侧已经能隐隐看出一些泥土的痕迹了。我可做不到视若无睹，便脱下了鞋子，直接踩上了楼梯。虽然只是一个微不足道的细节，但这也是我所能做到的最大程度的尊重了吧。

我和荀清晓一起上了二楼，二楼只有一间大房间，甚至连厕所和浴室也没有。大房间里靠墙摆着两张床，床的两旁分别放了两个床头柜，其中最靠近外侧的那个柜子上还摆着一个精致的蓝色花纹台灯。

床脚的正对面是有些年头的梳妆台和一个写字台，两者的中间则是一台我只在照片上见过的像箱子一般的电视机。写字台的外侧是一个衣柜，衣柜上还画着两只可爱的小动物。梳妆台的内侧是一把竹编椅，也是我很难在家里看到的东西。

电视机的一旁放着几本像书一样的记事本，远远地就能看到第一本的封面上用毛笔写着"易安词集"四个字。或许这是荀清晓的外公自己摘录的。下面一本的书脊处写着"柳永词集"，应该也是一样的。再往下是别的诗人或词人的摘录，有些我在课本上见到过，有些则没有。

记事本的前面还有两个杯子，看起来有一些年岁了，至少比我的年龄要大。白色的搪瓷杯上各写着两个大字，其中一个是"孝忠"，另一个是"易安"，不过后者的杯子似乎比前者白，字的周边还点着一些黑点。

"写着名字的纸条就放在那里面。"

身后的荀清晓忽然开了口，惊得我身子一抖，差点把手中的杯子摔在地上。我不禁有些恼怒地转过身去，可她却无视我的反应，绕到我的身前，径直走向了写字台。那上面摆着一个搪瓷托盘，托盘上则堆了两层的小盒子，一层有四五个，大小不一，色彩缤纷。

算了，现在不是生气的时候。我将杯子放回原处，来到了荀清晓的身旁。

我随手拿了最上层的一个，翻来覆去地打量了一番后，觉得应该是个放糖果的盒子。不过从声音来判断，里面应该不是糖果，而是别针之类的东西。

她将上层的其他两个盒子拿下来后，伸手抽出一个绑着紫色缎带的粉色心形盒子。她将盒盖打开后，右手托着盒子伸到了我面前，用萎靡不振的声音说道："本来在这里面的。"

我从她的手上接过这个小盒子，发觉里面不是我想象的那样空空如也，而是放着一些东西。里面躺着几张白纸，隐约还能看到旧版人民币的一角。掏出几张来看，才发觉上面写着一些熟人的电话号码，其中甚至有我家的号码，不知道爸妈什么时候给的。

不过当务之急可不是找那个消失的纸条，而是要找到关于那个名字的线索。于是我将荀清晓放在写字台上的盒盖盖回去，将盒子放回了原处。

扭头一看，荀清晓已经跑到梳妆台那里了。她正低着头专心翻着梳妆台的抽屉，从她低落的情绪中还能看出一丝坚毅。

真是一个执着的孩子。我一边这样想着，一边也蹲下身子，拉出了抽屉。最底下的抽屉放的是一些生活用品，第二层则是一些水电煤的账单，直到第一层才有了收获。

那是很厚的一叠纸，而且没有好好整理过，看起来有些乱糟糟的。但实际拿起来后，才发现不是主人没有整理过，而是这些纸张本身就大小不一。

最上面的那张看起来是海报，而且还是一张有年代感的海报，估计是二十世纪五六十年代的产物。整张海报以红色为底色，偏左上的区域用毛笔写下了"凤栖梧"三个字，右下方的区域则画了一个舞台，舞台周围被一圈珠帘围着，外面是一张张桌子，每张桌子上都坐满了人，有的人站起来举杯相碰，有的人向舞台方向张望喝彩，光是看画面就能领略到其中的热烈非凡。在画的下方还写着三行字——

今晚曲目
洞仙歌
柳永

　　我将整叠纸拿起来，除了最后一张是第一届全国人民代表大会的剪报外，最后的倒数几张都是类似的海报。我将那些海报一字排开，发现风格出奇一致，仅有"今晚曲目"部分略有不同。看来"凤栖梧"是这个节目的名字，具体的表演内容应该就是唱词吧。至于怎么唱，我就全然不知了。推算一下宋朝也是一千年前的事了，那时候的唱法会留到现在吗？或许有也说不定。

　　再往前，就是第三届全国人民代表大会的选民证和第四届全国人民代表大会的剪报，这些都不是我要找的东西。

　　我将这叠纸按原来的样子整理好，继续翻上面第二张。

　　这张也是海报，不过显然就是最近的了，是苟清晓就读的那个小学举办的儿童节活动的海报，大概是每个班级推出一个游戏，然后每到一个班级就能在自己的手册上敲一个章这种游戏形式。游戏还邀请一位家长参加，在海报的下方还有一行家长签字。我想既然这份海报出现在这里，说明陪同苟清晓去的就是她的外公了。签名一栏用苍劲的字体写下了"秋孝忠"三个字，想必是他的名字了。背面还列着各个班级的活动列表和样章，真是热闹呢。我特意找了找苟清晓所在的班级，发现他们班的活动居然是"知识大爆炸"，放在这些千奇百怪的活动里真是有点无趣呢。说起来，我从小学到高中都没经历过这种活动，怕是只能在小说中体会了。

　　就在我打算看第三张的时候，却听到一旁传来窸窸窣窣的哭声。扭过头去，只见苟清晓一只手扶在竹编椅的把手上，另一只手正在粗暴地抹眼泪。抹眼泪的速度终究比不上流眼泪的速度，一滴滴晶莹的泪珠滴落在灰色的地板上，晕开了一片阴影。

　　我连忙放下手头的东西快步上前，搭上了她的肩膀。见我来了，还没等我停下脚步，她便一下扑进我的怀里。

　　"我上次来的时候，外公就坐在这把椅子上……"她的话因为止不住的哭声时断时续，声调也高了起来，"本来我们好好地吃着饭，外公还很高兴地说要起名字，然后吃着吃着就哭了。我们问他怎么了，他没说，只是哭得更厉害了。他离开饭桌，拉着这把椅子去了外边，对着门口的池塘哭。我问妈妈外公怎么了，她说我还小，就不告诉我。"

　　那天，苟清晓一家陪妈妈从医院做完产前检查回来，刚好外公在家，就顺路去看望一下，问一下他和外婆的近况。因为这次来得比较突然，外公没有准备，他一边兴奋地泡茶烧饭，一边热切地询问孩子的事情。苟清晓的妈妈说了医院检查的结果没什么大问题之后，又说自己在网上看了些资料，结合当初生下荀清晓的经验，觉得这一胎应该是个女孩。

外公一听，高兴坏了。他把饭菜端上餐桌后，笑眯眯地说，要给这个孩子取名字。荀清晓的妈妈也答应了，问他起什么样的名字比较好。外公不假思索地说他已经有想法了，而且刚好和荀清晓的名字搭配。不过再细问的时候，外公又绝口不提，只是笑着说到时候会告诉他们的，现在要保持神秘感。

见他怎么都不愿说，荀清晓的爸妈只好放弃了，就随便聊了点近况。最近外婆的身体渐渐好转了，外公相信很快就能出院了，还说等外婆出院后，一定要给她做一顿好的。

平日里都是外婆在做菜，就算外公想帮忙也不许，说是外公只会给她添麻烦。偶尔也能听到外公抱怨说外婆烧的菜已经吃腻了，想要自己烧一顿。这么说的结果，当然是被外婆狠狠骂了一顿。

那天自然没有聊这件事，这是荀清晓想起来后补充的。

就是在这个时候，刚刚还在笑的外公没有征兆地哭了起来，起初只是眼角挂一两滴泪水，发觉其他人在看着自己时也只是笑着说没事，可他的话音还没落，泪水便如决堤一般从眼眶中涌出。他说着"没事没事"，让大家继续吃饭，一个人拉了把椅子，坐在了门外，在阳光下默默地抹着眼泪，留下一个孤独瘦小的背影。

如果我也是荀清晓那个年纪的话，可能只是觉得外公很伤心，进而感觉到同情。可我现在已经长大了，渐渐能理解荀清晓外公的悲伤。

那是一个坚强乐观的人，在撑过了人生中最低落的一段时期之后，所暴露出的短暂的脆弱。

这份悲痛压在了我的心头，让我的心情也变得沉重起来。我一向不喜欢沉重的话题，于是便将注意力从外公的情感上生硬地拉开了，转而去关注与谜题相关的那个部分。从刚才荀清晓的叙述中，我好像听到了一样至关重要的线索。

"荀清晓，刚才你说，听到孩子可能是个女孩后，外公就提出了起名的建议，并说自己已经准备好一个名字了？"

哭声渐渐止住了，可她还是没法开口，只是呜咽着"嗯"了一声。

"而且，是一个与荀清晓搭配的名字？"

"嗯。"

"之前你说你名字的含义是什么来着？清晨？"

"是的。"

这么说来，这个问题或许就有解了。

　　从外公的态度来看，他一开始并没有起名的打算，但是一旦有这个打算他就立马想到了某个名字。这就说明作为名字的词语或组合，对于外公而言一定有意义，而且是非同一般、张口即来的意义。

　　此外，这个名字还和时间有关。正常来想，应该是与清晨或是夜晚相关，但说不定也会有中午、午后之类的意思。但这不重要，因为范围已经在很大程度上限定住了。

　　具有某种意义的词语或组合，这个发现确定了这个谜题是可解的；而和时间有关，则是确定了我们有解开这个谜题的希望。

　　我迫不及待地将自己的发现说出了口。说着说着，我才意识到此刻的我竟比荀清晓更加投入，更加兴奋，或许我真的是一个不习惯悲伤的人吧。

　　听我说完之后，她在脸上横擦竖抹的手停下了，放下来，露出那双充满希望的眼睛。

　　兴奋没有持续多久，在我们两个都没有说话的这段时间，似乎有什么声音传到了我的耳朵里。我想起了楼下那扇沉重的木门，想起了推开门时的吱呀声。

　　难道说有人进来了？可是除了我们之外，还会有谁来呢？该不会是幻觉？

　　楼下隐隐约约传来的脚步声和说话声告诉我这不是幻觉，确实是有人来了。我赶紧捂着荀清晓的嘴巴让她不要出声，然后松开手让她留在这里，自己一个人下楼去看看情况。

　　脚步声越来越近，我也能听清对方的话了。那是一个成年女性的声音，她也在试探性地询问是不是有人在这里。

　　就在我走下楼梯，准备穿上鞋的时候，那个人转过身来，和我打了个照面。

　　那是一个穿着红色套装的女人，胸前还别着一个名牌，应该是在下班之后立马起来的。

　　名牌上标注着她的工作编号，以及名字——秋夜月。

3

　　我和这位名叫秋夜月的阿姨对视了几秒之后，连忙移开视线。她大概也是没料到会在这里看到人吧，许久都没有开口。

　　"我叫荀萧萧，是——"

　　"哦。"

阿姨对我的自我介绍根本不感兴趣，还没等我说完来此地的目的，她就从我的身旁挤了过去，噔噔噔踩着楼梯上到二楼去。

真没想到荀清晓的姨妈这么急躁，虽然我们之间的关系确实不近，但好歹听我把话说完呀。很难想象这位姨妈冲上去只是为了和荀清晓好好谈谈，于是我也赶忙跟了上去。

上到二楼之后，果然看到阿姨正抓着荀清晓的肩膀，蹲下身子质问她，而荀清晓则躲开了她的目光，一副快要哭出来的样子。

"你知不知道你爸爸有多担心，他给我打了好几次电话让我想想办法，你知道姨妈今天要上班，是在正忙的时候被叫出来找你的吗？"

虽然她已经在尽量克制自己了，但是说出来的话依然充满了责备的语气。

"你妈妈今天去医院了，知道吗？这种关键时候，你还给家里添乱。你说，你跑到这种地方来干什么？"

荀清晓还只是个小学五年级的孩子，一碰上火冒三丈的大人，就吓得说不出话来。见此情景，我觉得自己有必要尽到姐姐的责任，帮这个可怜的妹妹解围。

然而我根本就没有插话的余地，阿姨只顾自己说，根本就听不到我在叫她。不，或许听到了也说不定，只不过我是个外人，她兴许不想理我。

"阿姨。"我提高了些音量，这才让她转过头来看着我，不再针对荀清晓一人了。

"我是陪荀清晓来的。事情有点复杂，很难解释——"

"那就不要解释了，"阿姨冷冷地回道，她直起身来，抓起荀清晓的手，"我把她送回去，你也早点回家吧。"

说罢，阿姨就拽着荀清晓往楼梯方向走。荀清晓大声哭嚷起来，想要扒开阿姨的手，但苦于自己还是个小孩，完全没办法挣脱。

"阿姨，请等一下，先听我说完吧。"我连忙挡在阿姨的面前说道，现在事态紧急，比起让她去理解荀清晓这么做的原因，不如直接抓住重点好了，"现在最困扰荀清晓爸爸的问题，是不知道她在哪里，是吧？可是现在已经找到她了，那么是不是意味着就不用担心了呢？"

在她打断之前，我几乎是抢着说了下去："荀清晓没有离家出走的打算，也想着等这件事完成后就回去。而且她也没有一个人行动，而是一直和我一起，不是吗？我会看好她的。以前每逢过年过节的时候，他们都会把荀清晓交给我，让我带着她玩。他们对我是很放心的，这一点我绝对敢保证。阿姨不如就当作是苟清晓来找我玩吧，只是很抱歉没能提前通知而已。"

"另外，现在苟清晓的妈妈正在住院，比起让苟清晓在医院里无聊地等，分散她爸爸的注意力，还是让我带着她出来玩更加让人放心吧？"

光是这样还不足以让阿姨信服，于是我接着说道："我知道最让大家焦虑的是找不到苟清晓，那么就请麻烦阿姨去通知一下苟清晓的爸爸，说她现在正和我在一起，我晚上六点就会送她回去的，你看这样可以吗？"

阿姨低头看了眼正在啜泣的苟清晓，后者轻轻地点点头，喃喃道："萧萧姐会陪我的，我会回去的。"

这下，阿姨总算放开了苟清晓的手，她面带愠色，一言不发地回头走向房间深处的衣柜，在里面挑出几件衣服叠好后，从我们俩的中间穿过，往楼下走去。

看来我和苟清晓暂时渡过了危机。不过我还是有些问题想要请教一下阿姨，于是我向苟清晓打了个招呼，拜托她在不弄乱的前提下找一些关于时间的资料后，立马跟了下去。

下楼后，却始终找不到阿姨的身影。我沿着走廊跑到客厅，才听到屋外有些动静。透过窗子往外一看，原来阿姨回到了车上。我本以为她这是要离开，可没想到她又从车上下来，手里还拎着一个袋子。袋子沉甸甸的，里面似乎塞了不少东西。

我连忙离开窗口，往走廊方向退去。待我退到走廊口时，恰好阿姨推门进来了。她见了我之后也没说什么话，就拎着袋子从我身旁走过，往厨房那边去了。在她经过后，我偷偷瞥了眼，才注意到袋子里装的是苹果。

跟在阿姨身后，我不禁在想，为什么这个场景那么像一个做了错事的孩子跟在妈妈身后呢？可是我明明已经过了这个年龄了呀，如果是苟清晓倒还有点可能。

来到了厨房后，阿姨将袋子放在一个八仙桌上。从中挑出两个苹果，转身走向厨房的水斗处。将苹果冲洗一番后，从一旁的架子上取下了一把水果刀，整个过程没什么不自然的地方，就像这里是她自己的家一样。或许这位阿姨平时没少来帮忙吧。

"有事？"她右手持刀，将刀尖抵在苹果的底部，在开始挖之前，漫不经心地问道。

"那个……刚才真不好意思，我不是有意想要顶撞您的……"

"别放在心上，你没做错什么。"她又补上一句，"像你这样还会和长辈道歉的孩子已经不多了。"

突如其来的夸赞让我的心跳一下子快了起来，一时不知该接什么话好。明明平时怎么自夸都好意思的我，怎么会因为这种称赞而慌了神呢。

阿姨似乎没有注意到我的窘迫，继续说道："晓晓这孩子真的固执，跟爸一样。"

"欸？我？"

"不是，我是说荀清晓。"

原来是听错了，不知为何我居然为此松了口气，看来我是真的很怕给人留下不好的印象。

"'固执'这个词是说……名字的事情吗？"

"是啊，不就是个名字嘛，再起一个就行了。可是这孩子就是在闹，真让人心烦。"

她叹了口气，接着说道："我今天来是把爸剩下的东西从医院带回来，顺便来拿妈的衣服的，没想到正好撞见她。"

说起来，荀清晓的外公在医院去世之后，他的一些东西还留在外婆的病房里。

"所有东西都是阿姨陆续带回来的吗？"

"荀学武忙着照顾我妹妹，哪有空管我们这边的事。爸走之前，都是我们家在负责妈的事。"

荀学武是我叔叔，荀清晓的爸爸，也是秋夜月阿姨的妹夫。

削完了一个后，她从旁边拿来一个盘子，将苹果放在里面并切成块。这个过程中，她看了我一眼，随口问了句："吃苹果吗？"

"不用了，谢谢阿姨。"

"吃一点吧，反正晓晓也吃不了那么多。"

阿姨继续像刚才那样背对着我，但那背影比刚才少了几分抗拒，现在或许是追问下去的最好机会。

"关于名字的事……"我想了一下该怎么说明比较好，却想不出合适的说法，只好放弃，"因为我对荀清晓家不太了解，对她的外公也不了解，所以想问一下阿姨关于她外公的事。我想外公给她妹妹起的名字，可能和他的过去有什么关系吧。阿姨如果不介意的话……"

我很怀疑她会拒不回答，毕竟我和她不是什么熟人，这样提问总有种在打探别人家隐私的感觉。

幸好，阿姨并没有直接拒绝，但也没有开口。她挖去苹果底部的一圈皮后，开始对着水斗削苹果皮，这一过程中始终没有回答的意思。

不能催促，我只好怀着她会回答的希望，静静地站在她身后等着。

许久之后，她才开了口。

"爸真的很辛苦。"

这句话飘进了我的脑中，如同墨水一般在我的脑海中晕开，成了一幅黑白的画。画面中的老人就像荀清晓所说，端着把椅子，默默地坐在门前抹着泪。阳光下，他的背影是那么孤单……

"再早的事情我就没有听爸说过了，我只知道，爸妈都是从别的地方来的。'文革'知道吗？"

"嗯，历史课上讲到过。"

"那时候爸妈好像和什么人结了仇，那人借着'文革'，想要找爸妈的麻烦。然后爸妈就一直逃啊逃，跨过了大半个中国，总算在这里安定下来。在这个地方，一住就是三十多年。"

那个时代的疯狂，可能是我这个年纪的人永远也无法理解的。我依稀记得在初中的时候，老师给我们放过那时候的影像资料，我们看了之后只觉得好笑。啊，说起来，当时上课的老师也是七八十岁的样子，当时他似乎也陪着我们笑，但现在想想，那苦涩的笑容似乎还暗含着一些别的含义。

"住的地方是定了，但麻烦还不少。你们来这里的路上看到对面的那户人家了吗？就是马路对面的。"

我摇摇头，坦白地说自己没有注意到。来的时候全部的注意力都放在这里了，完全没有发现对面也有一户人家。

"现在那里已经没人了，以前的时候，那家人隔三岔五地来找爸妈的麻烦。"

说到这里，阿姨暂时停了下来，将已经削好皮的苹果放在盘子里，用水果刀切成了块。

"为什么要找他们的麻烦呢？就因为他们是外乡人？"我忍不住问道。

"有这方面的原因吧。"

阿姨直起身子来，也停下了手上的动作。她看着眼前已经锈住的纱窗，仿佛从那里看到了过去的自己。

"这件事是在我小时候发生的。爸领着我去什么集会，也不知道是开玩笑还是真的弄错了，那家人的当家把爸的名字念错了。念错之后还嬉皮笑脸地跟爸道歉。结果爸当场就翻脸了，我到现在还记得爸当时说的话——

"'你知道名字有多重要吗？'"

我听见阿姨似乎轻声笑了一下，这笑声过于突然，以至于我怀疑自己是不是听错了。可当我想要确认的时候，阿姨却已经低下头去，继续用水果刀切苹果块了。

"从那以后，爸就再也没有和那家人来往，那家人好像也因为爸开不起玩笑，就断绝了往来。偶然在路上碰到，还会来损几句。后来没过多久，那家人就搬走了，现在也不知道去哪儿了。"

阿姨重又抬起头来，端着一盘苹果转过身，递到我面前。

"给晓晓送去吧。聊得有点久了，我也该走了。"

听阿姨说完之后，我非但没有心情舒畅的感觉，反而觉得有点沉甸甸的。一位老人在门前落泪的画面再度浮现在脑海中，和这画面一起出现的，还有荀清晓的请求。

——求萧萧姐姐帮我推理一下妹妹的名字吧！

这个平时说话喜欢拐弯抹角的小家伙，第一次这么直接地表达自己的希望，第一次对我用了"求"。她是见到了外公怎样的一面，才会如此执着于这个名字呢？这个问题的答案，我想我已经有点眉目了。

我接过苹果，向阿姨郑重地道了谢。我回到楼梯前，脱下鞋子往上走了几步后，忽然间想到了一个问题，这个问题过于重要和紧急，生怕阿姨已经开车离开的我赶紧将苹果放在楼梯上，飞奔下楼，顾不上穿鞋就往外跑去。

当我穿过走廊的时候，听到外面传来关上车门的声音，便连忙加快脚步，冲出了大门。

"阿姨等一下——"

马上就要加速开出去的红色汽车停了下来，驾驶座的车窗被摇了下来，阿姨从里面探出头来，看到是我之后，抬高了音量问道："又怎么了？"

"我想问一下关于那些盒子的事情，阿姨把它们拿回来的时候，没有打开吧？"

"打开？"阿姨似乎很不解，"爸总是喜欢收集这种破烂小玩意儿，是我早就扔了。还有什么事吗？"

"还有就是——"想了想，这个问题是肯定不会得到答案的，我便干脆放弃了，"没什么了，谢谢阿姨。"

阿姨向我挥了挥手后，便回到车内，发动车子径直离开了，连最外面的大门都没有关。我走过去将大门关上后，才猛然想起自己出来的时候没有穿鞋，低头一看，白色的袜子上早已沾满了泥。

算啦，比起这个，还有一些重要的事情要做。如果不出意外的话，应该马上就能给苟清晓一个满意的答案了。

4

我重又回到楼梯口那边，往上看去还能看到那盘被我暂时放在地上的苹果。如此一想稍微觉得有点对不起苟清晓，把她晾在上面那么久，还把放在地上的苹果给她吃。

不过，只是这么一会儿，大概也没有关系吧？

我把袜子脱了放在鞋子里后，才安心上楼。赤裸的脚踩上冰冷的地板，有种奇妙的感觉。但当前也顾不了那么多了，我尽可能不去注意脚下的感觉，端起那盘苹果回到了楼上。

轻轻推开门，发觉苟清晓正认真地趴在桌子上研究那几份资料。她注意到我这边的动静，回头看了一眼，便又一声不响地继续埋头研究。

"阿姨给你削了几个苹果，需要牙签吗？"

问完之后我才想起来，自己是第一次来，根本不知道牙签放在哪里。

好在苟清晓也没有特别的要求，还没等我把盘子放下就把手伸了过来。想想或许是她没有吃午饭就来我家了，现在正饥饿难耐。

于是我将盘子放在一旁，自己顶替了她的位置，看到桌上摆着一排的海报，其中有几张还被往上抽出来一点以示区别。最右面那张是大红色的"凤栖梧"，看来这就是我找到的那叠东西了。

"没有弄乱吧？"

"没有，我按照顺序排的。"

"有什么发现吗？"

"没有姐姐说的那种，找不到和时间有关的东西。"

"那么这些呢？"我指着其中一张被抽出来的像海报一样的东西，最上面贴了一个大大的红双喜。

苟清晓一边咬着苹果，一边歪了歪头。

"觉得可能会有用。"她快速咬碎了苹果，含混不清地答道。

她抽出来的从海报到邀请函无一例外都是与婚事相关的，其中只有一样和丧事相关，不过我也看不出名堂就是了。

太过遥远的关系就没有探寻的必要了。于是我在没有打乱顺序的情况下，将荀清晓的劳动成果又精简了一下，只留下三张看起来和我们密切相关且不重复的资料。

从左往右数的第一张是当地另一户人家的婚事，上面的日期是 1984 年 7 月 1 日。第二张是 2003 年 8 月 24 日，成婚的是那位名叫秋夜月的阿姨，她的丈夫名叫奚新语。第三张是 2009 年 1 月 10 日，成婚的是荀清晓的父母，也就是我婶婶秋黄莺和叔叔荀学武。

虽然荀清晓的工作到此为止，但是这给了我一点启发，于是我在余下的纸张里找到了两个与出生有关的照片和记录。荀清晓的生日我记得是 2009 年 10 月 12 日，和手头上找到的资料相吻合。那上面居然看到了我爸的字迹，好像是在解释名字的由来。不过他的字连我这个亲生女儿都看不懂，就不用提荀清晓他们能不能看懂了。

另一位就是秋夜月与奚新语的儿子，名叫奚江月，出生日期为 2004 年 12 月 24 日。不过这上面除了有父母的名字之外，还写了外公外婆的名字——秋孝忠和李易安。

外公的名字叫秋孝忠，我已经从儿童节海报上了解了，不过外婆的名字我倒是第一次见到。这么一想，记事本前的两个杯子上的名字就是外公和外婆的吧？

啊，我真是笨，那时候我就该想到了。住在这里的只有两位老人，那上面的名字当然就是他们的了。要是连这点都想不出来，我还是别自称名侦探了。

一旁的荀清晓一口气把盘子里的所有苹果都吃完了，真是完全没有想过要给我留一点。

"姐姐怎么样？找到什么线索了吗？"

"唔……算是。"

一听这话，荀清晓忽然就兴奋起来，她紧紧抓住我的手，那双小眼睛充满希望地仰视着我。

"是有答案了吗？真的是吗？"

"呃……"虽然确实是有点想法了，但是该不该将这个想法告诉她呢？

就在我全神贯注地思索着该怎么回答时，口袋里的手机振动起来，吓得我全身抖了一下，赶紧有些慌乱地将手机从口袋里掏出来。一看来电显示，居然是爸爸打给我的。他现在不是在上班吗？怎么突然给我打电话了。

电话刚一接通，对面就传来爸爸略带怒气的声音。

"萧萧，你现在是不是和小清在一起？"

"是的，我说过晚上会把她带回去——"

"现在就把她送回去！"爸爸严厉地命令道。平时随和的爸爸竟也会用这种语气说话，可见他现在的心情一定很糟糕。

但即便如此，我也有我必须要坚持的东西，所以此时我必须明确地拒绝爸爸的命令。

可他没有给我这个机会。

"小清的妈妈被送进去了，你还想添乱吗？"

欸？那……那就是说……

不用爸爸多说，我一口答应之后便干脆地挂断电话。简要地向苟清晓复述了电话的内容后，她也一下子紧张起来。

"可是……可是……"眼看她又要哭出来了，"妹妹的名字——"

"没关系的，"我下意识地蹲下身去，捧住她的脸，"没关系的，我已经推理出你妹妹的名字了。现在我们时间紧迫，等我们路上再说，好吗？"

苟清晓哭丧着脸盯着我看了几秒后，才缓缓地点起头来。

"我相信萧萧姐姐！"

这句话，就是本次委托最好的报酬了吧。

5

白色长廊的一端是一扇紧闭的门，门上亮着的灯成为连接内外的纽带。里面正在发生什么呢？婶婶她怎么样了？苟清晓的妹妹如何？所有的这一切，都只能借那盏灯来想象。

静悄悄的走廊上，只有我和苟清晓在尽力奔跑。明明只是一段很短的距离，苟清晓却依旧奋力跑着，远远地跑在了我前面。

我瞥见原本垂头坐在长椅上的叔叔听到声音后像是如梦初醒一般抬起头，朝我们这边看过来。

看到苟清晓的身影后，他猛地站了起来，那双憔悴的眼睛凝视着我们的方向。

苟清晓在叔叔面前停了下来，双手撑在膝盖上大口喘着气。稍微恢复一些后，她便连忙从裤子口袋中拿出那张折叠起来的白纸，想要将其展开，然而那双颤抖的手却怎么也拉不开。

"这是……妹妹的名字。外公给妹妹起的名字……"

叔叔沉默着从她的手上接过那张纸，轻轻展开。白纸上仅写了三个字，那是苟清晓所说的妹妹的名字——

苟晚歌

6

好不容易挤上了公交车，在后排找到个座位坐下来，苟清晓便迫不及待地询问关于名字的事情。

"关于名字，我想一开始我也解释过了，一般而言名字是非常主观的东西，基本很难找到逻辑去推理某人会起哪个名字，这纯粹是一个心理学上的问题。但很幸运的是，你的外公起名字是有规律的。"

她饶有兴趣地听着，认真地提问道："规律是不是姐姐说的那个什么与时间相关或相对？"

"唔……这个也算是一个，不过目前先不管它，因为还有另外一条规律。"

其实最初在看到阿姨胸前的名牌时就觉得有点奇怪了，因为这个名字给我一种似曾相识的感觉。后来再看到这个家其他人的名字之后，这个答案才从脑子里跳出来。

"秋夜月是词牌的名字，而你妈妈的名字是秋黄莺，对应的词牌是黄莺儿。另外还有一个人，虽然给他起名字的还不确定是谁，但是毫无疑问，他的名字也符合这个规律，那就是奚江月，对应的词牌是西江月。"

我用手在空中比画了一下，好让苟清晓明白其中的差别。对于没有系统学过词牌的苟清晓而言，这可能有点难以理解吧，所以我又附带说明了一下词和词牌是什么。

"还记得外公房间里的那几本笔记本吗？都是外公或外婆自行摘录的，其中有两本还命名为'易安词集'和'柳永词集'。从这一点也能看出，他们对词有着极大的爱好。"

就算我进行了说明，苟清晓也依旧是似懂非懂的样子，好在她还是抓住了问题的核心。

"那么，外公给妹妹起的名字，也和词牌有关？"

我点点头肯定了她的说法，接着说道："我们来看一下规律。首先第一个起名的一定是阿姨，她是你妈妈的姐姐，所以在给她起名时，利用了'秋'姓起了'秋夜月'这个名字。而当你妈妈出生时，'秋'字已经限定了。或许还有别的带'秋'字的词牌，但就结果而言外公应该是放弃了这种直接套用词牌的方法，而是进行了一定的变换。"

"所以才会……"

"所以才会取了'黄莺儿'这个词牌的前两个字，作为你妈妈的名字。"

荀清晓歪着头想了一阵之后，自言自语般问道："那么那位哥哥也是……"

"'奚江月'这个名字也有套用词牌名之嫌，不过与'秋夜月'不同，仅是读音一致罢了，并不完全符合。"

待我全部理清之后，荀清晓才郑重地点点头。

"那么，下一步就是要找给妹妹准备的词牌？"

"没错，正是如此。不过词牌名有那么多，为何外公偏偏选了'秋夜月''黄莺儿''西江月'这几个词牌给孩子起名，仍然是一个未解之谜。不过我想，我大致能猜到这个逻辑了。"

"还记得那叠资料吗？好几张海报、邀请函和一些别的莫名其妙的东西。你在里面找东西的时候有没有发现其中的规律呢？"

"规律？"

啊，这里说"规律"这个词是不是有点太装了呢？

"也算不上规律啦，其实是很自然的事情。如果你有一个小盒子放明信片，肯定是越晚收到的越放在上面吧？"

荀清晓很快便夸张地点头表示同意，看来她好像真有这么一个专门放明信片的小盒子。

"所以，就结果而言，这些明信片是按照时间顺序摆放的吧？"

相信荀清晓应该很容易理解这一点，因为在没有打乱顺序的情况下，她找出来的资料也都是按照时间排列的。果然，她认同了这个推理。

"既然如此，那么第一张不就很奇怪了吗？第二张显然是最近才放进去的，而第一张却是二十世纪五六十年代的产物，这足以说明一个问题——"

"这是最近才被拿出来的？"

不愧是我的堂妹，都学会抢侦探角色的发言了。

"如此一来，范围就确定了，那上面只有两个词牌，其一是'凤栖梧'，其二是'洞仙歌'。究竟是哪一个呢？

"在仔细看过那张海报后，我才终于确认了答案。你可能没有看过，我来简单描述一下正面的场景。"

靠着回忆，我在空中比画着海报的大小，和其中各个元素所在的位置。好在我的记忆力还算不错，应该能保证将海报上的所有元素都表现出来了。

"凤栖梧是柳永写过的一首词，其中首句是'帘内清歌帘外宴'，这里是在暗指这种表演形式，即以珠帘为分隔，歌手在里面不用伴奏清唱，而其他人则在外面一边享受音乐，一边把酒言欢。"

"唱什么呢？"

"当然是词咯。词本身就是配合宴会乐曲所写的，虽然不知道海报上所说的是原来的唱法，还是改编之后的，但无疑是可以唱出来的。而这位歌手，就是外婆了。"

这个结论对于荀清晓而言冲击力过大，让她好久都没法接受。

"我听阿姨说，外公外婆是在距今三十多年前，差不多 1980 年的时候安居下来的，实际上留存的资料中确实在 1980 年之前就断了档。你可能不知道，第三届人大是在 1964 年召开的，第四届则是 1975 年，中间隔了 11 年，这段时间差和阿姨所说的外公外婆的经历相吻合。第四届之后的资料比较齐全，从婚事到丧事都有，可第四届之前只有人大相关的资料和那些海报，想必是在中途搬迁过程中丢失了。能留下来的必定是很重要的东西，与人大会议相关的资料保存至今可以解释为老一辈人的情怀，但那几张五六十年代的海报为什么留存下来了呢？你觉得原因何在？

"当然，从心理学角度也能发掘出更多佐证，比如说外公与外婆之间跨越三四十年的爱情；比如说最近外婆生了场大病，最初的那段时间甚至让人觉得她快撑不住了；比如说外公想利用给外孙女起名的方式，来纪念他们最初的相遇。"

说着说着，荀清晓的外公那双颤抖的手从抽屉中翻出那张海报时的样子清楚地浮现在我的眼前，当时他的心里在想些什么呢？

"如此一来，也就明白其他词牌的意义了。这些词牌可能都是在'凤栖梧'这个栏目或是什么店铺内表演的曲目，而且很可能都是柳永的作品。既然如此，那么'凤栖梧'这个大标题就不太可能出现在妹妹的名字中了，更有可能的是他们相遇时的曲目，也就是洞仙歌。"

荀清晓连连点头，左手拉着我的袖子催促我快点说下去。我也没有像往常那样故意卖关子好享受名侦探的感觉，毕竟这对她来说是一件严肃而重要的事，我必须尽快将我的解答告诉她。

"于是，下一步需要考虑的是，'洞仙歌'这个词牌应该进行怎样的变换？首先，如果要拆分的话，'洞仙'是一个词，'歌'是一个词；其次，正如我们最初探讨的那样，要和'清晓'相对应。那么'洞仙'首先就不可能了，于是剩下的就是'歌'与某个字的配对，而且这个字一定和时间有关。

"那么下一步，就是要寻找这个时间。从两个方面的推理可以得出同一个结论。第一种是根据词的内容，以洞仙歌为词牌、柳永为作者的词描写的是晚上的场景，因此就是'晚'了；第二种，则是演出的时间，海报上也说了是'今晚曲目'，也就是说，时间是在晚上，也是一个'晚'字。"

听到这里，荀清晓的眼睛已经瞪得大大的。难以想象，她曾经如此期盼却又以为再不能知晓的名字，现在出现在她的面前。

"那么妹妹的名字就是……"

"没错，就是荀晚歌了。"

说出答案之后，我才如释重负地松了口气。

7

"就这样，事件顺利解决了。"

话虽如此，可我却一点都笑不出来。没有精神的我将头撑在手臂上，另一只手无聊地晃着手中的热果汁。

"为什么萧萧这么没有精神呢？能够按时把谜题解开，不是很好吗？"坐在我对面的好朋友盛秀琴如此问道。我们同是推理小说爱好者，在某次推理讲座上结识之后，就成了亲密无间的朋友。

现在正值寒冬，要不是上次打电话的时候说漏了嘴，也不会在这种天气下被她拉出来喝露天咖啡了。这个脑子里缺根筋的家伙可能想不到，这个世界上是没有人会在大冷天坐在室外喝冷咖啡的。

"就是因为这件事的真相，像一块大石头一样压在我的心头，让我胸闷了好久。既然你想听，我就跟你说好了，再不说我就要憋死了。"

调整好坐姿后，我问道："你来评价一下我的推理吧，你觉得如何？"

"很厉害！"

"拒绝捧杀。请老实说出你的想法，是不是觉得有点不太可能，尤其是在最后那个环节，有点随心所欲的感觉？"

秀秀——我这位朋友的昵称——一副想破了脑袋的样子，却仍然只是摇头，表示自己什么都不知道。

"一个最简单的问题，凭什么是'晚'而不是'夜'呢？明明都是表示晚上的字。"

在我说出来之后，她才恍然大悟。

"当然，真正的名字不会那么模糊，只要把问题想清楚就明白了。本案的关键不在于推理出名字，而在于，推理出那个偷走名字的'犯人'！"

"'犯人'？"秀秀如同鹦鹉学舌一般重复道，这个从推理小说莫名跳到现实中的词引起了她的注意，"萧萧难道是说，写名字的纸是某人故意拿走的？"

我赏了她一个白眼。

"不然呢？暂且不管小橡皮掉到地上就再也找不到了这种困扰人类的千古难题，一般而言很难想象会有什么意外只让盒子里的纸条丢失吧？要知道盒子里还放着其他一些旧版人民币之类的东西，要丢就一起丢，要在就都在。"

"那会不会是盒盖打开之后，被风吹走了呢？"

"不会，因为盒子在第二层，而且秋夜月阿姨说她是全部一起拿回来的。而且这个盒子是那种喜糖盒子，如果不是有人故意，绝不可能无缘无故自己打开的。"

秀秀找不出反驳的话了。

"那么偷窃的可能性呢？如果我是外人，首先我会看最上面那层，就算最上面一层看完，看到了那个盒子，也会拿走旧版人民币，而不会拿走没什么用的写着名字的白纸。反之，偷走白纸的人就是和荀清晓家有关的人。"

"而且还有另外一个条件，就是这个人必须要知道写有名字的纸条藏在哪里。荀清晓的外公有那么多收藏的盒子，每个盒子里或许都有好几张纸卷在一起，要想一一翻找确认未免太麻烦一些。并且，荀清晓的外公只给荀清晓一人看过，但他们两个都不是拿走纸条的人。不过我们可不能忘了环境，当时他们两人的交谈是在外婆的病房里发生的，因此还有一人知道那张纸在哪里。"

"你的意思是……偷走名字的人，就是外婆？"

"是啊，而且退一万步说，那些盒子都是放在她的病房里的，只有她有机会偷走那张纸。而且后来在外公去世后，她就连忙让自己的女儿把这些东西搬回去，不是吗？还有一点，我那天碰到苟清晓姨妈的时候，她说是为了把外公剩下的东西拿回来，顺便拿点衣服过去。这就说明，在拿走盒子之后，外公还有东西留在外婆的病房里吧？明明外公的其他东西都还在病房里，为什么要先把这些无足轻重又不占地方的盒子搬走呢？我想目的就是希望让人觉得经过这番折腾后，那张纸在搬来搬去的过程中丢失了。"

到目前为止的结论，秀秀没有任何异议——我也不希望她能提出什么异议。

作为一个合格的听众，她的下一个问题非常到位。

"可外婆为什么要偷走名字呢？"

"关于这个问题，还是和名字有关吧。"

"还记得我说的那个杯子吗？同样的杯子，外公的那个没什么问题，可外婆的那个周围却有一点黑点，这是为什么呢？会不会是本来写着某个人的名字，而且这个名字的写法比'易安'要复杂，后来改的时候没有改干净呢？

"会是前任妻子的名字吗？不会。一是完全没有找到资料能证明'前妻'存在；二是，我想就算在当时，也不会有女生愿意用'前妻'留下的东西吧？而且还是这种不彻底的涂改，如果这是真的，不觉得很过分吗？苟清晓的外公当然不是这种人。

"另外，秋夜月阿姨不是说过一件事吗？苟清晓的外公对名字这件事意外地执着。现在让我们来做一个猜测，如果他对名字执着是因为曾经发生过某件事呢？

"在'文革'时期被人迫害，那人追着他们跨过了大半个中国，为什么能在这里安居下来？外公只是当时的一个观众，而外婆则是登台演唱的人，会不会那人只知道外婆的名字？

"说到这里，还有那张海报，海报上完全没有见到歌手的名字，为什么？"

那张写着"凤栖梧"的海报再度出现在我的眼前，那上面的所有细节，都还像刚见到时那样清晰。

"'帘内清歌帘外宴'，我只对苟清晓说了一半。实际上这是一个双关，'清歌'除了指不带伴奏的演唱，还暗指了歌手的名字。"

提示已经足够了，就连秀秀也认真起来，她推了推只有工作时才戴的无框眼镜，严肃地问道："也就是说，外婆的真名是……李清歌？"

"是啊，如果这么想的话，那么一切都串起来了。苟清晓的妈妈刚说完孩子可能是个女孩的事，外公马上就有了反应，还说什么与'苟清晓'这个名字相对应。最初苟清晓来找我的时候曾经聊过名字的含义，可能就是这个原因把我的思维框住了，让我只想到了时间的相对应。但实际上这句话的含义更加浅显——有一个字是相同的。

"另外，当时外公这么兴奋，随后又忽然间落泪，这种情感的变化也能理解了。正如我之前所说，当时外婆病重，外公也不知道自己的爱妻能不能挺过这一关。当他听说自己能为外孙女起名的时候，应该一下子就将两件事联系起来了吧。他想把那个因为逃亡而被夺走的名字传承下去。这是他和外婆的一块心病，他们辛苦了那么多年，终于在困苦中建立起了一个新的家，但是不管这个家如何发展，都没办法拿回当初相遇时的那个名字。而现在，这个夙愿终于能实现了，我想外公就是为此而落泪的吧。"

"但是……"秀秀的声音也轻了下来，"外婆不愿意这么做，还要偷走那个名字……这又是为什么呢？"

"很简单的道理，因为不想让过去的事牵绊住孩子们的未来。自己被夺走名字固然可惜，她也能理解外公想要将这个名字传承下去的动机，但是她无法做到，因为对于这个家而言，这已经是过去的事，是将要被遗忘，随着他们的死而埋于地下的过去了。她不想将这个饱含着他们情感的名字，强加在与之无关的孩子们身上。"

这就是事件的真相吧。两位老人之间的相濡以沫，可能是我这样的年轻人永远也无法理解的。

不，说不定能体会到一些他们的心情……

我没有说话，秀秀也没有开口。她的心思比我还要敏感，虽然和荀清晓并不认识，但仅通过我的描述，她也能想象出两位老人的内心世界吧。

一位是因老伴多年的心病终于能放下，而在阳光下落泪的老人。

一位是得知老伴去世的噩耗后，躺在病床上望着窗外的夕阳抹眼泪的老人。

"那最后……"或许是想调节一下压抑的气氛，秀秀故意以一种轻快的语气问道，"萧萧的那个名字是从哪里来的呢？按理说，荀清晓的外公想起的名字是'荀清歌'吧？"

啊，关于这个问题，确实是我的一大杰作。

想到这里，原本沉重的心情终于有了些许缓解。

"这个名字我想了好久，因为我必须要满足当事人的愿望才行。其一是荀清晓的愿望，希望得到妹妹的名字，并且她也听外公说了，那个名字会和她的名字相对应；其二是外公，他希望'清歌'这个名字能传承下去；其三是外婆，她不希望自己原来的名字就这么传到自己的外孙女头上。于是我才取了'清歌'

的'歌'字，避开了'清'字，然后找了个牵强的理由把'晚'这个字加进去。第一张的'今晚曲目'是'洞仙歌'可真是帮了大忙。"

"可是你说的问题还是没有解决啊，"秀秀疑惑不解地问道，"为什么是'晚'而不是'夜'呢？"

"请不要打断我嘛，我刚想说来着。其四就是我荀萧萧了，我的想法很简单，在发现了真相之后，很敬佩这两位老人，也为他们的过去感到悲伤，尤其是荀清晓的外公。所以我想，就算只有我一个，也要尽我所能来替他们抒发这份悲伤。那悲惨的过去，以及没能完成心愿就不幸去世的那位坚强的外公，我想借此机会悼念一下。'晚歌'音同'挽歌'，就是这么一个浅显的文字游戏罢了。"

凌小灵，新锐推理作者，曾任复旦大学推理协会第七任会长。认为推理小说创作应该是一个发散的过程，将"自由"作为推理小说创作的宗旨，笔下有数部风格迥异的系列推理作品。短篇推理小说《三色馆死亡陷阱》《永恒之剑》分别荣获第十四届和第十六届全国高校BBS侦探推理大赛"最佳谜题"；《转世》曾荣获第二届"连城杯"全国高校推理小说征文大赛一等奖，并收入《2019年中国悬疑小说精选》；长篇推理小说《随机死亡》入围第七届岛田庄司推理小说奖决选。

工作篇

尖叫之屋 文／许 言

面包不是用来踩的 文／鸡 丁

尖叫之屋

许 言

1

裴大宇敲下了小说这一章的最后一个句号，保存文档，摘下眼镜，揉了揉酸涩的眼睛。

他重新戴好眼镜，瞄了一眼电脑显示屏下方的时间，此时已过午夜。

他从书桌前起身，伸了个懒腰，发现腰背格外酸疼，不得不感叹身体状态越发不如从前了。

裴大宇是一位悬疑小说家。十年前，他凭借出道作《链与爱》畅销千万，一夜成名。他从此踏上了职业作家的道路，伏案写作的生活一晃眼就过了十年。想起过去忘情创作的时候，自己一天一夜坐着敲字都不觉疲倦，而如今给小说收个尾都感到如此吃力，他越发觉得写作不仅消耗着灵感，也消耗着体力。

他走到窗边，空调的冷气持续吹着，房间里安静得不寻常。他拉开窗帘，看着玻璃外的月色洒在楼下的后院里，在草坪上化作一弯银白的水潭。

这栋宅子位于郊外，是他前年年底才买下的。女儿裴萌在市里读寄宿小学，现在学校放暑假，她便来别墅住上一段时间。裴大宇特地雇了一个保姆照顾自己和女儿的生活起居。

女儿住的客房，就在书房的隔壁。他心里正想着要不要去看一看女儿的情况。就在这时——

"啊——"

他听到了女儿的叫喊声，一开始以为自己听错了，但是声音确实是从隔壁传来的。

他立刻跑出书房，来到客房门口。推开门一看，只见女儿在床上用手捂住耳朵，痛苦地尖叫着，每一声都简直在挠他的心。

"怎么了，萌萌？"他赶紧跑到床边，关切地问。

女儿咬着牙说："好吵，好吵！"

"什么好吵？"

裴大宇愣住了。

"爸爸，难道你没有听到吗！"裴萌提高了声音，"房间里有人在尖叫！"

可裴大宇没有听到什么尖叫啊！

突然，裴萌放下了手，疑惑起来。

"咦，爸爸你听，尖叫声消失了，听不见了。"

裴大宇都有点说不清话了："爸爸……什么也没有听到。"

这时，房间里一下子亮了，裴大宇和裴萌都吓了一跳。

是保姆芳姐打开了门边的灯。她是从一楼上来的，可能因为刚才女儿过于吵闹，裴大宇完全没有注意到她的脚步声。

"怎么了，裴老师？"

芳姐站在门口，脸上的表情和裴大宇一样茫然。显然，她刚才也没有听到裴萌说的尖叫声。

裴萌瞪大眼睛，难以置信地看了看爸爸，又看了看芳姐。她的牙还在本能地打战，下巴随之颤动着，身体的反应还停留在上一秒的惊恐中。

在吵闹过后，房间里的沉默反倒显得更恐怖了。

2

去年初秋。

裴大宇和妻子孙茜文在附近的树林露营，路经此地看到了这栋房子。

穿过阴郁的树林边缘，他们一下子就被这栋双层别墅吸引了。别墅结构独特，通体白色，绿色的藤蔓疯长在窗户和门扉上，院子和草坪疏于打理多时。

"想过去看看……"

茜文低声说着，把裴大宇的手握得更紧了。

裴大宇带着她走上别墅的台阶，台阶上的落叶发黄蜷曲，就像是蝴蝶的尸骸一般，脚轻轻踩下便碾成了碎末。

进入门廊的阴影之中，在漆面有些剥落的门上，可以看到层层叠叠地贴着好几张告示，告示的文字表明房子正在转让中。其中最新的一张告示贴得又大又平整，看起来要盖住之前所有发黄的告示，似乎在窘迫地掩饰着房子长期无人问津的事实。

茜文也注意到了这一点："为什么会没有人愿意住呢？"

——这房子明明很漂亮。

"你们是来看房子的吗？"

远处传来了一个男人的声音。裴大宇转过身，看到那人站在秋日的暮色之中，手中牵着一条狗。男人和狗的面孔都模糊不清，宛如置身于蒙克的画作里。

裴大宇摇头，但不确定对方是否能看见，于是又大声说了一句："我们只是路过，看看。"

暮色里的人说道："我就住在这附近，出来遛狗。"

谁知，身后的茜文突然喊了一句："以后我们可能是邻居了。"

对方还未回应，裴大宇难以置信地看着妻子。

"这个房子我很喜欢。最近你不是一直嫌城里环境太吵，无法安心写作吗？而且感觉这房子应该也不会很贵。"

"确实。"

裴大宇想到了妻子的病情——这次露营也是出于医生的建议，医生说多接触自然能平复病人的心情，有利于缓解症状。

也许搬到这里来住上一段时间，对自己的写作和妻子的病情都有好处。他这样想着，转向门上的告示，搜寻上面的电话。

"这家的主人去国外了。"

先前说话的男人冷不丁来到他们身后。裴大宇一看，是一个老人，看起来六十岁左右了，身体却很强壮，皮肤黝黑，应该喜欢户外运动。他手中牵着的狗看起来反倒有些羸弱，不知道是不是品种的关系，而且看着裴大宇和茜文的目光有些怯生生的。

"告示上写的是中介的电话，肯定会有中介费。"男人说，"我有主人的微信，我推给你们。"

茜文笑得像个孩子："那真的太谢谢你了。"

"不客气，你们叫我老姚就行。我就住在前面，一个人住，离这里不远。"男人拿出手机，突然迟疑了一下。他抬头，看出了裴大宇好奇的神色："不过……你们确定想要买这个房子吗？"

裴大宇和茜文面面相觑，最后一致望向老姚。

"我儿子之前来我这儿住过一段时间，那时房子的前主人还住在这里。"老姚停顿了一下，"有一天晚上，我儿子在附近的湖边夜钓回来，大概是快午夜的时候。当时他经过这房子，注意到屋里亮着灯——接着，里面传来了怪声。"

"怪声？"裴大宇问。

老姚点点头。

"像是有人在尖叫。"

裴大宇这才注意到，老姚的狗似乎并不是在害怕眼前的两个陌生人。

3

"有人在尖叫？不可能有这种事的……"

这天，趁着裴萌在客房里午休的时候，裴大宇和芳姐在楼下客厅里聊了起来。

裴大宇最近精神不好，从他疲惫的脸孔就能看出来。他的小说进度也慢了下来，但原因无关灵感或是体力。

芳姐在旁边不停地摇头："最近你辛苦了，裴老师。"

一开始，裴大宇以为那晚只是女儿偶然做了噩梦，把梦中的尖叫声错当成了现实，毕竟女儿年纪还小，而且一向比较敏感。

他没有想到，事情的后续变得更加诡异了。

接下来一周，裴萌好几天晚上都会听到奇怪的尖叫声，无法入睡，继而大吵大闹。

可是和第一次的情况一样，无论是裴大宇还是芳姐都没有听到，更别说要找出声音的来源了。

还有一点非常奇怪，从女儿的反应来看，尖叫声总是持续一会儿就突然停止。

"已经一周了，再这样下去也不是办法。"裴大宇打了个大大的哈欠，内心的烦闷没有丝毫缓解，"芳姐，你说，要不我找个时间和萌萌好好谈谈？"

芳姐眯起眼睛："裴老师，你的意思是……"

"你看，如果客房里真的有尖叫声，那我和你怎么一次都没有听到过呢？"裴大宇一边揉着太阳穴，一边分析道，"而且，等我们到了房间里，萌萌马上又恢复正常，说听不见尖叫声了。"

"我明白了。裴老师，你认为从头到尾根本没有尖叫声存在。"

"除此之外，没有其他解释了。"裴大宇继续说，"萌萌这样做，就像有些幼儿园的孩子为了引起老师的注意而故意捣乱。我在一本讲幼儿心理的书上读到过。"

"确实，你最近每天埋头创作，除了吃饭，大部分时间都闷在书房里，哪有时间陪萌萌呀。"芳姐附和道，"可是萌萌都已经五年级了，真的会做出这种幼稚的事吗？"

"她和一般的孩子不一样。"裴大宇摇头，"她一直在上寄宿学校，在家里待的时间也不多，从小缺乏安全感，甚至有点……"

神经质。

但是裴大宇没有说出口，而是转移了话题。即便事实真是如此，他也不喜欢让外人听到这种词。

"现在妈妈又不在身边，这孩子挺不容易的。"

是的，就在去年深秋，他和茜文刚搬到这里没多久，茜文就因为病情复发被关进医院里了。

"也快一年了吧。"芳姐颇为同情地说，"裴老师，你也不容易。"

"幸好有芳姐你在，我轻松了许多。"裴大宇真诚地说。

"裴老师，你客气了，都是我应该做的。"芳姐回想，"但是，裴老师，不知道你有没有观察萌萌每次听到尖叫后的表情，我觉得不像是装出来的，她是真的很害怕，不然这孩子的演技也太厉害了。"

裴大宇听芳姐这么一说，心里又摇摆起来。他也想起事情第一次发生的时候，自己注意到女儿吓得牙齿都打战了。

"所以，我总觉得那个房间里肯定有什么古怪！"芳姐的表情很认真。

这么一来，他们的讨论又回到了原点。

"芳姐，我是一点办法都没有了。"裴大宇叹气道。

"要不把我侄子叫过来吧？"芳姐提议道，"让他到客房里住一晚。"

"你是说思瑄吗？"裴大宇一下子看到了希望，"对了！我怎么没想到呢，说不定他会有什么发现。"

思瑄全名叫欧阳思瑄，是一名大学生，攻读的专业是声音应用科学，他是裴大宇的书迷，上个月来别墅住过一段时间。

更重要的是，他是一个神探。

4

第二天下午，欧阳思瑄来到了裴大宇的别墅。

"裴老师，没想到我们这么快又见面了。"

欧阳思瑄看起来很兴奋，因为他本身就是一个喜欢解谜和破案的怪人。他上次来别墅的时候，虽说是以书迷的身份来见偶像的，但是也给裴大宇讲了不少破案的经历，让裴大宇收获了不少灵感。

虽然欧阳思瑄表面看起来是一个普通的大学生，但他说自己的智商有 180，曾协助警方破过很多不可思议的案子，被誉为"少年神探"。

裴大宇想，自己的谜团对他来说应该是小菜一碟。

"思瑄，现在你是我们唯一的希望了。"

"嗯，我听姑姑说了大致的情况，确实有些蹊跷。"欧阳思瑄咬着食指说道，这是他思考问题时的习惯性动作，"不过，我还是想听一下当事人的说法。"

裴大宇转而对身边的芳姐说道："芳姐，把萌萌叫下楼来吧。"

欧阳思瑄跟着裴大宇先来到客厅。裴大宇热情地问道："思瑄，天气这么热，你要喝点什么吗？"

"喝水就行。"

欧阳思瑄将手中的咖啡色大提包放到沙发旁，环顾四周的环境，不知道在思考什么。

裴大宇到了厨房，在餐柜里找玻璃杯。这时，他注意到摆放酒杯的层架上，少了一个高脚杯。

他心里犯起了嘀咕。因为昨天晚上他睡前还倒过红酒喝，留心过高脚杯的数量。

他给自己倒了一杯咖啡，给欧阳思瑄倒了水。他拿着杯子回到客厅的时候，芳姐正好带着裴萌下楼。

"萌萌，这位就是我早上和你说的欧阳思瑄哥哥，他是个神探，肯定能够解释你房间里怪声音的来源。"

裴萌却无动于衷，只是皱着眉头看着思瑄，像是在看一个傻子。果真现在的孩子都不喜欢看《名侦探柯南》，不崇拜神探了吗？

气氛有些尴尬，裴大宇只好招呼芳姐带着她到沙发上坐下。

不过，欧阳思瑄却不以为意，一本正经地开始询问情况，显得非常专业，连水都顾不上喝一口。

裴萌很不情愿地重新讲了一遍情况，期间裴大宇和芳姐在旁边补充。

听完，欧阳思瑄问："具体是什么样的尖叫声呢，萌萌，你可以描述一下吗？"

裴萌回想了一下。

"其实，不像是人的叫声，因为很难听，可刺耳了。唉，有点像开水壶烧开的声音。"

裴大宇不解："可是我们家连开水壶都没有，太奇怪了。思瑄，你学的是声音方面的专业吧，有什么想法吗？"

思瑄纠正道："是声音应用科学。"

"虽然萌萌说自己听到了尖叫声，可是我和裴老师都没有听到。"芳姐说。

"定向音响或许可以做到。定向音响以超声波作为载波信号，能够让声音像激光一样朝着指定的方向传播。假如说有人利用这种音响，对准床头的位置发射带有尖叫的超声波，那么就只有萌萌才能听到。"欧阳思瑄转向裴大宇，"你们有没有仔细搜查过房间，有没有发现类似音响之类的可疑物品？"

"我和你姑姑检查过，没有任何可疑之处。至于音响之类的，客房里的确有一台，但那是很普通的老式家用音响，绝对不是你说的那种。"裴大宇摇头。

"那看来不可能了，定向音响发射声波的距离范围一般都比较短。"

裴大宇又想到了什么："对了，在萌萌来之前，你上次到我们家里做客，也在客房里住过，你没听到过什么尖叫声吧？"

"别说尖叫，连一点奇怪的声音都没有。"欧阳思瑄坦言道，陷入了沉思。

没想到，连欧阳思瑄都犯难了。

欧阳思瑄摸了摸裴萌的脑袋："这样吧，今晚我来住在客房里，看看是怎么一回事。为了方便调查，我还特地带了专业设备过来。萌萌，你放心，不会有事的。"

欧阳思瑄指了指脚下的提包。裴大宇这下才明白，原来这提包里放的是测试声音的设备。

谁知萌萌只是看着欧阳思瑄，摇了摇头，似乎并不太相信他。气氛再一次变得有些尴尬。裴大宇只好赶紧让芳姐把裴萌重新带回到楼上去。

裴大宇一边望着她们离开，一边说："思瑄，你别介意，萌萌就是这样。"

欧阳思瑄笑了笑："我感觉她好像不太信任我。"

"千万别这样想，这孩子一向如此，主要也怪我这个当爸的不称职。实际上，我也有个猜想……"

接着，裴大宇把自己和芳姐那天的猜测说给欧阳思瑄听。

欧阳思瑄听完，心领神会地说："裴老师，你的猜测有一定道理。我可否问一句，你女儿有没有看过你的书呢？"

裴大宇立即明白了欧阳思瑄的意思。

"莫非，你说的是……《黑暗中的尖叫》吗？"

这是裴大宇最近出版的新书，故事的女主人公经常会听到奇怪的尖叫声，身边也因此发生了一系列神秘事件。

其实，之前裴大宇也隐约考虑过这种可能，女儿的情况简直和书中的角色一模一样，可是——

"我的书是悬疑小说，受众本身就不是小孩子，所以我特别注意这一点，不让萌萌接触到我的书。我的书房门平时都会上锁，而且萌萌看起来好像对悬疑恐怖的东西也没什么兴趣。"

"你可是畅销作家，裴老师。难道你女儿去书店不会看到你的书吗？也许她心里对你的书很好奇呢，偷偷在读也说不定。"

欧阳思瑄意味深长地说道。

"……这本书你应该已经读过了吧？"裴大宇沉默了一下，问道。

"当然，我第一时间就买来看了。裴老师，我感觉这是你这几年来最好的一部作品。无论情节还是人物，都是超一流的水准，我一个通宵就看完了。"欧阳思瑄丝毫不掩饰自己的赞美，"有时候，我真的很好奇，你的灵感从何而来，是怎么想出这样精彩的故事的？"

"实不相瞒，这本书就是我去年和妻子住在这里之后写的。"裴大宇迟疑片刻，"而且，我在写这本书的时候，确实也碰到了……很多烦心事。这也是我现在担心萌萌的另一个原因。"

"烦心事？你是说你太太的事情吗？"欧阳思瑄追问，看来他之前有听芳姐说起过裴大宇的妻子。

裴大宇摇摇头："没有这么简单。她的事，我也有责任……"

欧阳思瑄没有说话，等着裴大宇说下去。

"思瑄，这事除了我父母和医生以外，我从来没有和任何人说过，也不知道和萌萌现在的情况有没有关系。反正，你一定要替我保密，尤其是不能让萌萌知道。"

说到这里，裴大宇仿佛下定了决心。

"其实，我当时和妻子——对了，她叫茜文——刚搬到这里时，也听到过尖叫声。"

5

"你听到了吗？"

裴大宇睁开眼，就看到了茜文惊恐的神情。她正躺在裴大宇的怀中，他能感觉到她的手在发抖。

是的，他听到了。

尖叫声似乎就在他们身边不远的地方，非常凄厉，像是一个疯狂的女人发出的。

尖叫声持续着。

"我去看看。"裴大宇鼓起勇气，准备起身。茜文却一把抱住了他。

裴大宇摸了摸她的头发，安抚道："没事，我很快就回来。"

他松开了茜文的手，翻身起床，披上睡衣。他打开床头灯，环顾了一下房间。

房间里没有任何异常。

他鼓起勇气，走出房间。屋外的走廊上，只有一盏绿色的古董灯亮着。昏暗的灯光下，他的影子在墙上跳动，但是看起来却如此陌生，仿佛并不属于他。

尖叫声还在。

裴大宇开始搜寻屋子的各个房间，但是一间间房找下来，却没有任何发现。他心里不禁发问，自己到底在期待能找出什么呢？是什么东西才能发出这样的尖叫声？

他想起第一次见到房子时老姚说的那句话。他当时听完就有些担心，可是茜文很任性，只是一笑了之，认为老姚在开玩笑。而他和前房主在微信沟通时，曾略微提及此事，房主认为可能老姚的儿子错把风声听成了尖叫声。

尖叫声像是一张砂纸，来回摩擦他的耳膜，但是生理上的痛苦并非最大的折磨。

裴大宇向来不相信什么鬼神之说，但是现在心里突然有点发毛。某处角落莫名传来的尖叫声，让他产生了不安的联想，他的额头上渗出豆大的汗水。

裴大宇一路走到一楼，来到客厅，确认尖叫声就来自楼上，可是却无法找出具体的位置。

他一无所获，准备回卧室，楼梯刚走到一半，尖叫声突然停住了。

突然出现又突然消失。裴大宇以为自己耳朵出现了幻听，可是窗外树林中风还呼啸着，在提醒他这一切不是做梦。

他继续拾级而上，却突然见茜文站在楼梯口，着实被她吓了一跳。

"茜文，你怎么起来了？"

茜文穿着一件白色的睡衣，在绿色的灯光下就像是一个鬼魂。

她脸色阴沉，目光迷离，仿佛盯着一个裴大宇看不见的东西。

"茜文？"

茜文幽幽地说了一句——

"尖叫声听不到了。"

从此之后，每晚他们都会听到尖叫声，但是每次尖叫声持续上一会儿就会戛然而止。

裴大宇慢慢开始习惯起来，只是把它当作老房子的一种噪声。更让他觉得不可思议的是，不知是因为房子本身还是尖叫声，这段时间他创作的灵感犹如泉涌，原本构思困难的情节都轻松写好了。

他把一天中大部分时间花在了书桌前，徜徉在自己笔下的世界。虽然他很不想承认，但是这栋房子似乎有魔力一般。也许这只是一种心理暗示，可是他乐于接受。

妻子却与他截然不同。或许是裴大宇整日埋头工作，冷落了她，她的日子变得百无聊赖。

每次裴大宇暂时搁笔，走出书房，就发现妻子不是躺在沙发上对着墙壁发呆，手中拿着一本才看了几页的书，就是在院子里散步，自言自语着什么。

"你说，到底是什么东西在叫？"

这天晚上，尖叫声又一次响起。茜文躺在裴大宇的臂弯里，几乎是紧贴着。她太害怕了，拼命紧闭着眼睛。

"别怕，很快就消失了。"

裴大宇吻了吻茜文的额头。

不一会儿，尖叫声果然听不见了。

"唉……"

茜文似乎想说什么。

"嗯？"

"我最近……又看到那些奇怪的东西了，"茜文轻声地说，他们周围并没有其他人，可是她说话的样子，仿佛是怕有人偷听一样，"不干净的东西。今天白天的时候，我在院子里——"

她又出现幻觉了。

裴大宇连忙打断她："你最近有按医生说的吃药吗？"

茜文像是做错事被发现的孩子，心虚地抿住了嘴。

"最近我感觉好多了，就没吃了。"

"明天要吃药。"

裴大宇咬了咬嘴唇，又补充了一句。

"一定要吃。"

6

"……我下定决心，非要找出这尖叫声的'真身'不可。"裴大宇说，"于是，每晚尖叫声响起时，我都留意手机，确认尖叫声出现的时间点和持续的时间长短。然后，我发现一个规律。"裴大宇说。

"什么规律？"欧阳思瑄问。

"尖叫出现的时间总在午夜，持续时间都在十五分钟左右。"裴大宇指出，"从这一点来看，这显然绝不是什么'灵异事件'，而是人为而有精确性的，比如说像是机器、机械之类的运作。"

"裴老师，你的推理能力可不比我差。"欧阳思瑄表示认同。

"你可千万别夸我，毕竟我是悬疑小说家，满脑子都是神鬼之事，遇到怪事总会多留个心眼。"

裴大宇摆了摆手，继续说道："我白天花了不少时间，仔细检查了家里各处角落，结果有了意外发现，你猜是什么？"

欧阳思瑄立刻催促道："裴老师，你这一段话歇了三口气，也太会卖关子了，快告诉我吧！"

"原来这栋房子翻修过。在翻修之前，房子是通过一个水泵抽取的地下水来供水的。而这个水泵，就在房子的阁楼里。"裴大宇说。

"这房子还有阁楼？"

"在翻修之前是有的，但是翻修的时候，房子的前主人可能打算弃用阁楼。因为阁楼入口是在二楼的走廊天花板上，要通过下拉式的伸缩梯才能爬上去，所以前主人封住了阁楼入口之后又重新粉刷了天花板，导致我们根本没发现阁楼的存在。"裴大宇说，"每晚过了零点，水泵会自动开始换水，即便里面已经没有水了，水泵还是会运作，水泵的齿轮也还是会按时转动，这一过程大概会持续十五分钟。"

"那不就和尖叫声持续的时长一样吗？"欧阳思瑄疑惑，"可是，水泵换水的声音和尖叫声应该完全不一样吧？"

"别急，我还没说完。"裴大宇说道，"关键不是水泵换水发出的声音，而是水泵换水时机器产生的振动。"

"振动？"

"思瑄，既然你学的是声音应用科学，那你肯定知道共振吧？"裴大宇问道，"你还记得我刚才提到二楼的走廊上有一盏绿色的古董灯吗？其实那盏灯是我们在杂物间里找到的，茜文觉得很漂亮，就放到走廊上了，晚上点着灯方便起夜。问题就出在这个灯上。"

"我好像有点明白了。"欧阳思瑄反应过来，"难道这盏灯和水泵产生了共振？"

"没错。"裴大宇解释道，"这种灯用的是老式白炽灯泡。到了晚上，灯泡的灯丝通电，灯泡的玻璃会受热发生轻微形变。水泵一旦运作，灯泡就和水泵产生了共振，进而与灯泡的底座发生摩擦，这就形成了刺耳的声响，听起来就像是尖叫声。等到十五分钟后，水泵停止运作，共振也随之消失，灯泡与底座的摩擦停止，声音自然也听不见了。此外，走廊的结构和墙体有些特殊，因此灯发出的怪声会在走廊里产生回音，让我们无法分辨出声音的源头。"

"太奇妙了。"欧阳思瑄不禁说，"也就是说，房间里的尖叫声是一连串巧合的产物。"

裴大宇点头："我第一时间把造成尖叫声的原因告诉了茜文，还找来工人拆掉了阁楼的水泵，同时把那盏古董灯直接扔掉了。我原以为事情会到此告一段落，可没想到的是，尖叫声的问题虽然得以解决，可是产生的影响却还在。"

"影响？你是说你妻子的精神问题？"

"嗯。茜文的精神病是家族遗传的。我刚和她交往的时候，她就告诉过我。不瞒你说，这甚至是我出道作《链与爱》的灵感来源。我选择让萌萌上寄宿学校，也是担心她会受到茜文精神状况的影响。"裴大宇语气颇为沉重地答道，"在搬来之前，她的病就有点复发的迹象，所以一直在服用医生开的药。我对此感到很自责，觉得自己没能照顾好她。可谁又知道会发生这种事？"

"你们为什么不直接搬走呢？"欧阳思瑄皱起眉头。

"我确实想过，而且把房子挂到网上，也委托给了中介。可是这里地方比较偏，房子本身的条件不好，一直转不出手。想必之前的房主也很头疼，没想到还能找到我这个冤大头接手。"裴大宇苦笑，"另一方面，茜文也不想这么快搬走，她知道我的小说创作得很顺利，觉得等我写完这部小说再搬走也不迟。"

"这部小说，指的就是《黑暗中的尖叫》吧？"

"嗯，我当时同意了，我想既然已经查出了产生尖叫声的真正原因，茜文又有按时吃药，那就应该没问题了。可是我错了。"

"怎么说？"

"之后一切彻底失控了。虽然尖叫声消失了，可她的幻觉没有停止。"裴大宇说，"她的病情不知为何变得越来越严重。她开始经常出现幻觉，产生幻听。半夜，她会突然大叫起来，说自己听到了尖叫声。可是水泵被拆掉了，古董灯也拿走了，房子里根本不可能有尖叫声，至少我没有再听到过。"

"她听到了你听不到的尖叫声，"欧阳思瑄愣住了，"那不就是……"

"没错，所以你知道我为什么要让你保密了吧。"裴大宇倒吸了一口气，"萌萌现在的样子，和她妈妈简直一模一样。"

"那你妻子后来……"

裴大宇无力地说完了这一句，似乎刚才一连串的叙述让他非常疲惫。

"后来的事情你应该也听说了吧？我妻子因为幻觉发作，从楼梯上摔了下来，受了重伤。我只好叫了急救。医生给她做了病情诊断，把她送去了精神病院。她到现在还一直关在里面。"

7

晚上，欧阳思瑄住在客房，而裴大宇和女儿一起睡在他的卧室里。

可能因为最近被怪事折磨得太累了，或者因为睡在爸爸身边比较安心，裴萌很快就靠在枕头上睡着了。

裴大宇看着熟睡的女儿。她的脸庞是如此柔和而美好。他就这样静静地看着，顿时忘记了女儿歇斯底里和神经质的行为。

女儿从小就长得像她妈妈，现在在温暖的床头灯下，他越发从这张脸上瞧出了茜文的影子。

一想到妻子，他的心情就无比复杂。正如他白天和欧阳思瑄说的，他和茜文的关系就像他的出道作《链与爱》里描写的那样，是束缚与爱情并存的疯狂关系。

　　茜文的父母很早就去世了，虽然也和亲戚来往，但在这个世界上，她自觉孤身一人，宛如浮萍。裴大宇第一次见到她，就被她身上独特的气质深深吸引——极度忧郁又十分热情，仿佛随时都要将自己燃烧殆尽。他努力接近茜文，想要了解她的全部。渐渐地，他发现这一叶浮萍不仅无依无靠，而且还长满了荆棘。

　　是的，茜文很危险。她随时都有可能伤害自己，或者伤害自己爱的人。

　　裴大宇却说——让我成为你爱的人。

　　自己真的是单纯出于爱情才这样说的吗？裴大宇有些许怀疑。他的确爱着茜文，可是在这爱之外还混杂着一些其他东西：茜文的爱意和恨意都来得如此激烈。这样矛盾的集合体，对于裴大宇这样一个苦闷的写作者来说充满着诱惑。

　　那时，裴大宇已开始写作，成为一名悬疑小说家是他毕生的梦想。可是他笔下的叙述很苍白，情节很乏味，他对这些幼稚的作品感到失望和痛苦，将其通通销毁。有一天，他终于明白了其中的原因：他的文字反映的正是他自己的生活——苍白且乏味。

　　茜文就像一针强心剂，狠狠注入他即将夭折的作家梦之中。茜文疯狂的情绪、强烈的爱恨，滋养了他的创作灵感。他的创作，不再需要在脑海中展开丰富的想象，只需要像个没有天赋的画家笨拙地描摹就够了。

　　裴大宇的处女作《链与爱》出版之后，立刻获得了巨大的成功。这完全在裴大宇意料之中。故事中男女主人公畸形而危险的关系，以及对于极致爱情和凄美死亡的动人描绘，让无数读者如痴如醉。

　　然而，只有裴大宇知道这一切应该归功于谁，他决定再也不让自己的缪斯离开。

　　在第二部作品创作之前，裴大宇向交往了一年半的茜文求婚。也就是在那天晚上，茜文告诉了裴大宇自己家族的精神病史，还有她的父母是怎么死的。

　　"我的爸爸是在我妈妈发疯的时候，失手杀了她，然后自杀的。当时我就躲在房间的衣柜里，我听到妈妈一直在尖叫。"

　　一直在尖叫。

　　茜文说，我永远忘不了那尖叫的声音。

　　他真的听到了尖叫声，他醒了过来。

　　原来他刚才迷迷糊糊睡着了，周围熟悉的环境提醒他这是在自己的卧室。他粗声地喘着气，额头上竟然出了不少汗。

　　"萌萌……"

他低头一看，心跳骤停，原本躺在自己旁边的女儿不见了。

尖叫声再次响起。裴大宇的睡意已经烟消云散，声音来自卧室外面。

他瞬间翻身下床，冲到门口打开房门，来到走廊上，尖叫声停止了。

他碰上了刚从客房里出来的欧阳思瑄。和慌张的他不同，欧阳思瑄看起来不仅一脸淡定，而且还挺精神的。

"思瑄，你也听到了吗？"裴大宇问。

欧阳思瑄认真地点头。

"好像是萌萌的叫声。"

萌萌的尖叫声再次响起，这次他们两个都听清楚了：叫声来自二楼的卫生间。但是除了她的叫声之外，还夹杂着一种奇怪的声音，听起来尖利刺耳，根本不像是人类发出来的。那就是萌萌之前形容的尖叫声吗？

两人跑去厕所门口，发现厕所门锁上了。

尖叫声戛然而止。

"萌萌，你在里面吗？没事吧，快开门！"

裴大宇敲了敲门。

厕所门打开了，只见裴萌泪眼汪汪地说："你们都听到尖叫了吧，我没有骗人。"

裴大宇和欧阳思瑄面面相觑，都惊得说不出话来。

他们叫醒了睡在一楼房间的芳姐，大家一起在别墅搜寻了一番，最后还是没有弄明白到底是怎么回事。

那奇怪的尖叫声，久久地回荡在裴大宇的耳边。

他的大脑陷入了混乱和疯狂之中。而他原本的希望——神探欧阳思瑄，此刻像个傻子一样坐在沙发上，一边咬着食指，一边呆呆地望着前方。

"裴老师，这次我可能也帮不上忙了。"欧阳思瑄说，"我的设备没有检测出任何的异常情况。虽然在推理小说中，这种程度的谜团最多算是日常之谜，可是我觉得比什么密室杀人还棘手。"

一时之间，裴大宇感觉浑身的血液都涌上了头顶。一个自称破案无数、智商过人的神探，竟然说出这样不负责任的话！

他更没想到的是，事情在第二天出现了转机。

第二天早上，一个自称是魔术师的神秘男子上门拜访了。

8

"裴先生，您好。我是一位魔术师，我姓吴。"

站在门口的男子，身着黑西装，内搭白衬衫，整个人看起来非常整洁，甚至是过度整洁了，特别是他脚上的皮鞋，可以说是一尘不染。

前来应门的裴大宇有些警惕，同时开始回想自己最近有没有叫过什么上门表演服务。

对方像是读出了裴大宇的心思，立刻补充道："别误会，裴先生。我不是来变魔术的。"

一个自称是魔术师的人不是来变魔术？简直就像推销员上门说自己不是来卖东西的一样。

"那你是……"

魔术师微微一笑："我是来解谜的。我这个人对于各种奇怪的谜团最感兴趣了，所以贸然前来，实在是打扰了。"

裴大宇越听越不明白。这是什么新型骗术吗？

"什么谜团？"

"你们家半夜响起尖叫声的谜团。"

裴大宇愣了一下："你、你怎么知道的？"

"我今天早上路过这里，碰到了你的邻居，是一位姓姚的老先生，他正在散步。我和他投缘，就聊了几句。他一听我对谜团感兴趣，就马上把你们家发生的事和我说了。"

裴大宇不知道该作何感想。前天，老姚到家里来串门，他不小心说漏了嘴，让老姚知道了女儿最近的事。老姚马上刨根问底，他只好都说了。

老姚听完，还说了这么一句："你们家萌萌和我们家西蒙的情况是一样的！我们家西蒙最近晚上有时候会叫个不停，连胃口都不好了，不知道出了什么问题，我也很担心，我完全理解你的心情。"

别把我女儿和你的狗相提并论！裴大宇当时听了就窝火，脑子里全是那只病恹恹的狗。他以为这已经够可恶了，没想到这个热心过头的老姚，竟然还把这件事当作"怪谈"到处宣传！

"原来是这样……"裴大宇皮笑肉不笑，"是的，吴先生，我们家确实有这个情况，但是我已经请了专业人士来调查了，可能不需要麻烦你了。"

"什么专业人士？"魔术师问。

说曹操曹操到。欧阳思瑄正好从客厅那边走了过来（裴大宇甚至怀疑他刚才一直在偷听），自我介绍道："我叫欧阳思瑄，是个侦探。"

"没听说过。"魔术师心直口快。

气氛一下子有些尴尬。

"我就是专业人士。不瞒你说，我不仅是神探，而且还是声音应用科学专业的。我这次特地带了专业设备过来。"欧阳思瑄毫不示弱，指了指客厅远处沙发旁边的那个提包，"用来检测客房里的声音情况。"

魔术师又问："既然是专业人士，那么尖叫声的谜团现在解开了吗？"

气氛变得更尴尬了。

见两人没有回应，魔术师的语气颇为真诚："能让我进屋看一下吗？"

裴大宇半信半疑。毕竟像欧阳思瑄这样的神探都束手无策，这个不知道从哪里来的魔术师又能做些什么呢？

不过他也是有点好奇，这个口出狂言的魔术师，到底有什么能耐，他最好不要到头来和欧阳思瑄一样认栽。

所以，他同意了魔术师的请求。

不过，早上芳姐带着裴萌去市里参加读书讲座了，所以魔术师没法问裴萌本人。于是，裴大宇和欧阳思瑄把事情的全部经过都告诉了魔术师。

"这么说，我来得正是时候。也就是说，昨晚正好又响起了尖叫声，而且你们都听到了？"

裴大宇和欧阳思瑄一致点头。

"真想亲耳听一下那个奇怪的尖叫声。"魔术师说道，"对了，你们能带我去楼上看看吗？"

于是，他们最先来到了客房。魔术师一眼就注意到那台家用音响。

"这台音响平时经常用吗？"魔术师一边检查音响，一边问道。

"这台音响买了好多年了，只能插 U 盘或者用 USB 连接线把歌导进去。我不太听歌或者看电视，只有芳姐做家务的时候喜欢放歌，所以现在只有她在用。"裴大宇回答，"哦对了，说到这里，我想起来一件小事，有一天晚上萌萌听到尖叫以后，我进屋的时候发现音响开着，可是却没有放音乐，芳姐说是自己白天做家务，忘记关了。"

接着，魔术师来到二楼的卫生间——也就是昨晚传出尖叫声的地方。

"吴先生，昨天我们检查了卫生间，什么也没找到。"欧阳思瑄在一旁说明道。

魔术师没有回答，在卫生间里低着头看来看去，好像地面写了什么只有他才能看到的隐形文字。

狭小的卫生间里挤不下三个大男人。裴大宇只好暂时退到门外。一个悬疑小说家、一个少年神探，还有一个魔术师，三人共处一室。眼前这样荒诞的情形在他小说里都找不到。

"吴先生，你有什么发现吗？"裴大宇靠在门上，故意打了个哈欠。他希望魔术师能够读懂自己的言外之意，快点离开。

"有。"魔术师让开身子，"你们看这里。"

裴大宇和欧阳思瑄凑上去一看，原来是卫生间角落的地上有一块奇怪的浅色污渍。

"我不明白你的意思。"裴大宇直说。

"请发挥一下你们的观察力。"

魔术师指了指旁边的马桶。

原来，马桶后边的水箱上有同样的污渍。

"昨天有人把水箱的盖子搬下来，暂时放到了地上，所以盖子上的污渍才沾到了地上。"欧阳思瑄一本正经地说出了显而易见的结论。

"没错。"魔术师走到马桶的水箱旁，用双手搬开水箱的盖子。接着，他将一只手伸进了水箱里。

下一秒，他竟然从水箱里拿出了一个高脚杯。

"魔术落幕了。"魔术师笑道。

9

如果不是裴大宇认出了这个高脚杯是自家的，他甚至以为魔术师开始变魔术了。

"这不是厨房里的高脚杯吗？"裴大宇惊讶，"我昨天白天在厨房里拿杯子的时候，发现一个高脚杯不见了。"

"是的，应该是萌萌事先拿走的。"

"萌萌？"裴大宇和欧阳思瑄异口同声地问。

"是的，你的女儿萌萌。"魔术师说，"她昨晚先通过自己的叫喊吸引你们到卫生间门口，再用高脚杯在厕所里制造出了'尖叫声'让你们听到。在她打开门锁之前，她搬开水箱盖，将杯子临时藏到了马桶的水箱里，再盖好盖子。她肯定想把高脚杯放回厨房，可是从昨晚你们搜查屋子到今早芳姐带她出门，她应该都没有找到合适的机会，所以这个高脚杯才一直留在了水箱里。"

欧阳思瑄疑惑道："可是高脚杯怎么制造出尖叫声呢？"

"神探，你真的是学声音应用科学的？"魔术师打开水池的水龙头，往高脚杯里放了一点水，"知道振动发声吗？"

"啊——我好像明白了。"

裴大宇赶忙插话："等等，我不明白，什么振动发声？"

魔术师用手指蘸了一点水，在装了少量水的高脚杯的杯沿画圈。

高脚杯竟然发出了刺耳的声响。

"这、这就是我们昨天晚上听到的尖叫声！"裴大宇大惊。

"物体的振动是声响的来源，蘸水的手指与杯子的摩擦系数增加，杯子整体振动导致了声音的产生，这种声音与杯中的空气产生共鸣。当杯中的水较多时，杯子整体的振动变慢，因此音调比较低。相反，当杯中的水较少时，音调就会变高。"魔术师解释道，"昨晚在卫生间里，萌萌就是利用这个高脚杯再加上一点水，制造出了奇怪的尖叫声。"

"太奇妙了。"欧阳思瑄说，"简直就像是魔术。"

"这种程度的小把戏，连魔术都算不上。"魔术师完全没有顾及身边两个成年人的感受，"你们太过于迷信什么尖叫声的说法，反而产生了先入为主的印象，一点怪声都以为是尖叫。"

"可是，萌萌为什么要做这种事呢？"裴大宇追问。

"因为你一直不愿意相信她的话，所以她才在你面前自导自演这么一出戏，以便间接证明自己没有骗人。"魔术师说，"我想，在她心里，她其实非常希望能够得到你的信任。可是，你好像并没有注意到。"

裴大宇一时语塞，联想到自己之前对女儿的怀疑态度，不禁有点懊悔。

"这么说，她先前的确在客房里听到了尖叫声，我们却没有听到？"

魔术师点点头。

"你在乱说吧，怎么可能有这种事情呢？"裴大宇反驳。

"裴先生，你知道蚊音吗？"

"蚊音？"

裴大宇仍旧疑惑。可魔术师注意到，欧阳思瑄突然脸色发白了。

"蚊音，简单来讲就是一种高频率的声音，人随着年龄成长，耳功能发生变化而不易察觉这样的高频声音，一般来说20岁以下的年轻人才能听到蚊音。"

魔术师继续说："我猜，芳姐事先打开客房的音响，然后定时播放一段蚊音，时间不用太长，只要能让裴萌听到就可以。你和芳姐都是年纪较大的中年人，根本听不到。所以你才以为音响没有放音乐。芳姐每次都操作得非常隐秘。正好，你只关注女儿的反应，也很难察觉到她在身边搞小动作。不过，你好歹还是注意到了一次，可完全没有起疑，只是当作一件'小事'。"

裴大宇还没有反应过来，魔术师又抛出了一个问题："你们邻居老姚有和你说西蒙的事吗？"

"哦，你是说他养的那只狗吗？"

"是的，他和我不经意提起，最近西蒙晚上有时候会吵闹。其实因为它和萌萌一样也听到了蚊音，因为狗的耳朵比人类的耳朵灵敏很多，所以能够听到。"

"竟然是这样！"

裴大宇大受震动，原来发现真相的线索早就摆到自己面前，自己却看不出一点端倪。

"可是芳姐为什么要做这种事呢？"

"她是受到侄子的指示才这样做的，为了让侄子能够假借调查房间的名义，名正言顺地进入客房。"魔术师转向欧阳思瑄说："我说的没错吧？你刚才说，你之前来做客的时候，就是住在客房里。你在客房里藏了什么见不得人的东西？现在很急着要取走，对吗？"

裴大宇诧异地转向身旁的欧阳思瑄。

"胡说八道！"

欧阳思瑄一下子急了，都忘了咬食指。

与之相反，魔术师却显得从容不迫："如果我在胡说八道，那麻烦请你让我检查一下你的提包——刚才我在客房里就注意到了那个咖啡色大提包，你说里面放的是调查用的专业设备，是吗？"

欧阳思瑄说不出话来。

魔术师又问裴大宇："裴先生，你见过他包里的设备长什么样吗？"

裴大宇只能想到欧阳思瑄对着提包夸夸其谈的神气模样，但是——

"没有。"

10

"这个混蛋，不仅是个罪犯，而且还有'神探妄想症'。"

别墅外，警方带着欧阳思瑄和芳姐上了警车。裴大宇站在门口目送他们离去，嘴上还在骂骂咧咧。

"我被他彻底给骗了。"

"神探妄想症"这个词当然是裴大宇编的。

警方赶到别墅之后，欧阳思瑄立刻对自己的罪行供认不讳。原来他涉嫌参与盗窃犯罪团伙，早就被警方盯上了。

他先前来裴大宇家做客，就是为了避风头。当时警方一直在他家附近盯梢，就是要借机搜查他家，找出被盗的赃物。他回不了家，只好带着赃物求助于自己的姑姑。

正好，他平时喜欢看点悬疑小说和推理小说，就谎称自己是裴大宇的书迷，堂而皇之地来到了别墅里。

不仅如此，他还看过不少冷门的本格推理小说，他把里面的一些故事桥段添油加醋，变成自己的破案经历，把裴大宇唬得一愣一愣的。

在裴大宇家住下之后，他怕赃物随身携带有风险，情急之下将放在行李箱里的赃物藏在了客房里，准备等风头过去后再回来取走。他听芳姐说，裴大宇平日社交生活简单，家里基本没有什么客人会留宿，而且他的女儿也很少回家，妻子又发疯被关进了精神病院。

欧阳思瑄以为自己的计划万无一失。

可他没算到，裴大宇的女儿暑假回家了，并且住进了客房里。于是，他让姑姑配合自己，设计了"尖叫"的把戏，想顺理成章地住一晚，乘机把赃物取回。

至于芳姐为什么选择帮他，除了侄子这一层亲戚关系，还因为她信了他的话，妄想从赃物里分一杯羹。

就这样，尖叫声的闹剧落幕了。

"被骗也很正常。但是你要记住，世界上没有那么多神探。"

魔术师的声音将裴大宇的思绪拉回到了现实中。

裴大宇都没注意到他也到了门口。刚才，他明明在客房里给裴萌变魔术。魔术师最后还是变魔术了。

当芳姐带着裴萌回到家里的时候，警察已经到了。为了不让裴萌知道事情的真相，魔术师主动提出带她去客房里，变几个小魔术给她看看，转移她的注意力。

"你呢，不觉得自己是神探吗？"裴大宇饶有兴趣地问，"我真没有想到，你到别墅里随便转了一圈，就把谜团都解开了。我一开始还以为你是个骗子。"

"我只是个魔术师，一个对谜团感兴趣的魔术师。"魔术师整了整自己的西装，好让西装看起来没有褶皱，"而且，谜团也没有全部解开。"

"什么意思？"

"你妻子病情发作的事，如果有机会，我很想听你仔细讲一讲。"魔术师轻描淡写地说，"但是今天不早了，天都黑了。我晚上还有别的安排，就不多打扰了。等改日我再来登门拜访，希望你还欢迎我。"

"怎么会不欢迎呢……"裴大宇故作轻松地笑了笑。

"那就好。对了，还有一件事，"魔术师微笑了一下，想到了什么似的，"我刚从客房的床底下发现了这个。"

魔术师不知道从哪里拿出了一本书，说是"变"可能更恰当。他把书递给裴大宇。

裴大宇一看，竟然是他的书。封面上画了一个尖叫的女人，旁边配着那个他再熟悉不过的书名。

《黑暗中的尖叫》。

裴大宇看了看书，又看了看魔术师。魔术师指了指："这应该是你女儿在读，好像还没读完。"

裴大宇快速翻开书页，发现中间某一页夹着一个卡通瓢虫的书签，看起来和惊悚的封面很违和。

"可是书从哪里来的呢？我的书房平时……"裴大宇还没说完，就想起了之前欧阳思瑄对他说的话。

"你女儿可能一直有在偷偷读你的书。"魔术师若有所思地说，"好了，我该走了。最后，祝你新书创作顺利。"

说完，魔术师就离开了。只剩下裴大宇拿着书，独自站在原地，不发一言。

11

裴大宇敲下了小说这一章的最后一个句号，保存文档，摘下眼镜，揉了揉酸涩的眼睛。

他重新戴好眼镜，瞄了一眼电脑显示屏下方的时间，此时已过午夜。

他叹了口气，回想起先前魔术师说的话。

难道魔术师察觉到了什么？但他转念又觉得是自己想多了，根本不会有人发现的。

不会有人知道，是他把茜文从楼梯上推下去的。

欧阳思瑄骗了他，他对欧阳思瑄讲的话，其实也是真假参半。茜文还在这里的时候，他确实找出了产生尖叫声的原因，不过他没有把原因告诉茜文。

恰恰相反，他既没有拆掉水泵，也没有扔掉古董灯。他只是装作不知情的样子，让尖叫声继续在每一夜响起。

为此，他还不惜偷偷换掉了茜文的药，让她的病情不但没有得以控制，反而变本加厉。

目的只有一个：他想要逼疯茜文，或者说他想要看到茜文更为疯狂的样子。他需要茜文的疯狂，来不断刺激自己的写作灵感。

原本，他正陷入小说构思的瓶颈期，这对作家来说是常见的事。可当他们搬到这栋房子，第一次在夜晚听到尖叫声之后，他感觉自己的灵感和激情又回来了。

所以，他必须保持住灵感，一直到完成《黑暗中的尖叫》为止。一个成功的悬疑小说家，为了不断获取灵感，沉迷于折磨枕边人的身心，借此来维持住自己的创作激情。这个秘密，除了他和茜文，不会有第三个人知道。魔术师肯定只是在虚张声势。

终于，茜文再也受不了他的精神虐待。

那是一个清晨，茜文趁着裴大宇熟睡的时候，悄悄收拾了一些随身物品和换洗衣物，准备偷偷离开。

就在她走下楼梯的时候，裴大宇醒了。两人在楼梯上发生了激烈的争吵。

"大宇，大宇，我求求你，我真的受不了……"茜文声嘶力竭地重复着破碎的话语，"你放我走吧，放我走吧，求求你了。"

她的哀号声响彻了房间的每一个角落。

裴大宇也哭了，他知道自己做不到。他伸出手来，把茜文从楼梯上推了下去。

轻轻一推，妻子纤弱的身体，就像一张纸片一样，瞬间落下。

他的作品顺利完成了。《黑暗中的尖叫》一经面世，一扫外界对于他"江郎才尽"的评价，激起了网络上无数的热议，他忠实的粉丝们都坚信不疑：这将会成为裴大宇的又一部代表作。

他这样想着，拿起手边的那本《黑暗中的尖叫》，深情地爱抚着书的封面。

就在这时——

"啊——"

他听到隔壁客房里女儿在尖叫。

他没有听错，可是这怎么可能呢？芳姐和欧阳思瑄都被带走了，房子里现在只有他和女儿，那台音响他也检查过了，还特意拔掉了插头。

他满怀疑惑，跑出书房，来到客房门口。推开门一看，见到了熟悉的景象。

女儿在床上用手捂住耳朵，痛苦地尖叫着，疯狂地尖叫着。

"好吵，好吵！"

"什么好吵？"

"爸爸，难道你没听到吗?!"裴萌带着哭腔说道，"这次是妈妈，是妈妈在尖叫！"

裴大宇顿时感到后背一阵寒意。

许言，新锐推理作者、译者，现任杭州市余杭区网络作家协会副主席，曾于《推理》《推理世界》杂志发表短篇推理小说《红白施以谋杀之色》《献给密室的初吻》《谋杀二重分身》等，其中《双面维纳斯》曾被改编为《明星大侦探》衍生互动短剧，曾翻译出版长篇悬疑推理小说《谁在说谎》《幻影女子》、艺术绘本《名画中的猫》等，另有短篇科幻小说译作多篇发表于《科幻世界》杂志。在少儿推理小说创作方面，曾在《超级小神探》《名侦探联盟》《我是大侦探》等杂志发表十余篇短篇。代表作：少儿推理小说《世界奇妙博物馆》及"魔术师侦探"系列。

面包不是用来踩的

鸡 丁

1

对我这个不怎么出远门的人来说，乘坐四个半小时的高铁足以让我疲惫不堪。第一次来到武汉，对这座城市感到既熟悉又陌生。熟悉的是它的繁华喧嚣，陌生的是它的云烟袅袅。明明身处高楼林立的现代化都市，没走几步，眼前却突然出现一片秀丽的自然风光，东一片湖，西一座林，仿佛在城市和仙境间来回穿梭，妙不可言。武汉还是个充满烟火气的地方，穿行于大街小巷之间，总能闻到热干面的香和蛋酒的甜。

不过我来武汉的目的，并非纯粹旅游或寻觅美食。

我叫季卯，是一名十八线推理作家，因为名字的关系，常常被人以"鸡毛"相称，后来读者们干脆直接叫我"鸡老师"。我的作品销量平平，因此也没什么出版社愿意出我的书。这次则是通过一个好友的推荐，好不容易从出版社那里接到一份约稿，要我以"黄鹤楼"为背景写一部长篇推理小说。正是为了这个目的，我才来到这里取材。

出版社给我安排了三天的住宿，费用全由他们报销。酒店位于汉口的古琴台附近，房间在十七楼，可以从窗户眺望长江的波澜壮阔，也能近距离感受武汉长江大桥的雄伟壮丽。抵达酒店已是下午一点，我匆匆洗了个澡，拖着疲惫的身躯躺在柔软的床垫上，幸福感顿生。

参观黄鹤楼和湖北省博物馆的行程都放在后面两天，因此第一天不需要工作，但下午也不是没有安排——我要约见一位在武汉的朋友。想到这里，我不禁紧张起来。

这位女性朋友名叫张含思，因为"含思"和英文"health"谐音，所以大家都亲切地叫她"健康酱"。健康酱目前是武汉大学建筑系的硕士生，学业优秀，相貌出众，同时还是个人气颇高的美妆博主，经常自己做模特，在微博上晒一些美妆照，分享化妆品和衣装等。说来惭愧，她的粉丝数大概是我读者数的十倍。无论在学校里还是网络上，她都有无数追求者。

就是这样一个顶着"女神光环"的人，却因为推理小说跟我有了交集。健康酱是一位推理爱好者，什么样的推理小说都会看一点，其中当然也包括我的作品。她对我的书的评价是"自然，不做作"，我觉得这已经是很好的夸奖了。通过推理小说认识之后，我们就经常在微信上聊天。

说实话，我起初对健康酱的第一印象是"不太好相处的高冷型人设"，但这完全是偏见。事实上她没有任何架子，说话直率，偶尔在某些不速之客面前会表现出暴躁的一面，但对待朋友却非常真挚，生活中还是个靠谱的"热心肠"，属于典型的刀子嘴豆腐心。听她说有次去武胜路的学妹家玩，学妹鼻炎发作，她蹬了五公里的自行车把学妹送去医院。这个画面在我的脑海里演绎了好多遍，简直酷到不行。

知道我要来武汉的时候，健康酱就很热情地表示要和我见面。就在刚才，我在自己微博上晒了一张在高铁上的自拍，她还转发了一下，并配上"要和大作家见面了！"的文案，似乎是真心期待和我会面。据她所说，这是她第一次见推理圈的网友。而我则是"网络上重拳出击，现实里唯唯诺诺"的典型，所以每次见网友都会很紧张，更何况这次见的还是一个美少女……

见面的地点约在汉街的一家咖啡馆，此刻时间还早，我准备先在附近对付一顿午饭。稍稍整顿了一下着装，我便下了楼。酒店对面正好有一家"蔡林记"，是武汉热干面的老字号。我坐进去点了一份传统热干面外加一杯冰镇清酒。因为肚子太饿，热干面被我迅速消灭，浓浓的麻酱味让舌头有些不习惯，此时啜上几口冰凉清甜的清酒真是酣畅无比。

填饱肚子后，我直接在手机上叫了一辆网约车。三分钟后，一辆白色荣威停在了马路边。我径直走过去，确认了一遍车牌号，便钻入后座。

"快快快，这里不能停车。"坐在驾驶座的司机是个非常年轻的小伙子，留着板寸头，身着一件深灰色运动背心，结实的胳膊裸露在外，紧紧握住前方的方向盘。

我从前挡风玻璃望出去，不远处有一个交警正盯着这边，伺机而动。我刚关上车门，司机便一脚踩下油门，汽车冲了出去。

这时，我的脚下传来异物感。一低头，只见我的鞋底正踩在某样东西上——那是一片完整的方形吐司。我愣了一秒钟，倏地挪开脚，下意识地发出疑问："地上怎么有片面包啊？"

司机侧过头斜睨了一下后座，随后说道："哦，没事，你踩上去就好，不用管它。"

"啊？踩上去？"我怀疑自己听错了。

司机没有再说话。

此时汽车已经开上了武汉长江大桥，我却无心欣赏两边的江景。

这是什么情况？

首先，汽车的后座地上为什么会有一片吐司？是上一位乘客不小心掉在这里的吗？但是，面包没有咬过，不像是吃到一半掉地上的。而且就算不小心掉在地上，为什么下车时不拿走呢？这多没素质啊。

然而，更奇怪的是这个司机的举动——从他刚才的反应来看，他显然对地上有面包这件事没有过多的惊讶——他是知道地上放着一片面包的。那么如果他一开始就知道后座地上有面包，为什么在我上车前不清理掉？

所以，我可以得出一个结论——这片吐司面包是司机故意放在后座地上的。可是，为什么呢？

他刚才还说了奇怪的话——让我踩上去。

一个网约车司机在后座地板上放了一片吐司，并让乘客踩在面包上……这也太奇怪了。

2

我怀着疑虑和不安悄悄将那片面包往边上踢了踢，心里很不自在，总觉得它有什么猫腻，甚至怀疑下一刻会从里面爬出什么虫子来咬我的脚。想到这里，我没敢再看它一眼，只希望汽车赶快抵达目的地。

司机好像察觉到了我的心思，一路上也开得飞快，有几次差点闯了红灯。

可能是觉得气氛有些尴尬，在等某个红灯的时候，司机从兜里掏出一包烟，伸向我所在的后座："来一根？"

"啊……谢谢，我不抽烟。"

"你不抽烟？看不出来啊。"司机惊讶的目光从后视镜里直射过来。

我尴尬地笑了笑。拒绝的原因是我真不会抽烟，就算会，也不想在车里抽。我下意识地吸了吸鼻子，确实闻到车厢里有一股淡淡的烟味，除此之外还有一丝不易察觉的青草香。看来司机平时有在车里吸烟的习惯，抽完就用芳香剂之类的东西喷一喷，来消除味道。

难闻的烟味和乱丢的面包，让我对这辆车的嫌弃感倍增。庆幸的是，这一路上路况还算好，大约二十分钟，汽车就开到了汉街。我匆匆逃下车，结束了这趟"奇妙之旅"。

武昌区的楚河汉街是著名的商业文化区，年轻人都喜欢聚集在此。我按照导航找到街边一家名叫"卷舒亭"的咖啡馆，带着紧张又期待的心情走了进去。

刚才健康酱在微信上告诉我她要一会儿才到，让我自己先找个位子坐。我点了一杯柠檬茶后走上楼梯，挑了一张二楼靠窗的桌子。

几分钟后，一位穿着夏季吊带衫的短发女生从楼梯走上来，我一眼就认出那是健康酱。健康酱戴着一副略微夸张的墨镜，金色的头发散发出明艳的光泽，左手握着一个咖啡杯，右手正举着手机，像是在讲电话。我一时之间有一种在做梦的错觉，"真人版"的她比平时在照片里看到的更加闪耀动人，简直就像直接从时尚杂志中走出来的模特，浑身上下透射出女明星般的气场。

"总之等你下次去健身叫上我呗……我先不跟你说了，嗯。"健康酱看见了我，挂掉电话的同时向我招招手。

"啊，健康酱，终于见面了！你好你好。"我有些木讷地站起来打招呼。

"鸡老师好。"健康酱微笑着在我对面坐下，淡淡的香水味扑鼻而来。她摘掉墨镜，捋了捋前额的发丝。此刻我真的无法用苍白的言语来形容她的美，那是一张甜美而不失高贵的脸，每一方寸都令人倾倒。

我的额头开始冒汗了，那是我内心紧张时的外在生理反应。平时在微信上虽然和健康酱聊得很频繁，但此刻的我，却一句话也憋不出。

该怎么打开话匣子呢？聊什么可以打破现在的尴尬局面呢？

"刚才电话里是你男朋友？"

健康酱面无表情地望着我。

完了完了……是不是说了不该说的？

"今天很热，你擦擦汗。"健康酱从自己的包里拿出一包纸巾，抽出一张递给我。

"啊好，谢谢谢谢。"我把整个脸都擦了一遍。

"是我男朋友，但是刚谈没多久。这个人除了帅一无是处，连京极夏彦都不知道。"

"哦，京极夏彦那可厉害了，其实很多人都不了解他，我认为他的小说具有很强的本格推理内核，属于'布局流'的类型……"一聊到推理我可就嗨了，整个人也慢慢放松下来。看来健康酱是为了缓解我的紧张，有意把话题引向推理小说的。

于是，我们从京极夏彦聊到纸城境介，从本格推理聊到设定系，两人终于像平时在网上那样熟络起来。

"还是面对面聊天开心呀，能见到你本人真好。"聊到尽兴之时，我说出了肺腑之言。

"那我问你一个问题。"健康酱突然露出狡黠的笑容，"我跟照片里一样好看吗？"

我瞬间蒙圈在原地，大脑中的每个部件都开始飞速运转，以调动出我所有的智商和情商。

"嗯，一样好看。"

"真的吗？看着我的眼睛说。"她以故作强势的口吻说道。

我抬起头，看着健康酱的眼睛，目光不敢闪避。我知道她是在开玩笑，但此刻她的瞳孔中仿佛折射出一种"让人无法违抗她任何要求"的魔力。

"真的一样好看！"

健康酱微微一笑，抿了口杯子里的咖啡，似乎是认可了我的回答。

3

"对了健康酱，你喜欢日常之谜吗？"我突然想到刚才的事情，决定把它作为话题和健康酱一起探讨一下。

"喜欢，但我不喜欢太轻小说的文风，还是硬核一点的好看。"

"那如果是现实中的日常之谜呢？我刚刚来的路上就碰到一个，蛮匪夷所思的。"

"怎么了？"她似乎来了兴趣。

"就是我坐上一辆网约车，然后后座的地上有一片吐司，司机让我踩那片面包。"

"司机精神正常吗？"

"看上去没什么问题。"

"那他是不是有什么特殊癖好，我知道有一类人，喜欢看踩食物的视频，这样能唤起他们的某些兴奋点。"健康酱煞有介事地说道，"会不会在座位底下有什么隐藏摄像头之类的？"

我点点头："我知道有那么一类人，但他们大多数都爱看女性的脚，我一个大老爷们儿踩面包有什么好看的？"

"你倒是很清楚嘛。"

"哦……不是，我有写过类似的题材，所以专门了解过。不瞒你说健康酱，我身上有一种特质，能够快速辨别出一个人是不是变态，无论是哪种类型的变态，我只要一接触，就能嗅到对方身上的变态气息，像接收到电波的雷达那样精准，说来很不可思议，但我确实能做到。"

"你这个情况倒很适合写成设定系，比如什么'变态鉴定员'系列。"健康酱笑着说。

"总之，我在那个司机身上感受不到任何'变态电波'，所以我觉得他不是那种有特殊癖好的人。而且要是以'精神失常'或者'心理变态'一类的理由去解释日常之谜那也太没劲了，我们可以想想有没有什么更合理、更有趣味性的解答——司机会不会有一个非让我踩面包不可的理由？"

健康酱用手指拨弄着杯盖，继续思考起来："但是现实中不会有什么脑洞大开的解答，真相可能特别简单。我还是倾向于是恶作剧，比如说为了拍短视频，在后座扔一片面包让乘客来踩，观察乘客的反应，再拍下来上传到网上。或者就是，司机为了报复某个人，故意让人把面包踩脏，然后装进包装袋给某人吃。"

"短视频，嗯……"我猛吸了一口柠檬茶，试图让脑袋清醒一些，"但是我觉得用这个来拍短视频不够有冲击力，如果要观察乘客惊讶的反应，应该找点更刺激的东西，比如在后座放一个假肢之类的，效果会更好。至于报复某人这个说法，他没必要让乘客去踩面包啊，自己踩几脚不就行了？"

"那要不然就是，想用面包来掩盖地板上的什么东西？"

"但是我后来把面包往旁边踢开了一点点，下面的地板上没有什么东西……再说就算是为了遮盖地板，也不必特地用面包吧？"

"呼……我现在有点理解你为什么讨厌那些杠精读者了。"健康酱叹了口气，"不过怎么一直都是我在'推理'咧？说说你的看法吧。"

"我想想哦……"我把手指放在嘴唇上方，这是我构思诡计时的标志性动作，"会不会是，司机先生就是想采集一个陌生人的脚印？"

健康酱没有回答我，只是在那里静静地看我装……

我继续说："他想通过面包，随机获得一个陌生人的脚印，之后拿着这片面包，放到案发现场——没错，他是准备去杀一个人。事后如果警方在现场找到这片印有足迹的面包，一定会认为足迹是潜入现场的凶手留下的。那么之后就

233

会朝着完全错误的方向调查……"

"哦……很推理作家的思维。"健康酱认可地点点头，但又马上反驳道，"但是，真有人会做这么麻烦的事吗？他不会买双新鞋，自己在现场踩个误导警方的脚印？犯得着弄片面包去采集乘客的脚印吗？"

"你说得也是……"

健康酱用食指轻敲了几下桌子："我觉得我们这样乱想不是办法。这样吧，你把从上车到下车的所有细节都说一遍，看看能不能找到端倪，鸡老师的记忆力应该不赖吧？"

"嗯，好。"于是我把先前的整个过程都详尽地复述了一遍。

听完我的叙述后，健康酱的脸色起了小小的涟漪："你说，你在车上闻到了青草味？"

"对呀，应该是汽车芳香剂的味道吧？"

"你现在打开叫车软件，看一下行程记录。那辆车的车牌号后三位是不是763，司机是不是姓张？"

我一脸茫然地打开手机，查看行程记录。

那辆车的车牌号是"鄂 AGH7763"，司机是"张师傅"。

4

"你是怎么知道的啊？"我诧异地瞪大眼睛，望着对面的健康酱。

健康酱显得有些无语："因为这个司机……是我的男朋友，他叫张鹏。"

我被她的语出惊人彻底震惊到了。

"现在我全都明白了。"

"这到底是怎么回事？"

"我还是从面包的问题入手来说明吧。"她将身子靠在椅背上，换了个舒服的坐姿，"关于为什么张鹏要你踩面包，这是他当时不得已而为之的一个做法。我们之前的思路有一个很大的错误，就是认为面包是司机故意放在那里的。其实不然，司机在你上车前并未察觉到后座的地上有一片面包，直到你发现它时，他才意识到事态不妙，于是临时想要补救……"

"等等等等。"我听得有些云里雾里，"补救？他想补救什么？"

"确切地说，他是想掩盖某样东西，但不是被面包遮住的地板上的东西，而是——沾在面包背面的东西。"

"面包背面？面包背面有什么？"

"血迹。"健康酱一语道破天机。

"血迹？怎么会有血迹？谁的血迹？"我连连惊呼。

"是一个女生的血迹。"

"所以……司机杀了一个女生？"

"不不，比这更严重。你还记不记我跟你说过，我曾经送一个有鼻炎的学妹去医院的事？"

"啊，我记得！你蹬了五公里的自行车嘛。"

"那个学妹有比较严重的鼻炎。炎症刺激鼻腔黏膜，引起黏膜和血管破裂，她就会经常性流鼻血。那次在她家玩剧本杀，她也是突然血流不止，我才送她去的医院。"

"所以面包背面的血迹，是你学妹的鼻血？这什么跟什么啊？她的鼻血为什么会沾到面包上，面包又为什么会出现在司机的车里？"我努力消化着健康酱的话，始终得不出一个能解释这一切的定论。

"嗯，你不要急，我试着把来龙去脉还原一遍。"健康酱喝了一口快凉掉的咖啡，"首先，目前正在和我交往的男友张鹏，是跟我同一届的同学。他的生活比较拮据，所以租了一辆车，平时会兼职做做网约车司机，赚点生活费。而我跟那个有鼻炎的学妹，是在学校的某个剧本杀组局群认识的，关系不算很熟，就叫她小蔡吧。张鹏和小蔡本该互不认识。总之你先记住这两个'角色'。接下来我要说的，是基于逻辑之上的一些猜测。

"通过某些我不知道的契机，张鹏搭上了小蔡。就在今天，张鹏载着小蔡去某个地方约会。吃完午饭之后，张鹏开车送她回家，小蔡就坐在汽车的副驾驶座上。可能觉得午饭没有吃饱，小蔡想要再吃点东西。于是张鹏拿出自己放在车里的面包，给了她一片。就在小蔡拿着面包准备往嘴里送的时候，意外发生了——小蔡突然流鼻血了。血液一下子从鼻腔里喷涌而出，沾在了面包上。

"情急之下，本想停车的张鹏错把刹车当成油门踩了下去。汽车突然加速，小蔡的身子猛地向后仰，手中的面包被下意识地甩向后座。面包就这么掉在了右后座的地上——当然是有血迹的那一面朝下。这里要补充一句，因为吐司的表面是海绵状的，大部分血液都被吸收到了里层，还有一小部分血液也已经干了，所以那时后座的地板上基本没沾到血迹。

"这之后，小蔡匆匆忙忙清理身上的血迹，张鹏匆匆忙忙送她回家。慌乱之中，两人都遗忘了那片带血面包的存在。小蔡的家住在武胜路，而你的酒店在古琴台，两个地点离得很近。将小蔡送回家后，张鹏打开网约车软件开始接单。他接到的人——正是你。

"你上车之后，发现了地上的那片面包。在你发出疑问之时，张鹏才突然意识到，刚才沾有小蔡血液的面包掉在了后座。不过，因为你没有提到'面包上有血'，所以他判断，此时那片面包应该是'沾有血迹的那一面朝下'的状态。张鹏很庆幸，但同时也不能掉以轻心。你随时都可能发现血迹，这是他绝对不希望发生的事。

"驾驶座够不着右后座的地板，而面对那位'虎视眈眈'的交警，张鹏显然不敢再违规停车一次，汽车很快就开上了武汉长江大桥，桥上自然更不能停车，所以他没机会下车把面包处理掉。无计可施之际，在那种情况下，张鹏只能佯装镇定地说一句'没事，你踩上去就好'。当然，你会不会真的踩上去不重要。他这么说的目的，只是希望你尽可能不要去捡起或踢翻面包，从而看到它的背面。

"这之后，为了降低你发现面包秘密的风险，张鹏当然希望越快赶到目的地越好，所以一路都是开快车。你不是说他好几次都差点闯红灯吗？这时候的他，比谁都急。"

我在脑子里不断组织逻辑和拼凑事实，试图跟上健康酱的思路。

"可是，最关键的问题是，张鹏为什么不能让我看见面包背面的血迹？怕我因误会而报警？可他又没做亏心事，也没杀人，那只是鼻血啊，解释清楚就行了呀。"我提出了最大的疑问。

"你刚刚那句话只说对了50%。"健康酱指了指我，"张鹏确实没有杀人，但是他做了亏心事……那就是背着女朋友和其他女生约会。"

"可他……啊这！"

"你也想到了对吧？有个细节你回忆一下，张鹏当时为了转移你对面包的注意力，问你要不要抽烟。当你拒绝之后，他说了一句'你不抽烟？看不出来啊'。你觉得这句话有什么含义吗？"

"我懂了。"在健康酱的提点之下，我才恍然大悟，"在他的刻板印象里，作家都会抽烟，毕竟许多影视剧里描绘的中年男作家都是边抽烟边焦头烂额地写稿。所以我不抽烟这件事，让他很意外，于是才说了'看不出来啊'这句话——换言之，张鹏知道我是个作家，他一开始就知道我是谁。"

健康酱满意地点点头："是的，实际上我先前和张鹏提起过你，昨天还跟他讲了今天要见你的事。你在来的高铁上发了一张自拍，我又转发了那条微博。所以张鹏通过我的微博看到了照片里的你。因此，在你上车的第一时间，他就认出了你是那个要跟我见面的推理作家季卯。

"如果你看到车里面包上的血迹，之后又将这件事告诉了即将见面的我……我一定会联想到那是小蔡的鼻血。因为我脑中对'小蔡鼻炎一发作就会喷鼻血'这件事留有深刻的印象，所以一旦'血液'这个关键词出现在我脑海里，我势必会把它和小蔡联系在一起。最终，他和小蔡同坐一辆车约会的事情就会曝光。张鹏当然也可以编造一些借口，比如辩解说小蔡是他正好接到的一位客人——但他知道我没那么好糊弄，一定会对两人的关系刨根问底。所以为了尽可能避免让我知道这件事，他才要千方百计隐瞒面包上的血迹。"

5

"你是什么时候想到小蔡在车上的？"此时的我，依然沉浸于健康酱刚才的"暴风复盘"，试图找寻这段逻辑的最初源头。

"就是你说的青草味。"健康酱的嘴角现出美丽的弧线，"那不是什么汽车芳香剂啦，是 KENZO 的一款青草气味的香水'风之恋'，小蔡经常涂。可能你的鼻子异于常人吧，我平时坐他车都闻不到。"

"你好厉害啊健康酱，简直和推理小说里的名侦探一样。"我由衷地钦佩道。这天才般的洞察力和惊人的思维脑洞，真的足以匹敌任何一位名侦探了。我以前就觉得她聪明，但没想到这么聪明。

"好了，你饿不饿？我请你吃个晚饭吧？"健康酱看了看表问，"你没吃过湖北菜吧？对面有一家'俏立方'不错，可以尝尝新鲜的武昌鱼。"

"好呀！"

"哦，稍等，我打个电话。"健康酱按下拨号键后把手机举到耳边："喂，你以后不要来找我了。"说完便将电话一挂，动作极其干脆洒脱，旋即就像什么都没发生过似的往出口走去。"愣着干吗？走了。"

"好好……"我喝光杯子里的柠檬茶，追了上去。

当天晚上，我将这起"踩面包事件"改写成一个日常之谜的故事发布到微博上，没想到引来数万转发。就在两天后我取材完准备回上海的前夕，一家杂志社的社长打电话给我。他们社旗下有一本名为《武汉谜都》的杂志，专门刊载一些发生在武汉的奇闻异事。社长表示希望我过去当他们的专栏作家，薪资开得还算称心，主要的工作内容就是调查发生在都市中的奇事怪事，然后以推理作家的视角发表看法，写成专栏文章。

社长的这个电话让我产生了"要不以后就留在武汉发展"的念头。回家之后经过一番思想斗争，我终于在半个月后正式搬到了武汉，开启了新生活。

或许这座城市还有许许多多的"谜"等着我，而我只想再多听几次健康酱的推理。

鸡丁，本名孙沁文，推理作家、职业动画编剧，上海作家协会会员，擅长密室与不可能犯罪题材，被誉为中国推理界的"密室之王"。代表作：《雪祭》《凛冬之棺》《写字楼的奇想日志》《吃谜少女》。

图书在版编目（CIP）数据

我的日常之谜 / 华斯比主编 . — 北京 ：北京联合
出版公司，2023.4
（谜托邦）
ISBN 978-7-5596-6664-2

Ⅰ . ①我… Ⅱ . ①华… Ⅲ . ①推理小说－小说集－中
国－当代 Ⅳ . ① I247.7

中国国家版本馆 CIP 数据核字（2023）第 029776 号

谜托邦·我的日常之谜

主　　编：华斯比
出 品 人：赵红仕
策　　划：牧神文化
责任编辑：徐　鹏
特约编辑：华斯比
美术编辑：陈雪莲　王　川
绘　　图：Million

北京联合出版公司出版
（北京市西城区德外大街 83 号楼 9 层　100088）
北京联合天畅文化传播公司发行
上海盛通时代印刷有限公司印刷　新华书店经销
字数 270 千字　720 毫米 ×1000 毫米　1/16　15.5 印张
2023 年 4 月第 1 版　2023 年 4 月第 1 次印刷
ISBN 978-7-5596-6664-2
定价：79.00 元